KB260796

아일론의 영주

Fantasy Exciting Style
가월 판타지 장편 소설

아일론의 영주 1

가월 판타지 장편 소설

초판 1쇄 찍은 날 § 2007년 8월 20일
초판 1쇄 펴낸 날 § 2007년 8월 23일

지은이 § 가월
펴낸이 § 서경석

편집장 § 김대식
편집책임 § 조수희
편집 § 이환진

펴낸곳 § 도서출판 청어람
등록번호 § 제1081-1-89호
등록일자 § 1999. 5. 31
어람번호 § 제1-0870호

주소 § 경기도 부천시 원미구 심곡1동 350-1 남성B/D 3F (우) 420-011
전화 § 032-656-4452 팩스 § 032-656-4453
http://cyworld.nate.com/bluebook_
E-mail § blue_book@hanmail.net

ⓒ 가월, 2007

ISBN 978-89-251-0860-5 04810
ISBN 978-89-251-0859-9 (세트)

LORD OF AYLON

아일론의 영주

Fantasy Exciting Style

가월 판타지 장편 소설

①

BLUE BOOK

도서출판 청어람

아일론의
영주

프롤로그

"하하하. 언젠가 자네는 목숨을 걸 만한 여자를 만나게 될 거야."

그가 스무 살이 되던 해, 잠시 영지에 들렀던 엘프는 그에게 이렇게 말했다. 당시 막 경비대장에 취임했던 그는 웃으며 대답했다.

"그거 참 무서운 말이로군."

하지만 그가 스물네 살이 되던 날까지도 엘프가 말했던 운명의 여인은 나타나지 않았다.

Part 1

어두운 숲 속. 수풀을 헤치며 앞으로 나아가던 병사들 중 맨 앞에서 걷던 자가 무엇인가를 발견하고 손을 들자, 뒤에 있던 병사들은 움직임을 멈췄다.

"프릿츠 대장, 저놈들은……."

뒤에 서 있던 부하의 말에 프릿츠는 고개를 끄덕이며 중얼거렸다.

"닐센왕국 놈들이다."

프릿츠는 병사들을 멈춰 세우고는 앞에 나타난 닐센의 병사들을 노려보았다.

"여기는 우리 트라니아의 영토다. 당장 물러가라."

프릿츠의 말에 맞은편에 서 있던 병사들 중 지휘관으로 보이는 자가 나오더니 맞받아쳤다.

"웃기지 마라. 네놈들이야말로 우리 닐센의 땅에서 당장 꺼져!"

서로 물러서지 않겠다는 듯 대치하던 도중, 옆에 있던 병사 한 명이 프릿츠에게 귓속말로 속삭였다. 그 후, 잠시 닐센의 지휘관을 노려보던 프릿츠는 고개를 끄덕이며 말했다.

"좋다, 물러나지. 그 대신 이번 일은 상부에 정식으로 보고하도록 하겠다."

그의 말에 닐센의 병사들 중 하나가 이죽거리는 목소리로 말했다.

"그러시던가, 겁쟁이들……. 컥!"

그가 이죽거리며 트라니아의 병사들을 약 올리는 순간, 트라니아 병사들이 있는 곳에서 화살 한 발이 날아와 그의 목에 틀어박혔다.

"스탠리! 이놈들이!"

스릉.

부하가 순식간에 화살에 맞아 즉사해 버리자 닐센의 지휘관은 검을 뽑아 들었고, 그의 뒤에 서 있던 병사들도 각자 창을 움켜쥐며 트라니아 병사들을 노려보았다.

"이런 더럽고 치사한 자식들! 감히 기습을 해?"

그 말에 프릿츠는 영문을 모르겠다는 표정으로 고개를 내저으며 뒤로 한 걸음 물러났다.

"기습이라니? 이건 우리도 모르는 일이다!"

"시끄럽다. 이 더러운 새끼들!"

자신의 부인에도 불구하고, 상대가 들어줄 생각조차 없이 몰아붙이자 프릿츠도 짜증이 치밀어 올랐다.

"네놈들을 없애는데 기습 따위는 필요없어! 설마 네놈들이 무슨 술수라도 꾸미고 있는 것 아냐?"

프릿츠가 이죽거리며 소리치자 닐센 병사들의 분위기는 더욱 살벌해졌다.

"뭐야? 더러운 계집의 발바닥이나 핥는 놈들이……."

닐센의 병사들이 자신의 여왕을 빗대어 욕하자 트라니아 병사들의 분위기도 흉흉해졌다.

"이 개새끼들이……."

프릿츠의 낮은 중얼거림과 함께 트라니아 병사들이 창을 움켜쥐자, 두 무리 사이에는 일촉즉발의 침묵이 감돌았다.

"다 죽여 버려!"

침묵은 양측 병사들 중 누구인지 모를 한 명의 외침과 더불어 깨어졌고, 뒤이어 악에 받친 외침과 함께 양측의 병사들은 맞부딪쳤다.

"으아아!"

"와아아아!"

양측의 병사 수는 엇비슷했다. 프릿츠는 롱소드를 뽑아 들고 앞서 달려 나갔다.

"흐아아압!"

프릿츠가 롱소드를 휘두르자, 창으로 찌르려던 병사는 깜짝 놀라 주춤거리며 창의 방향을 돌려 롱소드를 막으려 했다.

"으아악!"

나무로 만들어진 창대를 빗겨낸 프릿츠의 롱소드는 서걱하는 소리와 함께 닐센 병사의 가슴을 베어냈다. 병사는 피를 뿜어내며 단말마의 비명을 지르고는 바닥에 힘없이 쓰러졌다.

잠시 후, 마지막까지 항전하던 닐센의 지휘관을 베어 넘기고 고개를 든 프릿츠는 바닥에 쓰러져 있는 병사들 사이에서 부하 몇몇의 모습을 발견하고는 인상을 찡그렸다.

부대의 절반에 해당하는 병사들이 바닥에 누워 차갑게 식어가거나 신음을 흘리고 있었다.

"움직일 수 있는 녀석들은 다친 병사들을 챙기고, 아군 시체를 수습해라."

병사들이 힘겹게 몸을 움직이는 사이, 머리에 피가 잔뜩 엉겨 붙어 있는 병사 한 명이 다가와 프릿츠에게 물었다.

"대장, 이거 어쩌죠?"

바닥에 널브러진 닐센의 병사들을 가리키는 부하의 말에 프릿츠는 인상을 찡그리며 당혹스런 표정을 지었다.

"활을 가지고 온 녀석 전부 손들어 봐!"

프릿츠의 외침에 병사들 중 몇몇이 손을 들었다.

"어떤 녀석이 명령도 없이 화살을 쏜 거야! 앙!"

인상을 잔뜩 일그러뜨린 프릿츠의 호통에 손을 든 병사들은 고개를 저으며 말했다.

"저희 중에 활을 꺼내 든 녀석은 한 명도 없었습니다."

"제가 맨 뒤에 있었는데, 우리 중에 화살을 쏘는 사람은 못 봤습니다."

병사들의 대답에 프릿츠는 입술을 깨물며 중얼거렸다.

"그럼 대체 어떤 자식이 활을 쏜 거야……."

잠시 눈을 감은 채 고민하던 그는 이내 롱소드를 휘둘러 검신에 묻어 있던 피를 털어내고는 등을 돌렸다.

"일단은 보고부터 해야겠지. 전원 귀환한다!"

프릿츠를 따라 살아남은 병사들은 부상자와 사망자를 들쳐 업고는 그곳을 벗어났다.

트라니아의 병사들이 떠나고 난 후, 그늘진 나무 뒤에서 누군가 모습을 드러내며 입가에 옅은 미소를 그렸다. 그의 손에는 활이 들려 있었다.

잠시 널브러진 닐센의 병사들을 둘러보던 그는 부스럭거리는 소리와 함께 재빠르게 나무 위로 모습을 감추었다.

휘이잉~.

차가운 바람만이 전장에 남겨진 시체들을 훑고 지나갔다.

Part 2

　유로니아 대륙의 북서쪽 끄트머리에 자리 잡은 트라니아 왕국과 바로 옆에 자리를 잡고 있는 닐센왕국 간의 극한 대립은 사소한 분쟁에서 시작되었다.

　대륙에서도 강성한 힘을 자랑하는 두 국가는 국경을 맞대고 끊임없이 서로를 견제하기는 했으나, 서로 큰 충돌은 자제하고 있었다.

　하지만 큰불의 시작은 자그마한 불씨라고 했던가?

　두 강대국 간의 작지만 잦은 충돌이 극한 대립으로 이어진 것은 국경 지역 병사들의 작은 말싸움 때문이었다.

　국경을 순찰하던 도중 마주치게 된 닐센과 트라니아의 레인저 부대가 사소한 말다툼을 벌이게 되었고, 종국에는 트라 니아의 레인저들이 닐센의 레인저들을 전멸시키고 말았던 것 이다.

이에 분노한 닐센의 서쪽 국경 주둔군 사령관인 데르트 백 작은 트라니아 레인저 부대의 죄를 추궁하기 위해 트라니아 의 동쪽 국경 최전방, 아시스 성으로 군사를 보내어 레인저들 의 신병을 인도해 줄 것을 요구했다.

하지만 아시스 성의 성주인 바스탄 백작이 그를 거부함으 로써 데르트 백작은 끌고 온 군사들로 아시스 성을 공격하기 에 이른다.

비록 양측 다 큰 피해 없이 전투가 끝나기는 했지만, 벌어 질 대로 벌어진 양측의 감정은 수그러들 기미를 보이지 않고 더욱 커져만 갔다.

그리고 닐센 국왕의 명령으로 국경에 군대가 집결하고 있 다는 소문이 퍼지며 북 유로니아 대륙에는 서서히 전운이 그 어두운 그림자를 드리우고 있었다.

그리고 목숨을 걸만큼 사랑하면서도 서로를 증오해야만 하는 아픈 운명도 서서히 시작되고 있었다.

Chapter 1

검은 눈의 경비대장

아일론의
영주

하늘에서 쉴 새 없이 내리고 있는 눈으로 인해 어두침침한 오후. 때 이른 눈과 냉혹한 바람 속에서도 농민들은 늦은 추수에 여념이 없었다.

다그닥 다그닥.

라리트 남작령으로 이어진 좁은 산길에 말을 타고 나타난 40명 정도의 병사들을 발견한 늙은 농부는 선두에서 깃발을 들고 있는 기사의 모습에 급히 쓰고 있던 모자를 벗으며 고개를 숙였다.

기사의 손에 들린 백작가임을 뜻하는 푸른색의 깃발 윗부분에는 트라니아왕국의 표식인 검은 가시나무가 새겨져 있었

고, 그 아래에는 가문을 뜻하는 문장이 자수실로 새겨져 있었
다.

선두에서 깃발을 들고 말을 몰던 사내는 농부를 발견하고
는 다가갔다.

"미안하지만 길 안내 좀 해줄 수 있겠나?"

농부는 고개를 끄덕이고는 이내 하던 일을 멈추고 그의 앞
에 섰다.

"저를 따라오십시오, 나으리."

늙은 농부의 뒤를 따라 행렬은 저 멀리 조금씩 모습을 드러
내는 작은 영주성을 향해 천천히 걸음을 옮겼다.

일행 중, 깊은 생각에 잠긴 눈으로 영지를 바라보는 40대
후반 정도의 검은머리에 창백한 얼굴의 중년인 곁으로 턱수
염이 인상적인 갈색머리의 30대 후반의 사내가 다가왔다.

"영주님, 괜찮으십니까?"

"그래. 아직은 견딜 만하네."

갈색머리의 사내가 걱정스러운 얼굴로 묻자 영주라고 불
린 중년인은 천천히 고개를 끄덕이며 대답했다.

"……얼마나 찾아 헤매었던가…….."

라리트 남작의 성을 바라보며 중얼거리는 중년인의 나직
한 목소리에는 옛 기억을 떠올리는 그리움이 묻어 있었다.

얼마 되지 않아 몬스터의 침입을 막기 위한 낮은 성벽이 보
이기 시작했다.

　성문에 다다른 중년인은 성벽 위에서 내려오고 있는 경비병으로 보이는 흑발의 청년을 주의 깊게 바라보았다.

　흑발의 청년은 다른 경비병들이 평범한 장창을 들고 있는 것과는 달리 등 뒤에 바스타드로 보이는 긴 장검을 차고 있었다.

　“무슨 일이십니까?”

　흑발의 청년이 일행에게 다가와 차분한 목소리로 묻자, 깃발을 들고 있던 사내가 말에서 내려 차갑지만 예의에 어긋나지 않는 태도로 말했다.

　“우리는 로이트 영지에서 아일론으로 가는 도중인데, 잠시 필요한 물건을 구하기 위해 이곳에 들린 걸세. 그리고 저분은 아일론의 영주이신 라이나스 백작님이네.”

　사내의 말에 흑발의 청년은 그의 어깨너머로 보이는 창백한 얼굴의 중년인을 힐끗 쳐다보고는 고개를 끄덕였다.

　“잠시 기다려 주시겠습니까?”

　“그러지.”

　흑발의 청년이 자신의 뒤에 서 있던 경비병에게 귓속말을 하자, 고개를 끄덕인 경비병은 근처에 매어두었던 말을 타고 어디론가 달려갔다.

　경비병이 돌아오기를 기다리는 동안 길을 안내해 준 농부와 이야기를 나누고 있던 갈색머리의 사내가 라이나스 백작에게 다가왔다.

"저기 저자의 이름은 키히린이라고 합니다. 나이는 스물네 살이고 그의 어머니는 5년 전에 죽었답니다. 열 살 때부터 라리트 영지의 하나뿐인 기사에게서 검을 배웠고, 4년 전부터는 영지의 경비대장으로 일하고 있다 합니다."

갈색머리의 사내가 전해 주는 말에 백작은 무언가를 떠올리는 듯한 애잔한 표정이 되었다.

"그렇군……. 5년이나 늦었단 말인가……."

잠시 후, 조금 전의 사내와 함께 흰머리가 성성한 중년인이 말을 타고 달려오더니 그들 앞에 내려섰다.

"어쭙잖게나마 기사의 작위를 받은 크라인 맥도나걸이라고 합니다."

"리오르 아일론 라이나스 백작일세. 그리고 이쪽은 내 기사인 시르온 경과 듀렌 경, 그리고 로웬 경일세."

리오르의 소개에 갈색머리의 사내와 깃발을 들고 있던 차가운 인상의 사내, 그리고 리오르의 뒤에서 육포를 우물거리던 까무잡잡한 얼굴의 사내가 고개를 숙여 보였다.

"여러분의 명성은 익히 들어 잘 알고 있습니다. 그보다 여기서 이러고 계실 게 아니라 라리트 남작님의 저택으로 가시죠."

크라인의 말에 잠시 고민하던 리오르는 고개를 끄덕였다.

"그러도록 하지. 남의 영지에 와서 주인도 안 보고 그냥 간다면 결례이니 말일세."

"남작님께서도 기뻐하실 겁니다. 따라오십시오."

"그러지. 아, 그런데 저 청년도 함께 갈 수 있겠는가?"

리오르의 뜬금없는 부탁에 당사자인 키히린은 물론 크라인과 기사들 모두는 의아한 눈으로 그를 바라보았다. 시르온이라는 갈색머리의 기사만이 키히린을 의미심장한 눈으로 바라보고 있었다.

"그에게 물어볼 것이 있어서 그렇다네."

리오르의 말에 크라인은 얼굴에 잠시 떠올랐던 당혹스러운 기색을 지우고는 키히린을 보며 말했다.

"키히린, 너도 말에 타거라."

"……알겠습니다."

크라인이 앞장서고, 리오르의 기사들과 병사들이 그의 뒤를 따랐다. 맨 뒤에서 천천히 말을 모는 리오르의 옆에는 어리둥절한 표정의 키히린이 있었다.

한동안 이어지던 어색한 침묵을 깨뜨린 것은 백작이었다.

"아밀라는…… 참으로 아름다웠지."

갑작스런 리오르의 말에 키히린은 눈을 크게 뜨더니 고개를 돌려 그를 바라보았다. 키히린의 시선에도 아랑곳없이 정면을 응시한 리오르는 말을 이었다.

"비록 그녀를 책임지지는 못했지만, 나는 진심으로 네 어미를 사랑했었다……. 키히린…… 나보다 아밀라를 더 닮은 것 같아 다행이구나."

중년인의 말에 키히린은 굳은 얼굴로 그를 바라보고만 있었다. 그의 눈동자는 혼란스럽게 떨렸다. 중년인은 굳은 얼굴의 키히린을 한 번 바라보더니 착잡한 얼굴로 고개를 숙였다.

"이때까지 너와 네 어미를 찾지 못한 나를 용서해다오."

혼란스럽게 떨리던 키히린의 눈동자는 곧 차갑게 가라앉았다. 잠시 부릅뜬 눈으로 리오르를 바라보다가 키히린은 고개를 돌렸다.

아무런 대꾸도 없이 차갑게 가라앉은 키히린의 얼굴을 보며 리오르는 이미 예상했다는 듯 조용히 한숨을 내쉬며 입을 열었다.

"나는 리오르 아일론 라이나스 백작으로 아일론의 영주이자 여왕폐하의 기사다. 내게는 앞서 가고 있는 3명의 기사와 30여 명의 병사, 그리고 영지를 지키고 있는 다른 3명의 기사와 400여 명의 병사가 있다. 만약…… 네가 나와 함께 간다면 내 뒤를 이어…… 영주가 되고 그들과 나의 땅을 다스릴 것이다."

잠시 리오르를 바라본 키히린은 고개를 내저었다.

"저는 그 많은 것들을 감당할 능력도, 그것들을 거두고자 하는 욕심도 없습니다, 백작님."

자신을 백작님이라고 칭하는 키히린의 말에 리오르는 크게 실망한 표정으로 힘없이 고개를 끄덕였다.

"음, 네 생각이 정 그렇다면……. 이 마을을 떠난 이후로 나를 보기는 힘들 것이다. 만일 나에게 바라는 것이 있다면 지금 말하거라.”

“전 지금에 만족하고 있습니다.”

앞만을 바라보며 답하는 키히린의 모습에 리오르는 어두운 표정으로 말의 속도를 높였다.

“일을 방해해서 미안하구나. 이만 가보거라. 너에게 신의 축복이 있기를.”

천천히 말을 멈춰 세운 키히린은 앞선 일행들을 향해 달려가는 리오르의 모습을 바라보았다.

힐끗 뒤를 돌아본 리오르는 말을 멈춰 세운 키히린의 모습에 다시 말머리를 돌려 그에게 다가왔다.

“나는 라리트 남작의 저택에서 하룻밤을 머물다가 내일 아침 일찍 아일론으로 향할 것이다. 만약…… 마음이 바뀐다면 아일론으로 나를 찾아오너라.”

말을 돌려 라리트 남작의 저택이 있는 방향으로 멀어져 가는 리오르의 뒷모습을 키히린은 가라앉은 눈으로 바라보았다. 그러다 고삐를 쥔 손에 힘을 주고는 말머리를 돌려 성문으로 향했다.

경비병들은 키히린이 심각하게 굳은 얼굴로 되돌아오자 그의 눈치를 살피며 조심스레 말을 걸었다.

“대장님, 무슨 일이 있었습니까?”

자신의 굳은 표정 때문에 경비병들이 모두 긴장한 표정이
된 것을 눈치 챈 키히린은 짐짓 옅은 미소를 머금었다.

"별일 아닙니다. 단지 오늘은 혼자 술을 좀 마시고 싶은
데…… 제 대신 좀 부탁드립니다."

질문을 한 병사는 너털웃음을 지으며 고개를 끄덕였다.

"하하핫. 뭐, 부탁이랄 게 있나요. 어차피 조금만 있으면
교대 시간인데다, 일이 많지도 않습니다. 신경 쓰지 말고 가
보십쇼. 대신, 다음에 술 한 잔 쏘는 겁니다."

병사가 능글맞은 미소를 지으며 입으로 술잔을 가져가는
제스처를 취하자 키히린은 헛웃음을 터뜨리며 고개를 끄덕였
다.

"하하, 그러도록 하죠. 그럼 부탁드립니다."

키히린은 말을 초소 근처의 마구간에 매어두고는 근처의
자그마한 술집으로 천천히 발걸음을 옮겼다.

딸랑.

문이 열리는 것과 동시에 위쪽에 달려 있던 종이 울리자 주
방에서 그릇을 닦고 있던 종업원은 고개를 내밀었다.

"어서 오세……. 어? 키히린 대장님이 이 시간에 웬일이세
요?"

갈색 더벅머리의 청년이 물 묻은 손을 앞치마에 닦으며
묻자, 키히린은 작은 미소를 지어주고는 구석의 빈자리에

앉았다.

"오늘따라 술이 마시고 싶어서 들렀지. 레종 한 병만 주겠나."

평소에 별로 술을 마시지 않던 키히린이 꽤나 독한 술을 시키자, 그는 의아해하면서도 키히린의 자리에 고양이가 그려진 병과 작은 잔을 내려놓았다.

"안주도 드릴까요?"

그의 물음에 키히린은 고개를 내저었다. 그는 잔에 술을 반쯤 찰 정도로 붓고는 중얼거렸다.

"용서라……. 어머니는 이미 돌아가셨는데 누구에게 용서를 구한다는 말입니까……."

작은 술집 안을 밝히는 촛불이 일렁일 때마다, 잔에 담긴 독약과도 같은 검은색의 액체가 반짝거렸다.

키히린은 술잔을 들어 단숨에 들이켰다.

"크으……."

목구멍을 타고 내려가는 뜨거운 열기에 그는 자신도 모르게 신음을 흘렸다.

어릴 때부터 그의 어머니는 아버지에 대한 이야기를 한 번도 한 적이 없었다. 키히린도 어머니가 아버지에 대해 말하는 것을 꺼려한다는 것을 알고 있었기에 굳이 물으려 하지 않았다.

다만, 가끔씩 해가 질 때마다 지평선 너머로 사라지는 노을을 아련한 눈으로 바라보는 어머니를 보며 의아해했을 뿐.

하지만 이제는 알 수 있을 것 같다.

그의 어머니가 보고 있던 것은 노을이 아닌, 마을에서 서쪽으로 말을 타고 일주일이나 가야 하는 거리에 위치한 아일론 영지였다는 것을.

'어머니는…… 그자를 원망하지 않으셨던 건가…….'

키히린에게 그에 대한 원망 같은 것은 처음부터 없었다. 단지 그를 따라간다면 지금의 평온함이 깨질 거라는 것이 싫었을 뿐이다. 하지만 그와 동시에 일생에 다시 오지 않을 기회를 놓치게 될지도 모른다는 고뇌가 그를 어지럽히고 있었다.

평생을 작은 영지의 경비대장으로 평온하게 살 것인가? 아니면 자신의 삶을 완전히 뒤바꾸게 될지도 모르는 선택을 할 것인가?

그는 떠오르기 시작하는 수많은 상념에 고개를 내저으며 빈 잔을 다시 채우고는 천천히 잔을 비웠다.

조금 전, 단숨에 들이킬 때는 미처 느끼지 못했던 달콤한 향기가 코끝을 간질였다.

잠시 빈 술잔을 내려다보던 키히린은 피식 웃음을 터뜨렸다.

평소에는 술을 그리 가까이 하지 않았기에 취함의 즐거움을 이해하지 못했지만, 지금은 이해할 수 있을 것 같았다.

달콤한 향기 뒤에 찾아오는 뜨거운 열기. 그 열기가 머리를 짓누르는 고뇌를 잠시나마 잊게 해주기 때문이리라.

키히린은 계속해서 잔에 술을 따랐다. 한 잔이 두 잔으로, 그리고 세 잔으로.

한참 동안 마신 술이 살짝 치밀어 오른 듯, 몽롱한 눈으로 비어 있는 술잔을 바라보던 키히린은 맞은편에 누군가 앉는 것을 느끼고는 의아한 표정으로 그를 바라보았다.

"사내놈이 청승맞게 혼자 술을 마시는 게냐? 나도 한 잔 다오."

세월을 이겨내지 못하고 하얗게 새어버린 머리카락과 낯익은 얼굴에 키히린은 미소를 띠며 잔을 건넸다.

"크라인 스승님."

키히린이 건넨 잔에 술을 가득 담아 쭉 들이켠 크라인은 올라오는 열기에 고개를 한 번 흔들었다.

"크으……. 술도 잘 못하는 녀석이 꽤나 독한 걸 마시는구나. 아까 라이나스 백작이랑 무슨 일이 있었기에 이리도 청승인 게냐?"

"……."

술잔을 건네며 물어오는 크라인의 입에서 백작의 이름이 거론되자 키히린은 쓴웃음을 지으며 잔을 받아 들었다.

키히린이 술잔에 술을 반쯤 채운 채 아무런 말도 없자 크라인은 한숨을 내쉬며 말했다.

"그분을 따라가거라."

뜬금없는 말에 키히린은 당황한 눈으로 그를 바라보았다.

"10년 전, 네 녀석을 견습기사로 데려가고 싶다 했을 때, 난 네 어머니가 왜 그토록 반대를 하는지 궁금했었다. 그런데 5년 전, 네 어머니가 돌아가실 때 내게 그 이유를 말해 주더구나."

크라인은 키히린 앞에 놓인 술잔을 들이켜고는 다시 말을 이었다.

"크으……. 라이나스 백작, 그러니까 네 아버지가 언젠가는 너를 찾아올 거라 생각하고 있으셨단다. 그래서 네가 기사가 되어 이 작은 곳에 얽매일까 봐 견습기사가 되는 것을 반대하셨던 거고."

"그랬…… 습니까?"

"솔직히 말해, 너의 재능은 이런 작은 영지에 머물러 있기에는 아깝다."

"하지만……."

크라인은 키히린의 말을 끊으며 단호히 말했다.

"그분을 따라가거라. 그리고 넓은 세상에 나가 네 재능을 펼쳐라! 게다가 내겐 더 이상 너에게 가르쳐 줄 게 없다."

크라인의 중얼거리는 듯한 뒷말에 키히린은 자신도 모르게 웃음을 터뜨렸다.

그 웃음에 머쓱해진 크라인은 빈 잔에 술을 채우려다가 술병이 빈 것을 발견하고는 종업원을 불렀다.

"해리! 여기 두 병만 더 가져와 주겠나? 잔도 하나 더 가져
오게."

"예!"

그릇을 닦고 있던 종업원은 곧 키히린이 주문했던 레종 두
병과 작은 잔 하나를 쟁반에 담아왔다.

그 모습에 키히린은 당황한 얼굴로 말했다.

"저는 이미 많이 취했습니다."

"술은 취하라고 먹는 건데, 뭐 어떠냐. 한 잔 더 받거라."

키히린은 어쩔 수 없이 그가 가득 따라주는 술을 계속해서
들이켰다.

평소 입에 잘 대지 않던 술을, 그것도 갑자기 그 독하다는
레종을 한 병 넘게 마시자 키히린은 서서히 머리끝까지 치밀
어 오르는 취기에 어지러움을 느꼈다.

"으응? 벌써 취한 게냐?"

키히린은 몽롱한 눈을 들고는 제법 구부러진 목소리로 말
했다.

"꺼억. 평소엔 술을 거의 먹질 않아서……."

"쯧. 제자 녀석과 술이나 한 잔 하려고 했더니……. 이번이
처음이자 마지막이 될지도 모르는데."

"예? 뭐라고 하셨습니까?"

눈앞이 어질어질해 오는 것을 느끼던 키히린은 크라인의
뒷말을 제대로 듣지 못하고 반문했다. 크라인은 작게 웃음을

터뜨렸다.

"허허, 거 녀석도……. 취하긴 제법 취한 모양이구나. 오늘은 여기서 자도록 해라. 지금 네 녀석의 상태로는 숙소까지 제대로 갈 수 없을 것 같구나."

"크으…… 그래야겠습니다. 해리, 빈방 있나?"

당장이라도 쓰러질 것 같은 취기에 고개를 내저으며 정신을 추스른 키히린의 말에 종업원은 고개를 끄덕였다.

"2층에 여행자들이 묵어가는 방이 하나 있어요. 가끔은 술이 잔뜩 취한 손님들이 자고 가기도 하구요."

"오늘은 내가 그 손님들 중 하나가 되겠군."

키히린이 내뱉은 말에 종업원은 웃음을 지었다.

"금방 준비해 드릴 테니 따라오세요."

그를 따라가기 위해 자리에서 일어서는 키히린의 등 뒤로 크라인의 나직한 목소리가 들려왔다.

"잘 생각해 보거라. 이곳에 남아 평생을 그저 그런 경비병으로 남을 것인지, 네 아버지를 따라가서 새로운 길을 걸을 것인지. 네 인생에 다시는 없을 기회다."

키히린은 뒤돌아 앉은 채 술잔을 기울이는 그의 등을 보며 고개를 숙였다.

"그럼, 전 먼저 가보겠습니다."

"그래, 나는 좀 더 마셔야겠다."

크라인은 그저 손만 들어 인사를 받고는 술잔을 들었다.

잠시 그의 뒷모습을 바라보던 키히린은 2층으로 향하는 종업원을 따라 계단을 올라갔다.

종업원의 안내로 퀴퀴한 냄새가 나는 작은 방에 들어선 키히린은 중앙에 덩그러니 놓여 있는 침대 위로 몸을 던졌다.

풀썩!

침대 위로 몸이 떨어지자 먼지가 약간 피어올랐다가 가라앉았다.

좁고 초라한 침대 위에 누운 채 천장을 바라보던 키히린은 한참 동안 잠이 들지 못하고 뒤척거렸다.

그리고 얼마 후 온몸에 퍼진 술기운에 자신도 모르게 잠이 들었다.

짹, 짹!

살짝 열려 있는 창문 사이로 햇빛과 새소리가 흘러들어 왔다. 여느 때와 다름없는 평범한 아침이었지만, 키히린에게 오늘 아침은 조금 달랐다.

"으으음……."

지끈지끈 누르는 숙취에 머리를 감싸 쥐며 자리에서 일어난 키히린은 멍하니 풀린 눈으로 주변을 살피다가 탁자 위에 놓인 주전자를 집어 들고는 물을 벌컥벌컥 들이켰다.

"으윽……. 이게 숙취라는 건가."

주전자를 다시 탁자 위에 내려놓으며 키히린은 침대 맡에 풀어둔 검을 바라보았다.

"……."

잠시 동안 키히린은 아무런 움직임도 없이 검을 응시했다. 얼마 후 탁자로 눈을 돌린 키히린은 작은 주머니가 놓여 있는 것을 발견하고는 집어 들었다.

작은 주머니 안에는 100페론짜리 은화가 한가득 들어 있었다. 잠시 의아한 표정을 짓던 키히린은 주머니를 들고 방을 나서 1층으로 향했다.

크라인은 어제 같이 술을 마시던 그 자리에 여전히 앉아 있었다. 그가 앉은 테이블 위를 점령하듯 빈 병들이 잔뜩 널려 있었다.

키히린이 걱정스런 얼굴로 다가가자 자리에 앉아 있던 크라인은 인기척을 느꼈는지 고개를 돌렸다.

"일어났구나."

"밤새…… 드신 겁니까?"

키히린의 물음에 고개를 끄덕인 크라인은 그의 얼굴을 똑바로 바라보며 물었다.

"결정은 내린 거냐?"

잠시 침묵하던 키히린은 천천히 고개를 끄덕였다.

"예. 한 번…… 스승님의 말씀대로 해보기로 했습니다."

"그래, 잘 생각했다. 방에 있던 주머니는 챙겼겠지?"

그의 말에 그제야 키히린은 손에 들고 있던 주머니를 들어

보였다.

"그런데 이 주머니는……?"

"이번 달 네 녀석의 봉급이다. 뭐, 백작의 뒤를 따라가는 너에게는 별로 큰 도움이 안 될 테지만……."

키히린은 잠시 주머니를 바라보다가 품속에 집어넣었다.

"감사합니다, 스승님."

"백작 일행은 오늘 아침 일찍 아일론으로 출발했다고 하더라. 밖에 말을 매어뒀으니 빨리 가기나 해, 이 녀석아."

"예."

크라인의 말에 다급하게 술집을 나서려던 키히린은 문 앞에 잠시 멈춰 서더니 고개를 돌렸다.

"스승님, 그거 아십니까?"

"응? 뭘 말이냐?"

뜬금없는 키히린의 물음에 병에 담긴 남은 술을 잔에 따라 홀짝거리던 크라인은 의아한 얼굴로 고개를 들었다.

"전 지금까지…… 스승님을 아버지처럼 생각했습니다. 몸 건강하십시오!"

말을 마친 키히린이 문을 나서고 잠시 뒤, 히이잉 거리는 말 울음소리가 들려왔다.

다그닥 다그닥.

"망할 녀석 같으니……. 내가 제자 놈 하나는 제대로 키웠다니까."

멀어지는 말발굽 소리를 들으며 술잔을 기울이던 크라인은 그렇게 중얼거리고는 테이블 위에 그대로 엎어졌다.

그리고 곧 작은 술집 안에는 자신의 하나뿐인 제자가 더 넓은 곳으로 떠나는 것을 축하하며 밤새도록 술로 아쉬움을 달래던 노기사의 코고는 소리로 가득 찼다.

테이블에 고개를 처박듯 쓰러져 깊은 잠이 든 그의 얼굴에는 진한 미소가 걸려 있었다.

*　　　*　　　*

라리트 영지를 벗어난 키히린은 아일론으로 향하는 숲길이 나오자 달리는 말에 더욱 박차를 가했다.

크라인이 그가 떠날 것을 예견이라도 한 듯 자신의 물건들을 말에 실어두었기에, 키히린은 경비병 숙소에 들리지도 않고 곧장 리오르 일행을 뒤쫓아갈 수 있었다.

한 시간 정도를 달렸을까?

저 멀리 병사들의 뒤꽁무니가 보이기 시작했다.

그쪽에서도 뒤에서 누군가 쫓아오는 것을 느꼈는지 이동하는 것을 멈춘 채 기다리고 있었다.

얼마 후, 말을 달려 쫓아오는 것이 키히린이라는 것을 알아봤는지 리오르가 멈춰서 있던 말에서 내려 걸음을 옮겼다.

리오르가 말에서 내리자 그의 곁에 있던 세 기사들도 말에

서 내려 키히린을 향해 다가갔다.

가까이 다가간 키히린도 리오르와 기사들이 다가오자 말에서 내렸다.

"응? 자네는 라리트 영지의 경비대장이 아닌가?"

리오르의 뒤에 있던 까무잡잡한 얼굴에 녹색 눈동자를 지닌 짧은 금발의 기사 로웬은 한 발 앞으로 나서며 의아한 표정을 지었다.

리오르는 손을 들어 그를 제지했다.

"자네들은 물러나 있게."

리오르의 손짓에 로웬은 멋쩍은 듯 머리를 긁적거리며 다른 두 기사와 함께 조용히 물러났다.

리오르는 입가에 희미한 미소를 띠고 있었다.

"올 줄 알았다."

"……어젯밤 하신 말씀, 아직도 유효합니까?"

잠시 침묵하던 키히린의 말을 기다렸다는 듯 리오르는 천천히 고개를 끄덕였다.

"그래. 결정은 내린 것이냐?"

"예."

키히린은 짧게 대답했다. 그 모습에 리오르는 키히린의 눈을 응시하며 말했다.

"아직은 내 휘하의 기사들 중 시르온을 제외한 그 누구에게도 네가 내 아들이란 것을 말하지 않았다. 네가 원한다면 지금이라도 원래의 일상으로 돌아갈 수 있다.”

키히린은 리오르의 얼굴을 응시하다가 입을 열었다.

“이미 결정을 내렸습니다. 당신을 따라가겠습니다, 아……
버지.”

리오르는 키히린의 말끝에 주춤주춤 따라붙은 ‘아버지’라
는 호칭에 반색하며 눈을 크게 떴다.

“나를 용서해 주는 것이냐?”

“애초부터 용서할 것도 없었습니다. 어머니께선…… 한 번
도 아버지를 원망하신 적이 없었으니 말입니다…….”

살짝 기쁨에 들뜬 리오르와 달리 키히린은 담담한 목소리
로 대답했다. 키히린의 대답에 리오르는 입가에 옅은 미소를
머금더니 천천히 고개를 숙였다.

“고맙다…… 아들아.”

일국의 백작이자 한 영지의 영주로서가 아닌 한 사람의 아
비로서 고개를 숙이는 리오르의 모습에 키히린의 가라앉았던
눈동자가 흔들렸다.

“로웬, 듀렌, 그리고 시르온 자네도 와보게.”

“예.”

두 사람의 대화를 의아한 눈으로 바라보던 두 기사와 의미
심장한 시선으로 지켜보던 시르온은 리오르의 부름에 시선을
거두고는 그에게 다가갔다.

“저…… 영주님, 저 친구는 어제 들렀던 영지의 경비대장

이 아닙니까? 그런데 어째서……."

다가온 세 기사들 중 로웬이 한 발 나서며 묻자, 옆에 있던 듀렌도 호기심 어린 시선을 보냈다.

"흐음, 자네들도 잘 알다시피 지금까지 내겐 뒤를 이을 후계자가 없었네……."

리오르의 나직한 목소리에 듀렌과 로웬은 아미를 찡그리며 얼굴이 굳어졌다.

그 모습에 리오르는 희미한 미소를 띠었다.

"내 몸은 내가 잘 아네. 내 병은 점점 깊어지고 있어. 아마 이렇게 움직일 수 있는 날도 얼마 남지 않았을 테지."

키히린은 자신 앞에 서 있는 리오르의 등을 시린 눈빛으로 바라보다 고개를 숙였다.

듀렌은 리오르의 말에 무어라 반박하고 싶었지만 이내 입술을 깨물었다.

"앞으로 이 아이에게 많은 것을 가르쳐 주게. 이 아이의 검이 되고, 방패가 되어 영지를 발전시켜 주게."

리오르의 말에 듀렌은 눈을 동그랗게 뜨며 키히린을 힐끗 쳐다보고 말했다.

"저자의 검이 되라니. 그게 무슨 뜻입니까, 영주님?"

리오르는 키히린을 지그시 바라보다가 고개를 돌려 로웬과 듀렌을 응시했다

"이 아이가 나의 뒤를 이을 후계자일세."

로웬과 듀렌은 경악에 찬 시선으로 리오르와 키히린을 바라보았다.

"무, 무슨 말씀이십니까, 영주님! 생전 처음 보는 저자를 후계자로 정하시겠다니요!"

주군의 앞이라는 것도 잊은 채 로웬이 큰 소리로 외치자, 시르온은 엄한 표정으로 그를 보았다.

시르온의 시선에 로웬은 찔끔한 표정으로 몸을 움츠렸다.

리오르는 그런 반응을 예상하기라도 한듯 웃음을 흘렸다.

"허허. 너무 구박하지 말게, 시르온."

웃는 얼굴로 시르온을 말린 리오르는 곧 언제 그랬냐는 듯 얼굴을 굳히고는 로웬과 듀렌을 바라보았다.

"나이트 시르온, 나이트 로웬, 나이트 듀렌. 이 세 명의 기사를 증인으로 삼아 여기 있는 나의 아들인 키히린 라이나스를 내 영지와 작위를 이을 후계자로 선언한다."

리오르의 선언에 시르온은 엄숙한 표정을 지었고, 듀렌과 로웬은 다시 눈을 동그랗게 뜨고는 키히린을 바라보았다.

"저, 저 경비대장이…… 아니 저분이 영주님의 아드님이란 말입니까?"

"하느님, 맙소사……."

리오르는 두 기사를 바라보다가 시선을 돌리고는 손가락에 끼고 있던 반지를 빼 키히린에게 건넸다.

"받거라."

“……?”

키히린은 자신의 손바닥 위에 올려진 은색의 반지를 가라앉은 눈길로 바라보았다. 은색의 반지 한쪽에는 강철의 건틀렛이 양각되어 있었다.

“우리 가문의 증표다. 이것이 네가 나의 정통 후계자임을 증명할 것이다.”

반지를 건넨 리오르는 모든 것을 이루었다는 듯 편안한 표정을 지었다.

“영지에 도착하자마자 공식적으로 키히린에게 내 작위와 영지를 물려줄 것이다. 모두 그리 알도록 하게. 그럼 가던 길을 계속 가지. 앞으로 시간이 그리 많지 않네.”

로웬과 듀렌은 아직도 충격에서 벗어나지 못한 표정이었다. 시르온은 말고삐를 잡고 키히린에게 다가갔다.

“어서 타십시오, 도련님. 갈 길이 멉니다.”

키히린은 고개를 끄덕이고는 멍한 표정으로 허공을 바라보고 있는 두 기사를 잠시 지켜보다가 이내 말에 올랐다.

“거기 계속 있을 텐가?”

리오르의 목소리에 그제야 정신을 차린 두 기사는 허겁지겁 말에 올라타 리오르의 곁으로 다가갔다.

“자자, 모두 어서 가자!”

흩어져 쉬고 있던 병사들은 시르온의 외침에 대열을 갖추었다.

힐끗, 힐끗.

로웬은 말을 몰며 계속해서 리오르의 옆에 있는 키히린을 곁눈질했다.

그리 흔하지 않은 검은 눈동자와 머리카락이라든지 이목구비가 언젠가 한 번 보았던 리오르의 젊은 시절 초상화를 보는 듯했다.

*　　　*　　　*

라리트 영지를 벗어나 며칠 후, 그들은 숲 속을 지나가고 있었다.

"긴장되느냐?"

"예?"

갑작스런 리오르의 물음에 키히린은 그를 바라보았다.

"이 숲만 지나면 아일론이다."

"그렇습니까……. 조금은 떨리는군요."

리오르의 말에 키히린은 옅게 웃으며 고개를 끄덕였다.

"처음으로 웃음을 보이는구나."

미소 띤 리오르의 말에 키히린은 머쓱한 표정으로 주변을 바라보았다.

"글은 아느냐?"

고개를 돌려 주변을 바라보고 있던 키히린은 리오르의 물음에 그를 응시하며 고개를 끄덕였다.

"어머니께 읽고 쓰는 것 정도는 배웠습니다."

리오르는 그리움에 잠긴 눈빛으로 미소를 지었다.

"그랬구나……. 앞으로 배워야 할 것이 많을 것이다."

고개를 돌려 잠시 정면을 응시하던 리오르는 다시 말을 이었다.

"나의 뒤를 이어 기사가 되고 영주가 되려면 많은 것을 배워야 할 것이다. 영지의 일이야 총관과 시르온의 도움을 받으면 되겠지만, 귀족으로서의 예법과 기본적인 학문 등은 앞으로 열심히 공부해야 할 게다."

"명심하겠습니다."

진지한 얼굴로 대답하는 키히린의 모습이 마음에 들었는지 리오르는 입가에 흡족한 미소를 띠었다.

"우리 트라니아왕국의 시리스 여왕님은 매우 조용하고 너그러운 분이시지만, 자신에게 반기를 든 이에게는 가차없는 분이시지. 너는 앞으로 나의 후계자로서 그분의 공식적인 인가를 받기 위해 트리안(트라니아의 수도)으로 가게 될 것이다. 그때 그분의 눈 밖에 나지 않도록 주의하거라."

"예."

리오르는 이마를 찡그리며 표정을 굳히더니 다시 말을 이었다.

"이제부터 잘 새겨듣거라. 네가 앞으로 조심해야 할 자는 귀족일파의 우두머리인 스웨인 사리오 가리오넬 후작이다. 그는 네가 나의 뒤를 이어 새로운 라이나스 백작이 되고 나면 너를 자신들 편으로 끌어들이기 위해 접근할 것이다. 하지만 그들이 무엇을 제시하든 간에 넌 절대 그들 쪽에 서선 아니 된다."

키히린은 이해가 안 되는지 고개를 갸웃거렸다.

"귀족일파? 그건 무슨 소리입니까?"

키히린의 물음에 리오르는 깊은 한숨을 내쉬었다.

"참으로 한심한 일이지만, 현재 트라니아는 여왕폐하를 따르는 여왕일파와 가리오넬 후작을 따르는 귀족일파로 나뉘어져 있다. 여왕폐하께서는 노예 제도를 폐지하는 등 개혁을 단행코자 하시지만, 그로 인해 피해를 입는 것은 노예들을 통해 부를 축적해 온 일부 귀족들이지. 그들이 가리오넬 후작을 중심으로 모여들어 조직적으로 여왕폐하의 뜻을 따르지 않고 있단다."

"그렇다면 아버지께서는 어느 쪽이십니까?"

키히린의 물음에 리오르는 단호한 표정으로 말했다.

"기사로서 여왕폐하를 따르는 것은 당연한 것이다."

"네, 알겠습니다."

"그리고 이 이름을 기억해 두거라. 왕국의 유일한 공작이자 여왕님의 외숙부이시며, 여왕일파의 수장이자 왕립 기사단장이신 율리안 세인즈 크리스토퍼 공작. 그를 만날 기회가 있다면 친분을 쌓아두는 것이 좋을 것이다.”

키히린은 크리스토퍼 공작과 가리오넬 후작의 이름을 되뇌며 앞을 바라보았다. 앞장서서 가고 있던 듀렌이 멈춰서 있었다.

“무슨 일 입니……!”

쐐애애애액. 퍽!

키히린이 의아해하며 물으려는 찰나, 어디선가 날아온 화살이 그의 말 바로 앞에 박히는 것과 동시에 시르온의 외침이 들려왔다.

“몬스터다! 영주님을 보호해라!”

그의 외침에 화답이라도 하듯 근처 숲 속에서 40여 마리의 초록색 피부를 지닌 추악한 난쟁이들이 조잡한 무기를 들고 뛰쳐나왔다.

“고블린?”

시르온의 외침과 동시에 말에서 내려 안장에 매어두었던 자신의 바스타드를 챙겨 든 키히린은 몬스터들을 바라보며 자세를 고쳐 잡았다.

그의 옆으로 다가온 로웬은 다급한 목소리로 소리쳤다.

“뭐하시는 겁니까! 빨리 뒤로 물러나십시오! 위험합니다!”

하지만 바스타드를 뽑아 든 키히린은 로웬의 외침에도 불구하고 병사들과 고블린 무리가 뒤엉켜 있는 곳을 향해 달려들었다.

로웬은 욕설을 내뱉으며 말에서 내려섰다.

"우라질. 상관 한 번 제대로 만났군!"

로웬은 검을 뽑아 들며 키히린의 뒤를 쫓아 달려갔다.

바스타드를 들고 달려 나간 키히린은 쓰러져 있는 병사를 향해 막 녹슨 숏소드를 내려치려는 고블린을 발견하고는 한 치의 주저함도 없이 검을 휘둘렀다.

촤아악.

무언가 베어 지는 느낌과 함께 가죽 찢어지는 소리가 났다. 하지만 머리를 노린 키히린의 검은 고블린의 오른쪽 어깨만을 베고 지나갔다.

"끼에에엑!"

병사에게 숏소드를 내려치던 고블린은 갑자기 어깨에 화끈한 느낌이 들자 비명을 내지르며 날카로운 눈빛을 빛냈다. 바스타드를 들고 있는 키히린을 발견한 고블린은 찢어진 작은 눈을 붉게 빛내며 달려들었다.

"제길!"

고블린이 숏소드를 마구 휘두르며 달려들자 키히린은 급히 바스타드를 휘둘렀다. 하지만 길이가 긴 바스타드로 상대하기에는 이미 고블린이 너무 가까이 다가온 상황이었다.

"끼에에엑!"

기회를 잡았다고 생각한 고블린이 키히린의 배에 숏소드를 박으려는 순간, 둔탁한 무언가가 놈의 안면을 강타했다.

뻐억!

"쿠엑!"

키히린이 신고 있던 가죽 부츠는 닳는 것을 방지하기 위해 바닥에 강철판을 덧대어 놓은 것이었다. 그것으로 내지른 발차기에 맞아 나가떨어진 고블린의 안면은 완전히 함몰되어 있었다.

나가떨어진 고블린의 가슴에 검을 박아 확인 사살을 한 키히린의 곁으로 다가온 로웬은 놀랍다는 눈으로 그를 바라보았다.

"호오~ 앞뒤 분간도 못하는 애송이인 줄로만 알았더니, 제법이군요."

언뜻 들으면 비꼬는 것 같은 로웬의 말에 키히린은 바스타드를 고블린 시체에서 뽑아내며 나직하게 말했다.

"작은 영지라고는 하지만, 경비대장 자리는 주사위 놀음으로 얻은 게 아닙니다."

키히린의 말에 로웬은 어깨를 으쓱이며 고개를 끄덕이더니 순간 자신의 롱소드를 키히린을 향해 던졌다. 그가 날린 롱소드는 키히린의 뺨 바로 옆으로 바람 소리를 내며 스쳐 지나갔다. 갑작스러운 로웬의 행동에 키히린은 표정을 굳히며 소리쳤다.

"이게 무슨……!"

푸욱!

"꾸에엑!"

말이 채 끝나기도 전에 등 뒤에서 들린 괴성에 키히린은 급히 고개를 돌렸다. 단검을 움켜쥔 고블린 하나가 머리에 롱소드가 박힌 채 뒤로 나가떨어져 있었다.

사후 경직을 일으키며 부들부들 떨고 있는 고블린의 몸에서 롱소드를 회수한 로웬은 웃음을 지으며 키히린의 어깨를 두드렸다.

"어느 정도 실력이 있다는 것은 인정하지만, 전투 시에는 결코 긴장을 늦추어서는 안 됩니다. 하하핫."

키히린은 당혹스런 표정을 짓다가 이내 고개를 살짝 숙여 보이고는 달려들던 고블린을 향해 바스타드를 휘둘렀다.

잠시 바스타드를 휘두르는 키히린의 모습을 바라보던 로웬은 호탕한 웃음과 함께 고블린 떼를 향해 롱소드를 휘두르며 달려들었다.

"와하하하! 이 녀석들아, 어디 죽어봐라!"

40여 마리라는 꽤 많은 숫자이기는 했지만, 고블린들은 뛰어난 실력을 지닌 세 기사들과 전장에서 뼈가 굵은 30여 명의 병사들에게는 상대가 되지 못했다.

얼마 지나지 않아 모든 고블린들이 죽거나 도주하자, 시르온은 검에 묻은 피를 털어내며 리오르에게 다가갔다.

"고블린들이 굶주림을 이기지 못하고 덤벼든 듯합니다."

"쿨럭, 다치거나 죽은 자는 있는가?"

"자잘한 상처를 입은 병사가 네 명 정도고, 별다른 부상자는 없습니다."

"그런가? 다행이군, 쿨럭."

자신의 말을 받으며 계속해 리오르가 잔기침을 내뱉자, 시르온은 걱정스런 얼굴이 되었다.

"괜찮으십니까?"

"아직은 견딜 만하네. 어서 영지로 출발하세."

"예."

시르온은 침중한 눈빛으로 잠시 리오르를 바라보다가 고블린의 시체들을 정리 중이던 병사들을 재촉했다.

"모두 이동한다."

시르온의 명령이 떨어지자 주변을 정리하던 병사들이 다시 움직이기 시작했다.

리오르의 곁으로 말을 몰아 돌아온 키히린은 왠지 그의 안색이 어두워 보이자 조심스레 입을 열었다.

"괜찮으십니까?"

"으음…… 그래. 아직은 견딜만하구나. 그런데 넌 어찌하여 전투에 끼어든 것이냐?"

리오르의 나직하지만 질책이 섞인 말투에 키히린은 살짝 안색을 굳혔다.

"그저 뒤에서 보고만 있을 수는 없었습니다."

"너는 곧 한 영지의 책임자가 될 몸이다. 그런데 어찌 무모

하게 싸움터에 뛰어드느냐?"

"죄송합니다."

"군주는 싸워야 할 때와 뒤로 물러나야 할 때를 알아야 한다. 뒤로 물러나야 할 때 앞으로 나선다면 부하들에게 방해만 될 뿐이다. 방금 전 너의 섣부른 행동으로 로웬이 당황했던 것을 보았겠지. 상황에 맞지 않는 군주의 행동은 아랫사람들을 피곤하게 하는 법이다."

"명심하겠습니다."

고개를 숙인 키히린의 진지한 태도에 리오르는 굳은 표정을 펴며 입가에 미소를 띠었다.

"하지만 너의 그 행동으로 한 병사가 죽을 위기에서 살아났다. 그리고 로웬의 마음을 열기도 했고."

리오르는 미소 띤 얼굴로 키히린의 어깨를 두드렸다.

"잘했다. 방금 전 상황은 병사들과 함께 나가 싸울 때였다. 만약 네가 구경만 했다면 나는 실망했을 것이다."

리오르의 말에 키히린은 고개를 들고는 옅은 미소를 지으며 고개를 끄덕였다.

"오늘 로웬의 마음을 연 것처럼, 다른 기사들의 마음도 얻도록 하거라. 앞으로 그들은 너에게 많은 것을 가르쳐 줄 것이고, 끝까지 물러서지 않는 너의 검과 방패가 되어줄 것이다."

"그들을 얻겠습니다."

조용하지만 힘있는 키히린의 대답에 리오르의 입가에 미소가 짙어졌다.

"숲의 끝이 보입니다!"

앞장서서 말을 몰던 듀렌의 목소리에 뒤에 있던 키히린도 고개를 돌려 앞을 바라보았다. 얼마 멀지 않은 거리에 숲이 끝나는 지점과 평야가 맞닿아 있었다.

그리고…… 저 멀리 회색빛의 성곽이 그 모습을 드러내고 있었다.

그 광경을 바라보고 있던 키히린에게 리오르가 미소를 지으며 나직한 목소리로 말했다.

"아일론에 온 것을 환영한다, 나의 아들아."

Chapter 2
강철의 이름

아일론의
영주

성으로 들어서는 길옆의 밭에서는 농민들이 보리씨를 뿌리고 있었다. 그들은 리오르와 기사들을 발견하고는 일을 멈춘 채 쓰고 있던 모자를 가슴 앞으로 내리며 존경을 표했다.

"……영지민들은 진심으로 아버지를 존경하고 있는 것 같군요."

키히린의 말에 그의 옆에서 말을 몰던 로웬은 기분 좋은 미소를 지었다.

"하하하, 당연하지요. 영주님은 세금도 적정 수준만 걷는데다 모두에게 평등하게 대해주시기 때문에 영지의 주민들은 모두 영주님을 존경하고 있습니다. 하하!"

키히린은 고개를 돌려 리오르를 바라보았다. 그는 말 위에 있는 것도 힘이 드는지 인상을 찡그리고 있었다.

그들이 성안에 들어서자 주변에서 소란스러운 소리들이 들려왔다.

"영주님께서는 괜찮아지실 겁니다."

로웬이 미소를 지으며 자신에게만 들릴 목소리로 조용히 속삭이자 키히린은 고개를 끄덕였다.

성안에 들어와서도 한참 동안이나 움직이던 일행은 내성에 들어서서 천천히 속도를 줄이더니 곧 멈추었다.

그들 앞에는 회색빛을 띠고 있는 영주성과 그 앞에 정렬한 수십 명의 병사들이 있었다. 병사들 앞으로는 네 명의 사내들이 서 있었다.

사내들 중 검은색의 정장을 차려 입고 회백색의 머리를 뒤로 깔끔하게 넘긴 초로의 사내가 앞으로 나오더니 듀렌의 도움을 받아 천천히 말에서 내리고 있는 리오르를 부축했다.

"영주님! 그러기에 제가 이번 여행을 그리도 말렸건만!"

"괜찮네, 레이든. 아직은 견딜 만해."

리오르는 어쩔 줄 모르는 레이든의 모습에 미소를 지었다. 이 초로의 총관은 평소에는 냉철하고 철두철미한 성격이다가도 이따금씩 허둥지둥 거리는 모습을 보이곤 했다.

레이든의 뒤로 남들보다 머리 하나 정도는 더 큰 거구의 사내와 온몸을 검은색의 로브로 덮은 자, 그리고 푸른 단발머리의 예쁘장하게 생긴 청년이 다가왔다.

그중 검은색의 로브를 뒤집어쓴 자가 앞으로 나서더니 가녀린 목소리로 말했다.

여린 목소리와 들어 올려진 옷소매 아래로 보이는 새하얀 손, 얼굴을 가린 로브 아래로 보이는 목이 밋밋한 것을 보아 그가 여자라는 사실을 눈치 챈 키히린은 흥미로운 눈으로 그녀를 바라보았다.

"우선 영주님을 방으로 모시죠."

"아! 그렇군요, 유르스 경. 뮤라 경과 알렌 경은 어서 영주님을 방으로 모시게!"

검은 로브를 뒤집어쓴 유르스의 말에 레이든 총관은 푸른 머리의 기사와 덩치 큰 거구의 기사를 불러 리오르를 방으로 모시도록 지시했다.

"그런데 저분은……?"

리오르를 업은 듀렌과 그를 호위하는 뮤라와 알렌의 뒤를 따라 영주성 안으로 들어가려던 유르스는 처음 보는 키 큰 흑발의 사내를 눈짓으로 가리키며 시르온에게 물었다.

시르온은 아차 하는 생각을 하며 키히린을 소개하려 했다. 하지만 키히린이 먼저 입을 열었다.

"라리트 영지에서 온 키히린이라고 합니다."

정중하게 자신을 소개하는 그의 모습에 입가에 옅은 미소를 띤 유르스는 천천히 로브를 벗으며 자신을 소개했다.

"반가워요. 저는 리오르 영주님의 활시위…… 유르스 휘르시오넬이라고 해요."

얼굴을 가리고 있던 로브를 뒤로 넘기자 길쭉하고 뾰족한 귀와 물결치듯 흘러내리는 에메랄드 빛 머리카락, 그리고 눈부시게 아름다운 그녀의 얼굴이 드러났다.

자신의 모습에 놀란 듯 눈을 동그랗게 뜬 키히린을 보고 유르스는 부드러운 미소를 지으며 다시 로브를 뒤집어썼다.

"사람들의 시선을 피하기 위해 평소에는 로브를 쓰고 다닌답니다."

"엘프시군요. 숲 속의 친구에게 평온을."

키히린이 오른손을 왼쪽 어깨에 가져다 대고 고개를 숙이자, 유르스는 깜짝 놀랐다는 듯한 표정을 짓다가 이내 자신도 오른손을 왼쪽 어깨에 대고 고개를 숙였다.

"아! 숲을 지나치는 친구에게 축복을……. 엘프의 인사법을 알고 계시군요?"

그녀의 물음에 키히린은 웃음을 지으며 대답했다.

"제가 살던 마을에 가끔 들르던 엘프 친구에게서 배웠습니다."

"그러시군요. 그런데 아일론에는 무슨 일로 오신 건가요?"

유르스는 좀 더 친근한 어조와 눈빛으로 키히린에게 물었다. 그의 옆에서 어색한 미소를 짓고 있던 로웬이 머리를 긁적이며 말을 받았다.

"에…… 그게, 유르스 경. 이분은 영주님의 아드님이라오."

유르스는 눈을 동그랗게 뜨고 담담하게 미소 짓고 있는 키히린과 어색한 미소를 띤 로웬을 번갈아 바라보았다.

그리고 이내 멋쩍은 듯 헛기침을 하고는 정중한 태도로 키히린에게 고개를 숙였다.

"제가 결례를 범했군요. 죄송합니다."

조금 전의 친근한 말투와는 다른 정중한 태도에 키히린이 오히려 당황하며 고개를 내저었다.

"괜찮습니다. 그런 것은 오히려 불편하니 편하게 대해 주십시오."

"……."

키히린이 손까지 내젓자 유르스는 그의 얼굴을 빤히 바라보다가 조금 전과 같은 웃음을 지었다.

"재미있는 분이로군요. 우선은 들어가죠. 바람이 많이 차가워요. 영주님의 상태도 살펴봐야 하고……."

그들의 대화를 지켜보고 있던 시르온이 고개를 끄덕이며 그녀의 말을 받았다.

"유르스 경, 부탁하네."

"예. 그럼, 나중에 뵙죠."

시르온과 함께 급히 영주성으로 들어가는 유르스를 보던 키히린은 고개를 돌려 옆에 서 있던 로웬을 바라보았다. 로웬은 머리를 긁적이며 걸음을 옮겼다.

“에…… 도련님, 저희도 이만 들어가죠.”

키히린은 그의 말에 고개를 끄덕여 보이고는 천천히 그의 뒤를 따라 발걸음을 옮겼다.

로웬의 안내를 따라 영주성 안으로 들어서던 그는 1층 홀에서 발걸음을 멈추었다. 그의 시선은 2층으로 올라가는 중앙 계단의 층계참에 머물러 있었다.

뒤를 따르던 키히린이 갑자기 자리에 멈춰 서자 앞장서던 로웬은 의아한 표정을 지으며 그의 시선을 쫓았다. 그리고는 그가 층계참에 걸린 그림을 보고 있는 것을 확인하고는 고개를 끄덕였다.

중앙계단의 층계참에 걸려 있는 그림 속에는 갈색머리의 수수한 여인이 부드러운 미소를 지으며 들어오는 이들을 맞이하고 있었다.

“영주성에 들어오는 사람들은 모두 다 도련님과 같은 반응을 보이죠. 그림에 생동감이 넘친다고 감탄하곤 합니다.”

“저…… 그림은 누구를 그린 겁니까?”

키히린의 물음에 로웬은 당황한 기색을 띠며 머리를 긁적였다.

“으음, 그건 저도 잘 모르겠습니다. 제가 기사로 들어오기 전부터 걸려 있던 것이라서……. 어느 날 여행에서 돌아오신 영주님이 며칠 동안 방 안에 머무시면서 직접 그리셨다고 하던데……. 영주님은 그림에도 조예가 깊으십니다. 응? 도련님, 왜 그러십니까?"

기억 속에서 그림에 대한 정보를 찾아 설명해 나가던 로웬은 자신의 말을 듣고 있던 키히린이 눈을 감고 깊은 생각에 빠져 있자 의아한 눈으로 바라보았다.

키히린은 눈을 뜨고는 엷은 미소를 지었다.

"아무것도 아닙니다."

죽은 어머니의 모습을 이곳에서 보게 된 키히린은 감회가 새로워졌다. 아버지가 어머니를 잊지 않고 있었다는 것을 확인하게 된 키히린은 입가에 미소를 띠며 로웬의 뒤를 따라 리오르의 침실로 올라갔다.

한편, 침실에서 나온 유르스의 표정은 그리 좋아보이지 않았다. 문 앞에서 소식을 기다리고 있던 다섯 사람은 그녀의 표정을 보며 안색이 어두워졌다.

"영주님은 어떠신가?"

시르온이 어두운 표정으로 묻자 유르스는 고개를 떨어뜨리며 천천히 내저었다.

"병이 너무 악화되었습니다. 제가 할 수 있는 데까지는 손을 썼지만 이미 병이 폐에까지 진행이 되어서 어찌 손을 쓸 방도가 없습니다."

로웬과 함께 영주실 앞으로 걸어오던 키히린은 그녀의 말을 듣고는 표정이 굳어졌다.

"길어야…… 두세 달을 버텨내시지 못할 겁니다."

사형 선고와 다름없는 그녀의 말에 키히린은 어두운 얼굴로 물었다.

"다른 방법은…… 없는 겁니까?"

"안타깝게도…… 아직 영주님이 걸리신 병은 별다른 치료법이 없습니다. 그저 병이 깊어지는 것을 늦출 수 있을 뿐이지요. 게다가 이번에 무리하게 출타를 하시면서 병이 더 심해지셨어요."

그녀의 대답에 키히린은 떨리는 눈동자로 고개를 숙였다. 그는 자신을 찾기 위해 무리하면서까지 라리트로 온 것이었다. 그 덕에 병이 더욱 심해졌고.

아직 키히린에 대한 이야기를 듣지 못한 레이든과 알렌, 뮤라는 그저 길에서 만나 영지까지 동행한 것으로 생각했던 젊은 청년이 갑자기 이야기에 끼어들자 표정을 굳혔다.

"그대는 누구인가?"

레이든이 살짝 인상을 찌푸리며 묻자 키히린의 옆에 있던 로웬이 대신 답했다.

"영주님의 아드님이십니다."

레이든을 비롯한 세 사람은 처음 듣는 소리에 눈을 끔뻑이며 시르온과 듀렌을 바라보았다. 그의 말이 사실이냐고 묻는 듯한 시선에 시르온은 쓴웃음을 지으며 고개를 끄덕였다.

시르온이 고개를 끄덕이자 세 사람은 잠시 경악한 얼굴로 키히린을 바라보았다.

그러고 보니 두 사람의 얼굴에는 닮은 점이 많이 있었다. 레이든과 뮤라, 알렌은 그제야 표정을 풀고는 키히린을 향해 고개를 숙였다.

"무례를 저질렀습니다. 용서하십시오."

키히린은 엷은 미소를 지으며 괜찮다는 뜻을 내보이고는 유르스를 보며 물었다.

"아버지는 지금 어떠십니까?"

"많이 편안해지셨어요. 지금 막 잠이 드셨으니 내일 아침에 뵈는 것이 좋을 것 같군요."

"예, 그러도록 하죠."

키히린이 고개를 끄덕이자 이내 시르온이 그를 불렀다.

"도련님, 방을 준비해 두었으니 저를 따라오십시오."

시르온이 앞서 걸음을 옮기자 키히린은 다른 사람들에게 고개를 숙여 보이고는 그의 뒤를 따랐다.

"영주님의 아들이라니…… 처음 듣는군."

거구의 기사, 알렌이 고개를 갸웃거리며 중얼거리자 조금 떨어진 곳에 서 있던 듀렌이 고개를 끄덕였다.

"저도 얼마 전에야 처음 뵌 겁니다. 후우, 대체 뭐가 어떻게 돌아가는 건지……."

"뭐, 그래도 나는 도련님이 꽤 괜찮아 보이는 것 같은데."

갑자기 튀어나온 로웬의 중얼거림에 유르스를 제외한 다른 사람들은 눈을 부릅뜨며 그를 바라보았다.

"로웬, 도련님하고 언제 그렇게 친해진 거야?"

알렌의 옆에 있던 푸른 머리의 기사, 뮤라의 물음에 로웬이 무어라 대답하기도 전에 유르스가 말을 끊었다.

"오늘은 이쯤에서 그만 하도록 하지요. 게다가 로웬 님과 듀렌 님은 아직 짐도 풀지 못하셨잖아요. 내일 영주님이 잠에서 깨어나시면 여러분이 궁금해 하는 것들의 답을 얻을 수 있을 겁니다."

그녀의 말에 그들은 고개를 끄덕이고는 각자의 방으로 돌아갔다. 자기 방으로 돌아가던 로웬은 머리를 긁적이며 중얼거렸다.

"닮았다니까, 영주님이랑 도련님은."

한편, 조용히 앞만 보며 걷고 있던 시르온은 속삭이듯 입을 열었다.

"영주님께서는 매일 같이 아밀라 님을 찾으려고 하셨죠. 하지만 아무리 찾아도 아밀라 님의 흔적은 보이지 않았습니다. 그분은 자신의 어깨 위에 지워진 영주라는 직위에 매어 저를 제외한 그 누구에게도 속마음을 시원하게 털어놓지 못하셨습니다."

"……?"

키히린은 뜬금없는 시르온의 말에 고개를 돌려 그를 바라보았다.

"반년쯤 전에야 간신히 도련님과 아밀라 님에 대한 소식을 접하기는 했지만…… 갑자기 병이 드셨습니다. 이번에 라리트로 간 것은 저희들이 말리는 것을 애써 뿌리치고 무리해서 가신 겁니다. 부디…… 영주님을 원망하지 말아주십시오. 그분도…… 오랜 세월 많이 힘드셨습니다."

키히린은 부드럽게 웃으며 입을 열었다.

"원망 따위는 하지 않습니다. 어머니도 그분을 원망치 않으셨는데 제가 어찌 아버지를 원망하겠습니까."

그 말에 시르온은 제자리에 우뚝 멈춰 서서 키히린을 진지한 표정으로 응시했다. 갑자기 그가 멈춰 서자 의아한 표정을 지으며 키히린은 자신도 모르게 걸음을 멈추었다.

"왜 그러십니까?"

"아뇨, 아무것도 아닙니다. 아, 도련님이 사용하실 방에 도착했군요. 여깁니다."

키히린의 눈동자를 조용히 응시하던 시르온은 그의 목소리에 상념에서 깨어난 듯 고개를 내젓더니 옆에 있던 방문을 열었다.

그리 크지도, 작지도 않은 넓이에 화려함이라고는 눈을 씻고 찾아봐도 없는 수수한 방이었다. 가구도 침대와 옷장, 테이블과 의자 등 몇 가지뿐이었고, 장식품 같은 것도 얼마 되지 않았다.

벽에 방패와 교차된 채 걸려 있는 두 자루의 검과 테이블 위에 놓인 평범한 화병. 방 곳곳에는 뼛속까지 기사인 리오르의 청렴함이 그대로 묻어 있었다.

"실망하셨습니까?"

아무 말 없이 방 안을 둘러보는 키히린의 모습에 시르온은 미소를 지으며 말했다. 키히린은 고개를 내저었다.

"좋은 방이군요."

"그럼, 편히 쉬십시오. 필요한 것이 있으실 때는 침대 옆의 줄을 당기시면 시종이 올 겁니다."

"예, 고맙습니다."

시르온이 방을 나서자 키히린은 등에 메고 있던 검을 풀어 침대 밑에 세워두었다. 그리고는 상의를 벗어 반듯하게 접은 다음 탁자 위에 올려놓고는 침대에 누웠다.

"후우……."

침대에 눕자마자 여러 상념들이 떠올랐다. 하지만 갑자기 그동안의 피로가 몰려오며 이내 눈꺼풀이 무거워지더니 깊은 잠이 들었다.

다음날. 부스럭거리는 소리에 잠에서 깨어난 키히린은 눈을 몇 번 깜박여 남아 있는 잠 기운을 쫓고는, 테이블 옆에 서 있는 사람의 뒷모습을 바라보며 몸을 일으켰다.

아직 해도 뜨지 않은 이른 아침이었기에 푸르스름한 새벽 기운이 남아 있었다.

아무래도 영주성에서 일하는 시종 아이인 듯했다. 주홍의 단발머리를 말꼬리처럼 뒤로 묶은 작은 체구의 소녀였다.

아이는 아직 잠이 덜 깼는지 하품을 하며 좀 전에 막 꺾어 온 제비꽃을 화병에 꽂다가 이불이 스치는 소리에 뒤돌아섰다.

"아, 일어나셨습니까?"

아이가 고개를 꾸벅 숙이며 인사하자 키히린은 고개를 끄덕이며 아이를 바라보았다. 나이는 많게 봐줘도 열넷에서 열다섯? 양뺨에 주근깨가 조금씩 박혀 있는 활달한 인상의 아이였다.

"내 옷은 어디 갔지?"

옷을 입기 위해 침대에서 나온 키히린은 탁자 위에 두었던 상의가 없자 의아해하며 시종 아이를 바라보았다. 아이는 몸 곳곳에 자잘한 상처가 새겨진 키히린의 몸을 멍하니 바라보다가 그의 물음에 화들짝 놀라며 대답했다.

"도련님의 옷은 세탁을 해두었으니 이걸로 갈아입으시면 됩니다."

키히린은 고개를 푹 숙인 채 새하얀 셔츠와 검은색의 바지를 내미는 모습이 귀여웠는지 아이의 머리를 쓰다듬어 주며 웃어보이고는 옷가지를 받아 들었다.

"계속 보고 있을 거니?"

옷가지를 받아 들었음에도 가만히 서 있는 모습에 장난스럽게 묻자 아이는 얼굴을 붉혔다.

"아, 죄송합니다. 밖에 서 있을 테니 다 갈아입으시면 불러 주세요."

시종 아이가 방을 나서자 키히린은 손에 들고 있던 셔츠와 바지를 입었다.

새 옷으로 갈아입고 침대 맡에 세워둔 자신의 바스타드에 손을 가져가던 키히린은 순간 멈칫했다. 그는 고개를 내젓고는 바스타드를 침대 맡에 그대로 세워둔 채 방을 나섰다.

방문을 열자 조금 전의 아이가 바닥에 쪼그려 앉아 있었다. 아이는 키히린이 문을 열고 나오자 깜짝 놀라 일어섰다.

"다, 다 갈아입으셨습니까?"

당황한 듯한 아이의 말에 키히린은 피식하고 웃으며 고개를 끄덕였다.

"아침 식사가 준비되었으니 식당으로 모시겠습니다."

"그래. 그런데 네 이름은 뭐지?"

"네? 아, 제 이름은 데미아입니다."

갑자기 자신의 이름을 물어보자 아이는 잠시 고개를 갸웃거리다가 이름을 밝혔다. 데미아라는 이름을 입으로 중얼거려 보던 키히린은 부드러운 미소를 지었다.

"데미아라……. 좋은 이름이구나."

"고, 고맙습니다."

"내 이름은 이미 알고 있을지도 모르지만…… 키히린이라고 한단다. 네 편할 대로 부르렴."

데미아는 당황해서 어쩔 줄 몰라 하며 고개를 내저었다.

"아, 안됩니다. 그럼 제가 시종장님께 혼납니다."

아이가 안절부절못하며 주위를 살피자 키히린은 실소를
감추지 못하며 데미아의 머리를 쓰다듬었다.

"괜찮아. 내가 알던 동생과 비슷해서 그래. 그리고 계속 그
러면 오히려 내가 불편하니 편하게 불러주렴."

주홍빛의 머리칼을 쓰다듬어 주는 키히린의 손길에 기분
이 좋아진 데미아는 자신도 모르게 '네에' 하고 대답했다. 하
지만 곧 자신이 무슨 말을 했는지 깨닫고는 깜짝 놀라 입을
가렸다.

키히린은 미소를 짓고 있었다.

데미아는 얼굴을 새빨갛게 물들이고는 키히린의 앞에서
빠른 걸음으로 걸어갔다.

고개를 숙인 채 1층으로 내려가서 복도를 빠르게 걷던 데
미아가 식당으로 보이는 듯한 곳을 지나치려 하자 키히린은
급히 데미아를 불러 세웠다.

"저기가 식당이니, 데미아?"

"예? 예."

뒤를 따르던 키히린이 손으로 앞을 가리키며 묻자 딴 생각
을 하고 있었던 듯 멍한 표정으로 걷고 있던 데미아는 깜짝
놀라며 고개를 끄덕였다.

기다란 식탁에 앉아 심각한 얼굴로 자기네끼리 이야기를 나누고 있던 레이든 총관과 여섯 명의 기사들은 데미아의 뒤를 따라 들어오는 키히린의 모습에 말을 멈추었다.

"어, 오셨습니까, 도련님."

"늦으셨군요."

"이쪽으로 앉으세요. 곧 식사가 나올 거예요."

식탁에 앉아 있던 사람들 중 로웬과 시르온, 유르스만이 인사를 건넸을 뿐 나머지 네 사람은 어색한 표정으로 그저 키히린을 바라보고 있을 뿐이었다.

키히린이 유르스가 권하는 대로 그녀의 옆자리에 앉았을 때 리오르가 식당으로 들어섰다.

"모두 모여 있군. 쿨럭."

식당 입구에서 들린 힘없는 목소리에 앉아 있던 여덟 사람은 벌떡 일어나 목소리가 들린 곳을 향해 고개를 돌렸다.

"영주님!"

"몸도 편치 않으실 텐데 어째서 나오신 겁니까."

시종의 부축을 받으며 식당 안으로 들어서는 리오르의 모습에 유르스가 걱정스런 표정으로 질책하자 그는 괜찮다는 듯 천천히 손을 내저으며 테이블 끝의 상석에 앉았다.

그는 자신을 걱정스러운 눈길로 바라보고 있는 사람들을 보며 옅게 미소를 지었다.

“키히린과는 인사를 나누었는가?”

그의 말에 레이든이 어색하게 고개를 끄덕이며 말했다.

“물론 소개는 받았지만……. 영주님, 대체 어떻게 된 것인지 설명을 해주셨으면 합니다. 저희는 아직까지도 잘 이해가 되질 않습니다.”

레이든의 말에 뮤라와 알렌이 고개를 끄덕이며 그의 말을 받았다.

“그렇습니다, 영주님. 후계자에 대한 건…… 저희로서는 처음 듣는 소리니…….”

“뮤라의 말이 맞습니다. 아직 저희는 갑자기 나타난 후계자라는 저분에 대해서 아무것도 알지 못합니다.”

세 사람의 반응에 따뜻한 김이 모락모락 올라오는 스프 한 모금을 힘겹게 넘기던 리오르는 어두운 표정을 지으며 이마를 짚었다.

“그렇겠군. 생전 처음 보는 자를 주군으로 모시라고 했으니 자네들이 이해하기 힘든 것도 당연하겠지. 듀렌, 자네도 마찬가지인가?”

조금 떨어진 자리에서 침묵을 지키고 있던 듀렌에게 리오르가 질문을 던지자 그는 잠시 멈칫하더니 곧 천천히 고개를 끄덕였다.

“영주님께는 목숨이라도 바칠 수 있지만…….”

“하아, 역시 그런가…….”

듀렌조차 키히린에 대한 부정적인 의견을 내보이자 리오르는 긴 한숨을 내쉬었다.

그런데 정작 당사자인 키히린은 아무렇지도 않다는 듯 별다른 표정 변화 없이 앞에 놓인 잔을 들어 와인을 한 모금 마시고는 탁! 하는 작은 소리가 나도록 잔을 내려놓았다.

그 소리에 레이든 총관을 비롯한 네 사람은 움찔하며 소리가 난 곳을 향해 고개를 돌렸다.

그제야 사건의 당사자가 리오르의 바로 옆자리에 앉아 있었다는 것을 깨달은 그들은 굳은 표정으로 키히린을 바라보았다.

"예상했던 대로군요."

움찔!

조용하고 차분한 목소리였지만 언뜻 들으면 화난 것으로 생각할 수도 있는 목소리에 네 사람은 침을 꿀꺽 삼켰다.

"애초부터, 갑자기 나타난 저를 쉽게 인정해 달라는 것 자체가 말도 안 되는 것이었습니다."

"……."

"저에게 여러분의 시간을 주십시오."

"그게 무슨……."

"에?"

뜬금없는 키히린의 말에 침묵을 지키고 있던 네 사람은 물론 다른 사람들도 의아한 눈으로 그를 바라보았다.

옆자리에 앉아 있던 유르스는 흥미로운 눈초리로 키히린을 바라보았다.

"작은 영지의 일개 경비대장이었던 제가, 여러분의 믿음을 받을 수 있는 사람인지 아닌지를 여러분이 직접 평가할 수 있는 시간을 말입니다."

생각지도 못한 키히린의 발언에 네 사람은 물론 키히린에게 호의를 가지고 있던 기사들도 놀란 눈으로 그를 바라보았다.

그런 시선에도 아랑곳없이 키히린은 계속해서 말을 이어나갔다.

"만약 그때, 제가 아버지의 뒤를 이을 그릇이 되지 못한다고 판단돼서 떠나신다고 해도 저는 원망하지 않겠습니다."

말을 끝마친 키히린은 식탁에 내려놓았던 잔을 들더니 한 번에 들이켰다.

"와인이 좋군요. 전 먼저 실례하도록 하겠습니다."

천천히 자리에서 일어난 키히린은 싱긋 웃어 보이고는 식당을 나섰다.

"……다들 어떤가? 내 뒤를 잇기에 충분한 아이인 것 같지 않나?"

키히린이 나가고 난 뒤 미소를 짓고 있던 리오르는 중얼거리듯 말했다. 하지만 그의 물음에 답하는 기사는 없었다.

굳은 표정으로 복도를 걷고 있던 키히린은 뒤에서 자신을 부르는 앳된 목소리에 걸음을 멈추고 뒤를 돌아보았다.

"도련님! 혼자 가시면 어떡해요!"

두 손을 허리춤에 올린 데미아의 모습에 키히린은 굳은 표정을 풀며 미소를 지었다.

"네가 따라올 거라 생각했단다."

그의 말에 데미아는 얼굴을 붉히며 고개를 숙였다.

"그런데 왜 식당에서는 그런 말을 하신 거예요?"

데미아가 고개를 들며 걱정스런 표정으로 말하자 키히린은 짐짓 놀란 표정을 짓더니 웃음을 터뜨렸다.

"하하하, 지금 내 걱정을 해주는 거니?"

"농담이 아니에요, 도련님. 그분들이 정말로 떠날 수도 있다구요."

데미아의 말에 키히린은 진중한 표정을 지으며 입을 열었다.

"그들이 이곳을 떠나고 말고는 내가 하기에 달린 일. 그렇다면 나의 그릇을 보여주면 되는 것 아니겠니?"

그렇게 말하며 싱긋 웃은 키히린은 분위기 전환을 하기 위해서인지 다른 이야기를 꺼냈다.

"혹시 이 근처에 조용한 공터가 있니?"

뜬금없는 키히린의 물음에 데미아는 고개를 갸웃거리더니 머리를 끄덕였다.

"조용한 공터요? 으음……. 영주성 뒤에 작은 숲이 있는데 거기 공터가 하나 있어요.”

데미아의 말에 키히린은 고개를 끄덕였다.

“그런데 공터는 갑자기 왜 찾으세요?”

의아한 얼굴로 물어오는 데미아를 보고 키히린은 싱긋 웃으며 말했다.

“아침 운동이나 해볼까 해서.”

데미아는 잠시 고개를 갸웃거리며 무언가를 고민하는 듯하더니 이내 조심스레 말했다.

“으음, 운동이라면 영주성 안의 연병장에서 해도 괜찮은걸요.”

“아, 조용히 혼자 몸을 풀고 싶어서 그렇단다. 안내해 주겠니?”

그의 말에 그제야 데미아는 머리를 끄덕였다.

“그렇다고 하시면…… 절 따라오세요.”

데미아의 뒤를 따라 영주성의 뒷문으로 나서자 영주성 뒤에 자리 잡은 작은 숲이 눈에 들어왔다.

숲 속으로 나 있는 소로를 따라 들어가자 곧 그리 크지 않은 공터가 나타났다.

“어떠세요?”

“아, 좋구나. 음…… 아, 이런.”

공터를 둘러보며 고개를 끄덕이던 키히린은 곧 무언가 낭

패라는 듯 탄식을 터뜨렸다. 그 모습에 데미아가 의아해하며
물었다.

"왜 그러세요, 도련님?"

"방에 검을 두고 왔구나. 다시 갔다 와야겠는데."

키히린이 어쩔 수 없다는 듯 한숨을 내쉬며 다시 영주성으
로 들어가려 하자 데미아가 그를 붙잡았다.

"제가 가지고 올게요. 도련님은 여기서 잠시만 기다리세
요!"

데미아가 쌩하니 달려가 버리자 빈 공터에 홀로 남은 키히
린은 헛웃음을 지었다.

그 시간, 아침 식사를 다 마친 듀렌은 조금 전 식당에서의
일이 자꾸 마음에 걸려서인지 키히린을 찾고 있었다.

"도련님이 어디 계신지 아나?"

듀렌은 식사를 마치고 지나가던 로웬을 붙잡았다. 로웬은
난감하다는 듯 머리를 긁적이며 대답했다.

"에……. 그게, 나도 잘 모르겠는데요."

그의 대답에 듀렌은 실망한 듯 고개를 끄덕이더니 입을 열
었다.

"도련님을 보게 되면 내게 좀 알려주겠나?"

"뭐, 그러지요. 으다다다~ 나는 간만에 실컷 좀 쉬어야겠
습니다."

로웬이 기지개를 한껏 펴며 걸어가는 모습을 바라보다가 듀렌은 아미를 찌푸렸다. 그때, 그의 눈에 낯익은 소녀의 모습이 보였다.

"음, 데미아구나. 그런데 그 칼은……?"

자신의 키와 맞먹는 장검을 낑낑대며 들고 어디론가 향하던 데미아의 모습에 의아해하며 묻던 그는 데미아의 품에 안긴 장검의 모습이 낯익음을 깨달았다.

"그 바스타드는 도련님의……?"

"아, 듀렌 기사님. 도련님이 조용히 몸을 풀고 싶다고 하셔서요."

키히린이 검술 연습을 하려는 것을 눈치 챈 듀렌은 고개를 끄덕이며 데미아가 품에 들고 있던 바스타드에 손을 내밀었다.

"이리 주렴. 내가 들고 가마."

"예? 하지만……."

만약 듀렌이 검을 들어준다면 어쩔 수 없이 그도 그 공터에 가게 될 것이다. 그러면 키히린이 싫어하지는 않을까 하는 생각에 데미아는 머뭇거렸다.

"도련님께 드릴 말이 있어서 그래. 게다가 이건 여자애가 들기엔 너무 크고 무겁단다."

그 말에 데미아는 고개를 끄덕이며 품에 안고 있던 바스타드를 건넸다.

키히린의 바스타드를 건네받은 듀렌이 데미아와 함께 키히린이 있는 공터로 갔을 때, 그는 아무것도 없는 허공에 발길질을 하고 있었다.

머리 높이까지 발을 내질렀다가 순식간에 공중으로 뛰어올라서 올려치는 그의 발길질은 오랫동안 해온 듯 너무나 익숙하고 힘이 실려 있었다.

한참 다리를 내지르던 키히린은 인기척을 느꼈는지 발길질을 멈추고 고개를 들어 다가오는 두 사람을 바라보았다.

그의 이마에는 땀방울이 맺혀 있었다.

"데미아구나……. 응? 듀렌 경?"

데미아의 뒤에서 자신의 검을 들고 있는 듀렌의 모습에 키히린은 놀란 듯 중얼거렸다. 듀렌은 감탄하는 기색을 띠며 들고 있던 키히린의 바스타드를 건넸다.

"대단하군요. 대체 그 발동작은 무엇입니까?"

듀렌이 경탄하는 기색으로 물어오자 키히린은 잠시 머뭇거리다가 대답했다.

"알고 지내는 엘프에게서 배운 체술입니다. 그리 대단한 수준은 아닙니다."

키히린은 별것 아니라는 듯 말했지만 듀렌의 얼굴은 놀라움 그 자체였다.

엘프들의 정확한 궁술과 상대를 제압하는 체술은 아주 유명했다. 살생을 기피하는 엘프들에게는 멀리서 상대를 견제

하기 위한 궁술과 가까이 다가온 적들을 맨손으로 제압하기 위한 체술이 발달해 있었다.

기사들이 검만을 익힐 거라는 건 잘못된 지식이다. 기사들은 전투에서 검을 놓칠 경우를 대비해 체술을 하나둘 정도는 익히고 있다.

방금 키히린이 보여준 움직임은 듀렌 자신보다 분명 낮은 수준이 아니었다. 키히린의 실력에 흥미가 동한 듀렌은 옆에서 입을 벌린 채 멍하니 있는 데미아를 불렀다.

"데미아."

"아, 네?"

"영주성에서 내 검을 가져다주겠니?"

듀렌의 말에 데미아는 잠깐 의아해하더니 고개를 끄덕이고는 영주성으로 뛰어갔다. 키히린은 그가 무엇을 하고자 하는 지를 짐작했는지 이마의 땀을 닦으며 말했다.

"상대해 주시려는 겁니까?"

그의 말에 듀렌은 고개를 끄덕이며 대답했다.

"도련님의 검술 실력이 어느 정도인지 저에게 보여주시겠습니까?"

키히린은 잠시 생각하더니 고개를 끄덕였다.

"그럼 데미아가 듀렌 경의 검을 가지고 오면 겨루어 보도록 하죠. 그런데 여기는 어쩐 일이십니까?"

"조금 전 식당에서의 일을 사죄드리러 왔습니다. 정말 죄송합니다."

고개를 숙이며 사과하는 그의 모습에 키히린은 쓴웃음을 지으며 고개를 내저었다.

"아닙니다. 여러분들이 쉽게 저를 받아들이지 못할 거라는 건 애초부터 짐작하고 있었으니까요."

키히린의 말에 듀렌은 고개를 끄덕였다. 그를 바라보던 키히린은 잠시 생각에 잠겼다가 입을 열었다.

"데미아가 듀렌 경의 검을 가지고 오는 동안, 몸이라도 풀 겸 한 번 체술로 겨뤄보지 않겠습니까?"

듀렌은 고개를 끄덕이고는 걸치고 있던 코트를 벗어 근처에 내려두고 팔을 걷어붙이며 두 팔을 가슴 앞에 모으는 자세를 잡았다.

"그럼 부탁드리겠습니다, 도련님."

"저야말로."

키히린은 오른쪽 다리를 앞으로 내밀며 상체를 숙이는 자세를 취한 다음 듀렌의 말에 대답했다. 그가 대답하자마자 듀렌의 몸이 키히린에게 쇄도했다.

후우웅!

무거운 바람 소리를 내며 듀렌의 주먹이 키히린의 머리를 노리며 날아왔다. 키히린은 내밀고 있던 오른발을 축으로 삼아 빙글 돌며 왼발을 위로 차올려 듀렌의 주먹을 쳐냈다.

그리고 그 상태에서 공중으로 떠오르며 오른발을 뒤돌려

찼다.

"크윽!"

귓가를 스치고 지나가는 키히린의 오른발을 간신히 피해
낸 듀렌은 신음을 흘리고는 조금 뒤로 물러나 자세를 다시 가
다듬었다.

"실력이 대단하시군요."

"듀렌 경이야말로 빠르시군요."

잠시 상대에게 감탄을 표한 두 사람은 눈을 빛내며 서로에
게 달려들었다.

두 사람은 마치 목숨을 걸고 싸우는 실전인 것 마냥 서로의
급소를 날카롭게 노리며 공격했다.

듀렌의 주먹이 옆에서 휘어져 들어가 키히린의 명치를 노
리자 그는 옆으로 몸을 틀어 피하며 발차기를 날렸다.

그의 발이 채찍처럼 휘어져 듀렌의 뒷머리를 향해 날아갔
다. 하지만 듀렌은 뒤통수에 눈이 달리기라도 한 듯 손을 들
어 막아내고는 다시 키히린에게 주먹을 날렸다.

두 사람의 실력은 그야말로 막상막하. 어느 한쪽도 우세를
점하지 못하는 대결이었다. 한 치의 방심도 허용되지 않는 날
카로운 긴장감 속에 어느새 듀렌의 두 눈은 감탄으로 흔들렸
다.

물론 가장 자신 있어 하는 것이 검술이긴 하지만 체술에 있
어서도 어느 정도 수준에는 올라섰다 자부하던 그였기에 자

신과 막상막하인 키히린의 움직임에 놀라고 있었다.

더 이상 싸워봐야 승부가 나지 않을 듯하자, 키히린이 먼저 물러났다.

"도저히 이길 수 없겠군요. 제가 졌습니다."

"무슨 말씀을. 대단한 발놀림입니다. 아마 계속했더라면 제가 졌을 겁니다."

짝! 짝! 짝!

서로를 치켜세우던 두 사람은 갑자기 들려오는 박수 소리에 고개를 돌렸다.

언제부터 와 있었는지 유르스와 로웬, 그리고 뮤라가 서 있었다.

로웬은 엄지를 치켜세웠다.

"대단하십니다, 도련님! 우리 영지에서 체술로 둘째가라면 서러워할 듀렌 경이 저렇게 쩔쩔매다니!"

로웬의 칭찬에 키히린은 쑥스러운 듯 머리를 긁적이다가 의아심이 들었는지 그들을 보며 물었다.

"그런데 이곳에는 어떻게……?"

키히린의 물음에 그들 뒤에 서 있던 데미아가 울상이 된 얼굴로 고개를 내밀었다.

"죄송해요……."

"데미아가 듀렌 경의 검을 들고 있기에 따라왔습니다. 혹시 저희 때문에 방해가 된 건가요?"

유르스의 말에 키히린은 고개를 내저었다.

"아닙니다."

"그렇다면 다행이군요. 그런데 그 발을 이용한 체술은……
혹시 엘프니아 카운터가 아닌가요?"

"아! 알아보셨군요."

유르스가 자신의 체술을 알아보자 키히린은 고개를 끄덕
였다.

"저…… 그런데 엘프니아 카운터가 뭔가요?"

로웬의 옆에 서 있던 뮤라가 조심스레 묻자 유르스가 미소
를 띠며 대답했다.

"엘프들 사이에서도 잘 알려지지 않은 체술이에요. 주로
발을 사용하는 반격술인데, 발을 손처럼 자유롭게 사용한다
는 것이 어렵기에 익히고 있는 엘프는 그리 많지 않습니다.
발이 손보다 많은 힘을 실을 수 있고 빠른데다 그 자체의 움
직임이 변화가 많기 때문에 제대로 익히기만 한다면 상대하
기가 까다로운 체술이죠."

그녀의 설명에 어느새 키히린의 옆에 와 있던 듀렌이 고개
를 끄덕이며 동감을 표했다.

"그렇더군요. 왼쪽으로 온다고 생각했는데 어느새 오른쪽
을 노리고 있고. 발이 마치 채찍처럼 휘어지는 듯이 뒤를 노
리고……. 상대하기가 무척 난해했습니다."

로웬은 자꾸 몸이 근질거리는지 어깨를 들썩이고는 웃으

며 말했다.

"도련님, 저와도 대련 한 번 부탁드려도 되겠습니까?"

"미안하지만 로웬 경, 도련님은 나와 검술 대련을 하기로 했다네. 다음을 기약하게나."

듀렌은 데미아에게서 자신의 검을 건네받으며 말했다.

"에? 그렇습니까? 흐음. 그럼 도련님, 다음에 대련 한 번 부탁드립니다."

로웬의 부탁에 웃으며 고개를 끄덕인 키히린은 한쪽에 놓아둔 자신의 바스타드를 집어 들며 듀렌을 바라보았다.

"그러죠. 그럼 듀렌 경, 저에게 가르침을."

검을 쥔 두 사람의 눈빛이 허공에서 맞부딪쳤다.

잠시 뒤. 키히린은 일방적으로 밀리는 모습이었다. 아무리 14년 동안 검을 익혀왔다고는 하나 수많은 전투를 거쳐 온 일류기사인 듀렌을 상대하기에는 역부족이었던 것이다.

"큭!"

신음성을 흘리며 뒤로 물러나는 키히린에게 듀렌이 나직한 목소리로 조언했다.

"상대의 움직임을 읽으십시오."

그의 조언에 키히린은 굳은 얼굴로 고개를 끄덕였다.

방금 전 체술 대련에서의 박진감이 사라진 두 사람의 대련을 보고 있던 로웬은 이미 흥미가 사라진 듯 어느새 하품까지 하고 있었다.

"듀렌 경, 이제 그만하도록 하죠. 오늘 오전 순찰 담당은 듀렌 경이십니다."

뮤라의 말에 이마의 땀을 훔치며 하늘을 바라본 듀렌은 고개를 끄덕였다.

어느새 태양이 머리 위로 떠오르고 있었다.

"그렇군. 도련님과의 대련에 정신이 팔려 시간가는 줄도 몰랐네."

대련을 하는 동안 흐트러진 옷차림을 정돈한 듀렌은 키히린을 보며 말했다.

"지금부터 병사들과 함께 순찰을 나갈 것입니다. 함께 가시겠습니까?"

듀렌의 물음에 거친 숨을 고르던 키히린은 얼굴을 활짝 펴며 고개를 끄덕였다.

"예, 그렇게 하겠습니다."

"그럼 저희와 함께 연병장으로 가시죠."

키히린이 고개를 끄덕이자 듀렌은 보일 듯 말 듯한 미소를 띠며 앞장서서 발걸음을 옮겼다. 키히린은 대련하느라 벗어두었던 상의를 급히 걸치고는 다른 세 기사들과 함께 그의 뒤를 따라갔다.

"아아!"

그들과 함께 영주성의 오른편에 붙어 있는 연병장으로 따라

간 키히린은 펼쳐진 광경에 눈을 크게 뜨며 탄성을 터뜨렸다.

넓은 연병장의 중앙에는 70여명의 병사들이 한 치의 오차도 없이 열을 맞추어 정렬해 있었다.

병사들 사이에도 키히린에 대한 소문이 퍼졌는지 조금 웅성거림이 있었지만, 듀렌이 차가운 눈빛으로 스윽 훑어보자 단번에 사라졌다.

"어떤가요?"

키히린의 옆에 서 있던 유르스가 미소 띤 얼굴로 물어보자 그는 고개를 끄덕이며 대답했다.

"대단하군요. 제가 보아온 어느 영지의 병사들 보다 군기가 잘 잡혀 있는 듯합니다."

키히린의 감탄에 로웬은 당연하다는 듯 고개를 끄덕였다.

"이 정도는 되어야 아일론의 병사라고 할 수 있지 않겠습니까."

"그것도 다른 분도 아닌 듀렌 경의 제2부대이니까요."

뮤라의 말에 키히린은 의아해하며 물었다.

"제2부대? 어떤 식으로 부대가 편성되어 있는 겁니까?"

키히린의 물음에 뮤라는 눈웃음을 지으며 대답했다.

"우선은 유르스 님의 궁병부대 90여명, 그리고 나머지 일반 병사들은 저를 포함한 5명의 기사가 한 부대씩 나누어서 담당하고 있습니다. 한 부대가 7소대, 그러니까 1개 소대 당 10명씩이니 70명쯤 되죠. 시르온 경의 제1부대, 듀렌 경의 제

2부대, 알렌 경의 제3부대, 저의 제4부대, 그리고 로웬의 돌격
부대. 이렇게 편제되어 있습니다."

뮤라의 세심한 설명에 키히린은 고개를 끄덕였다.

"평소 각 기사와 부대가 돌아가며 영지 구석구석을 돌며
수상한 자가 없는지 살피는 덕에 영지의 치안은 안정적인 편
입니다."

각 소대의 소대장들에게 순찰할 지역을 정해준 듀렌은 아
직도 움직이지 않고 한곳에 모여 키히린과 이야기를 나누고
있는 세 기사에게 다가갔다.

"자네들은 병사들 오전 훈련시키러 안 가나?"

"아, 이제 가야……."

"오늘은 저희도 순찰에 참가하겠습니다. 부대 훈련이야 제
3부대와 합동 훈련시키면 됩니다. 알렌 경이 그런 걸 거절하
실 분도 아니고. 그렇지, 뮤라?"

듀렌의 말에 고개를 끄덕이며 자리를 뜨려던 뮤라는 로웬
의 말에 붙잡혀서 어쩔 수 없이 고개를 끄덕였다.

로웬의 말에 듀렌은 못 말리겠다는 표정으로 고개를 내젓
고는 유르스를 바라보았다.

"유르스 경도 순찰에 참가하실 겁니까?"

유르스는 작게 미소를 지으며 고개를 내저었다.

"듀렌 경에게 폐가 될 듯하니 저는 이만 제 병사들을 훈련
시키러 가야겠어요. 그럼 도련님, 점심 식사 때 보죠."

“아, 가시는 겁니까?”

“네. 3개의 부대가 한꺼번에 알렌 경의 부대와 합동 훈련을 하게 되면 알렌 경이라도 조금 힘드실 테니까요.”

유르스가 자리를 뜨자 듀렌은 남아 있는 로웬과 뮤라를 골치 아프다는 듯 보더니 고개를 끄덕였다.

“자네들 마음대로 하게. 하지만 다음에 알렌 경에게 술이라도 사야 할 거야.”

“물론이죠. 하하핫!”

크게 웃으며 말하는 로웬의 모습에 옆에 서 있던 뮤라는 작게 한숨을 내쉬었다.

“그럼 도련님과 자네들은 27소대와 함께 허블거리를 순찰하도록 하게.”

듀렌이 말한 27소대는 제2부대의 7번째 소대를 말하는 것이었다.

“예, 그럼 점심때 뵙죠.”

“그러지. 그럼 모두 가자! 도련님도 수고하십시오.”

듀렌의 외침에 10명씩 모여 있던 병사들은 순서대로 열을 지어 연병장을 나섰다.

연병장에 있던 사람들 중 27소대와 키히린과 두 기사. 그리고 엉겁결에 그들을 따라 순찰에 낀 데미아는 문을 지키고 있던 경비병들의 인사를 받으며 마지막으로 영주성이 있는 내성을 나섰다.

그리고 얼마 지나지 않아 그들은 아직 이른 아침임에도 불구하고 활기에 찬 기운이 감도는 시장에 도착했다.

"여기가 바로 아일론에서 가장 큰 시장인 허블거리입니다. 이따금 야시장이 열리기도 하는데, 그것도 꽤나 볼만하죠."

키히린은 안내자 같은 로웬의 설명을 들으며 수많은 사람들로 웅성거리는 시장의 모습에 흥미로운 듯 주변을 두리번거렸다.

이따금 라리트 남작이, 옆에 붙어 있는 브리톤 영지로 초대받았을 때 따라가서 보았던 5일장보다도 큰 규모였다.

자꾸 주변을 두리번거리는 키히린의 모습에 뒤에서 걷고 있던 데미아가 키득거리자 키히린은 머쓱한 웃음을 지었다.

각자 자신들이 가지고 온 물건들을 팔기 위해 활기차게 소리를 지르고 있는 상인들을 보던 키히린은 옆에서 뮤라와 잡담을 나누며 히히덕거리고 있는 로웬을 불렀다.

"로웬 경."

"그러니까…… 아, 네. 부르셨습니까, 도련님."

"이곳 사람들은 아버지가 쓰러지신 사실을 모르는 것입니까?"

"아…… 예. 괜한 소란이 일어날까봐 영지민들에게는 알리지 말라 하셨습니다."

"그렇군요."

로웬과 뮤라의 얼굴이 굳어지자 키히린은 한숨을 내쉬며

시선을 돌렸다. 그러다가 손가락을 물고 있는 데미아의 모습이 보였다.

데미아는 호밀빵을 팔고 있는 빵집의 좌판을 뚫어져라 바라보고 있었다.

"데미아."

"아, 네?"

"아침은 먹었니?"

그의 물음에 데미아는 고개를 저었다.

"아뇨. 나중에 영주성에 돌아가서 먹으면 돼요."

꼬르륵.

말이 끝나자마자 데미아의 배에서 흘러나온 소리에 키히린은 웃으며 빵집으로 향했다. 그리고는 좌판 위에서 따뜻한 김을 모락모락 피워 올리고 있는 호밀빵 앞에 섰다.

키히린이 좌판 앞에 멈춰 서자 그를 맞이하려 고개를 들던 빵집 주인은 키히린의 손에 이끌려온 데미아를 보더니 반가운 표정을 지었다.

"어서 옵쇼. 오? 데미아로구나? 그런데 웬일이냐? 영주성에서 필요한 빵은 다 납품한 거 같은데. 게다가 아침 순찰하는 기사님들과 병사들까지 대동하고?"

빵집 주인이 기사들과 병사들을 바라보며 의아한 눈으로 묻자 데미아는 머리를 긁적이며 대답했다.

"에…… 그게 어쩌다 보니 그렇게 됐어요."

데미아의 말에 웃음을 터뜨리던 빵집 주인은 키히린을 보더니 고개를 갸웃거리며 물었다.

"그런데 이분은 누구시냐?"

"아, 이분은……."

"영주성에 머물게 된 식객입니다."

"영주님의 손님이라면 싸게 드려야지! 한 번 골라보십시오. 전부 갓 구워낸 거라 맛 하나는 끝내 줍니다."

빵집 주인이 자신만만하게 말하자 키히린은 가장 큼직해 보이는 호밀빵 하나를 들어보였다.

"얼마죠?"

"10페론만 주십쇼."

키히린은 품에서 동전 하나를 꺼내어 주인에게 건네주고는 호밀빵을 받아서 데미아에게 내밀었다.

"도련님?"

"먹으렴. 식사는 때를 넘기면 안 되는 법이야."

"암, 그렇고말고. 여자애는 잘 먹어둬야 나중에 남자들한테 인기 좋은 몸매를 만들 수 있는 거야! 껄껄."

빵집 주인이 키히린의 말에 장난스럽게 호들갑을 떨며 맞장구를 치자 데미아는 빵집 주인을 잠시 흘겨보았다.

그리고는 키히린에게 '고맙습니다' 라고 작게 웅얼거리며 호밀빵을 받았다. 개미 목소리만 한 데미아의 말을 용케 들었는지 키히린은 웃으며 고개를 끄덕였다.

자기 얼굴만 한 커다란 호밀빵을 잡고 우물거리며 로웬 등이 있는 곳으로 돌아온 데미아는 키히린을 올려다보며 말했다. 키히린의 얼굴은 어떤 충격을 받은 듯한 얼굴로 어색한 웃음을 짓고 있었다.

"그런데 도련님, 어디 안 좋으세요?"

"아, 아니. 별것 아니란다."

키히린은 이해가 잘 되지 않는다는 듯 고개를 갸웃거리더니 로웬에게 다가갔다.

"저…… 로웬 경, 물어볼 게 있습니다."

"예. 무엇이든 물어보십시오."

"데미아가 여자아이였습니까?"

나름대로 진지한 키히린의 물음에 잠시 가만히 있던 로웬은 미친 듯이 웃음을 터뜨렸다.

"푸헤헤헤헤헷! 우하핫!"

로웬이 걸음을 멈추고 미친 듯이 웃음을 터뜨리자 앞서가던 병사들과 주변의 영지민들은 '드디어 저놈이 미쳤구나' 라는 시선으로 바라보았다.

로웬이 아무런 대답도 없이 웃기만 하자 그의 옆에 서 있던 뮤라가 입가에 미소를 띠며 대답했다.

"도련님께서 오해하실 만도 하죠. 겉모습이나 하는 짓이 꼭 사내아이와 다를 바 없으니까요. 그래도 확실히 데미아는 여자랍니다. 후훗."

두 사람의 반응에 키히린은 어색한 웃음을 지으며 시선을 먼 곳으로 두었다. 조금 떨어진 곳에서 병사들과 무언가 이야기를 나누고 있던 데미아는 그 세 사람을 의아한 눈으로 바라보았다.

순찰이라고 해봐야 별것이 없었다. 기껏해야 수상한 자가 없는지 살피는 것과 상인들에게 행패를 부리는 건달들을 잡는 것 정도?

병사들이 행패를 부리는 건달들을 처리해 주기 때문에 상인들은 병사들이 지나갈 때 인사를 하거나 간단한 먹을거리를 주기도 했다.

허블거리의 순찰이 거의 끝나갈 때였다. 그들의 눈에 저 멀리 작은 여관에서 소란이 일어난 것이 보였다.

쾅!

"이런 제길! 모두 경계 태세를 취하고 소란이 일어난 지점으로 향한다!"

"옙!"

큰 소리를 내며 갑자기 튕겨 나온 여관 문짝에 로웬이 인상을 찌푸린 채로 소리치며 달리자 뮤라와 병사들도 긴장한 모습으로 그의 뒤를 따라갔다.

키히린과 데미아도 병사들의 뒤를 따라 소란이 일어난 여관으로 뛰어갔다.

"이 개자식아! 감히 네놈이 나를 욕하고도 살 수 있을 것 같냐!"

"오냐! 죽일 수 있으면 죽여봐라, 아서!"

현판에 '푸른 꿈' 이라고 적힌 작은 여관 안의 모습은 엉망이었다. 제 모양을 유지하고 있는 식탁과 의자를 찾아보기 힘든 여관 중앙에는 용병으로 보이는 거구의 사내와 호리호리한 사내가 무기를 꺼내든 채 씩씩거리며 서로를 노려보고 있었다.

카운터에 숨어 고개만 빠끔히 내민 여관주인으로 보이는 중년 여성은 두 용병의 손에 물건이 파손될 때마다 울상을 지었다.

조금 전 문이 밖으로 부서져 날아간 것도 저 두 사람의 싸움 때문인 듯했다.

"동작 그마~ 안!"

어느새 달려온 로웬이 휑하니 뚫린 문으로 들어오며 소리를 치자 카운터에 숨어 있던 주인의 얼굴이 밝아졌다.

"아이고 기사님, 와주셨군요!"

로웬의 등장에 서로를 노려보고 있던 두 용병은 순간 움찔했다. '아서' 라고 불렸던 지저분한 금발머리의 사내는 인상을 찡그리며 로웬을 보고 소리쳤다.

"넌 뭐야!"

"아일론 영지의 기사, 로웬 스파이럴이다. 네놈들을 영업방해, 기물파손 등의 혐의로 체포하겠다."

롱소드를 뽑아든 로웬의 입에서 흘러나온 말에 흉흉한 눈으로 로웬을 바라보고 있던 두 용병은 잔뜩 긴장한 얼굴이 되었다.

"로웬 스파이럴? 아일론의 네 자루의 검 중 하나?"

두 용병이 깜짝 놀라며 말하자 로웬은 득의양양한 얼굴로 고개를 끄덕였다.

"그래, 바로 이 몸이 아일론의 네 자루의 검 중 하나이신 로웬 경이시다. 당장 항복하지 않으면 몇 개월 정도는 침대에만 누워 있어야 할 게다!"

"으음……."

롱소드를 앞으로 내민 로웬의 웃음에 아서라는 자와 싸우고 있던 용병은 신음성을 흘리며 들고 있던 단검을 천천히 내려놓았다.

그 순간, 아서라는 자는 들고 있던 도끼를 휘둘러 창문을 박살내고는 여관 밖으로 몸을 던졌다.

"저 자식이!"

로웬은 아서라는 용병이 도망치자 깜짝 놀라며 부서진 창문으로 몸을 날렸다. 하지만 이미 상황은 끝나 있었다. 엉거주춤한 모양새로 서 있는 아서라는 자의 목에는 푸른 빛깔의 장창이 겨누어져 있었다.

"아일론 영지의 기사, 뮤라 발키스입니다. 순순히 항복하지 않는다면 사살하겠습니다."

"아일론의 안개의 창……."

뮤라가 차가운 눈빛으로 창끝을 목에 들이밀자 아서라는 자는 침을 꿀꺽 삼키며 고개를 끄덕이고는 손에 든 도끼를 떨어뜨렸다.

"이 두 녀석을 포박해라!"

안에 남아 있던 용병을 끌고 여관 밖으로 나온 로웬이 소리치자 뒤에 서 있던 병사들이 달려들어 순식간에 두 용병을 꽁꽁 묶었다.

"이 사람들의 몸을 수색해."

뮤라가 아서의 목을 겨누고 있던 창을 회수하며 말하자 병사들은 곧 그들의 몸에 있던 물건들을 바닥에 풀어놓았다.

뮤라는 창을 분리해서 등에 메었다.

키히린은 그제야 뮤라의 무기가 창인 것을 깨달았다.

그의 창은 세 개로 분리가 되는 특수한 구조였는데 평소에는 등에 메고 다녀서 눈에 잘 띄지 않았다.

로웬이 다가와 두 용병의 몸에서 나온 물건들을 보더니 돈주머니 안에 들어 있는 은화 여러 개를 꺼내어 여관주인에게 건넸다.

"이 정도면 수리비 정도는 될 겁니다. 협조해 주셔서 감사합니다."

"어이구, 고맙습니다. 다음에 오시면 공짜로 술 한 잔 대접해 드릴 테니 꼭 오세요."

여관 주인의 말에 로웬과 뮤라는 입가에 미소를 지었다. 그리고는 뒤돌아보며 말했다.

"자, 모두 돌아가도록 한다. 너희들은 저 녀석들을 감옥에 집어넣도록 해. 우린 듀렌 경에게 보고하도록 하지."

"옙!"

병사들이 두 용병을 끌고 가자 상황을 지켜보고 있던 키히린은 조금은 놀랍다는 눈으로 로웬과 뮤라를 바라보았다.

"대단하군요."

"우헷, 뭘 이런 걸 가지고 그러십니까?"

"그런데 저 용병들은 두 분을 아는 듯한데, 아일론의 네 자루의 검과 아일론의 안개의 창은 뭡니까?"

키히린이 의아해하며 묻자 뮤라는 쑥스러운 듯 미소를 지으며 말했다.

"몇몇 작은 전투와 대회를 통해서 얻게 된 저희들의 별명입니다. 시르온 경과 듀렌 경, 알렌 경, 그리고 로웬이 아일론의 네 자루의 검이고, 저와 유르스 경은 각각 안개의 창과 섬광의 활이라는 별명을 얻었죠."

"대단하군요. 그런 별명을 얻었다는 것은 많은 사람들로부터 인정을 받았다는 것 아닙니까."

키히린이 놀라워하며 말하자 뮤라는 더욱 미소를 짙게 띠며 말했다.

"아, 아뇨. 저 같은 경우는 과분한 별명입니다. 우리나라만 해도 저보다 뛰어난 창 실력을 지닌 기사들이 수없이 많은데……."

뮤라가 쑥스러워하며 겸손한 말을 하자 옆에 있던 로웬이 뮤라의 등을 치며 말했다.

"도련님, 믿지 마십쇼. 이 녀석, 이래봬도 왕립기사단에서 데려가려고 한 적이 있을 정도로 대단한 녀석이에요. 그리고 이래봬도 우리 기사들은 전부 일류급이랍니다. 우하핫."

로웬은 자랑스럽다는 듯이 말했다. 그의 자랑에 옆에 있던 데미아도 사실이라는 듯 고개를 끄덕였다.

강철의 영지라는 이름에 걸맞게, 아일론의 기사들은 크고 작은 전투와 대회를 휩쓸며 이름을 떨친 실력자들이다. 최고의 기사들이 모였다는 왕립기사단에서도 그들을 상대할만한 실력자는 손에 꼽을 정도인 것이다.

"자자, 그럼 듀렌 경에게 보고하러 갈까요."

로웬의 자랑을 계속 듣는 것이 부끄러웠는지 뮤라는 로웬의 옷자락을 끌며 말했다. 키히린과 데미아는 뮤라에게 끌려가는 로웬을 보며 미소를 짓고는 그들의 뒤를 따랐다.

"그런데 요즘 들어 용병들이 자주 보이던데, 역시 국경에서의 일 때문일까?"

뮤라가 걱정스런 목소리로 말하자 로웬은 굳은 얼굴로 고개를 끄덕였다.

"그렇겠지. 금세라도 닐센왕국과 전쟁이 발발할 것 같으니까 하이에나들이 몰려드는 거겠지.”

로웬의 심각한 목소리에 뒤따라가던 키히린도 고개를 끄덕였다. 그가 있던 변방의 작은 영지에까지 곧 전쟁이 터질지도 모른다는 소식이 들려올 정도로 국경에서의 일은 이미 걷잡을 수 없을 정도로 커져 있었다.

＊　　＊　　＊

“어이~ 여기 밥은 안주나? 벌써 저녁밥 먹을 시간이라고.”

어두운 실내 안, 길고 좁은 복도 양옆으로 나 있는 여러 문들 중 한 사내가 얼굴을 문짝 위로 나 있는 쇠창살 사이에 가져다 대며 소리를 쳤다. 그러자 맞은편 방에서 누군가의 짜증스러운 목소리가 들려왔다.

“시끄럽다, 아서. 좀 닥치고 있어라.”

“뭐야? 이 자식이 보자 보자 하니까 진짜……..”

“덤빌 테면 덤벼봐, 이 새끼야…….”

탕!

“시끄러워! 둘 다 조용히 해! 그리고 식사는 조금 있다 나올 테니 기다려.”

두 사람이 말싸움을 벌이자 복도 끝에 앉아 있던 병사가 창 끝으로 바닥을 내려치며 소리쳤다.

이곳은 아일론 영주성이 있는 내성에서 조금 떨어진 곳의 지하에 마련된 감옥이었다. 그런 곳에 갇혀 목소리를 높이던 두 사람의 정체는 조금 전 허블거리의 한 여관에서 소동을 일으켜 체포된 용병들이었다.

경비를 서고 있던 병사가 소리치자 서로 으르렁거리던 두 용병의 목소리가 그제야 잦아들었다.

아서라는 용병에게 조용히 하라고 외쳤던 호리호리한 몸매의 용병은 감방 한편에 마련된 간이침대에 몸을 눕히며 조용한 목소리로 말했다.

"그나저나 네 녀석은 여기 왜 온 거냐? 네놈이 속한 용병단은 남쪽의 쟈벨린왕국에서 날뛰고 있다고 들었는데."

그의 물음에 아서는 코웃음을 치고는 간이침대에 털썩 주저앉으며 대답했다.

"흥, 용병단은 단장이라는 자식이 하는 짓이 하도 한심해서 때려치웠다. 그러는 발린, 너야말로 이곳에는 웬일이지? 설마 너도 그 소식을 들은 거냐?"

"하! 너도 들은 모양이군. 나도 너랑 같은 이유다."

"역시 소문이 다 퍼진 모양이군. 너는 어느 쪽에 붙을 거냐. 닐센? 트라니아?"

아서가 궁금한 목소리로 묻자 발린이라는 용병은 잠시 생각에 잠겼다가 입을 열었다.

두 용병은 언제 죽일 듯이 싸웠냐는 듯 서로 스스럼없이 대화를 나누고 있었다.

"글쎄, 일단은 상황을 지켜봐야겠지. 생각없이 아무 곳에나 붙는 건 초짜들이나 하는 짓이니까."

발린의 말에 아서가 동감을 표시하며 그의 생각을 물었다.

"그렇겠지. 이봐, 발린. 네 녀석 생각에는 언제 터질 것 같냐?"

"아마……."

아서의 물음에 발린이 대답을 하려고 할 때 위에서 문이 열리는 소리가 들려왔다. 이내 저벅거리는 발소리들이 다가오더니 그들이 갇혀 있는 감방의 문 앞에서 멈춰 섰다.

"당신들은 아일론 내에서 특별한 전과도 없고, 이번이 처음이니 그만 내보내 주겠소. 하지만 다음에 또 이런 일이 생기면 가차없을 거요."

중년의 병사가 그렇게 말하며 문을 열어주자 아서는 걸어나오며 투덜거렸다.

"걱정마슈. 내일 아침이면 이곳을 떠날 테니까."

아서가 뻐근한 목을 돌리며 그렇게 말하자 맞은편 감방에서 나오던 발린도 고개를 끄덕였다.

"따라오시오. 소지품을 돌려줄 테니."

병사가 앞장서자 두 사람은 그의 뒤를 따라갔다. 복도 끝에서 자신들의 물건을 돌려받은 두 사람은 각자 소지품을 확인하던 도중 동시에 입을 열었다.

"에엑! 돈이 모자라!"

“나도 마찬가지다!”

자신들의 돈주머니를 열어보던 두 사람이 동시에 소리치자 병사가 당연하다는 듯 말했다.

“당신들이 파손한 여관의 수리비와 벌금은 뺐소.”

피도 눈물도 없는 공무원의 추징 능력에 가난한 두 용병은 투덜거리며 한시라도 이곳에 있기 싫다는 표정으로 감옥을 빠져나왔다.

“이왕 이렇게 된 거 어디 가서 술이나 한 잔 할까?”

밖으로 나온 아서가 술잔을 기울이는 듯한 행동을 취하며 능청스럽게 말하자 발린은 웃음을 지으며 고개를 끄덕였다.

“좋아, 술 대결을 하자는 말이지. 물론 지는 녀석이 술값을 다 내는 거겠지?”

“크크큭. 물론이지.”

순식간에 의기투합해 버린 두 사람은 근처에 보이는 가장 가까운 술집으로 들어가 술과 음식을 주문했다.

“우하핫, 오늘 공짜 술을 먹게 생겼구나!”

“훗, 네 녀석이야말로 얼마 남지 않은 돈을 몽땅 탕진하게 해주지!”

서로 상대방의 돈주머니를 텅텅 비우겠다는 일념으로 맥주를 입 안으로 넘기던 두 사람은 술집의 문이 열리는 소리에 무심코 고개를 돌렸다.

딸랑.

“로웬 경, 나는 정말 술을 잘 못합니다…….”

“하하핫, 도련님도 참. 빼지 마시고 우리 같이……. 응?”

계속해서 사양하는 키히린을 끌고 들어오던 로웬은 아침에 보았던 두 용병이 보이자 말을 멈추었다.

맥주를 들이켜고 있던 아서는 그의 모습에 깜짝 놀라 마시고 있던 맥주를 내뱉으며 자리에서 일어났다.

“푸웃! 다, 당신은 로웬 스파이럴! 여긴 무슨 일이오!”

아서가 손가락질하며 소리치자 뱉어진 맥주를 온통 뒤집어쓴 발린이 맥주를 닦아내며 중얼거렸다.

“멍청하긴, 술집에 들어오는 이유가 따로 있겠냐?”

발린이 한심하다는 듯 아서를 바라보며 말하자 뻘쭘해진 아서는 로웬을 가리키던 손가락을 슬그머니 거두며 자리에 앉았다.

그 모습을 바라보던 로웬은 웃으며 말했다.

“조금 전에는 서로 죽일 듯이 싸우더니 지금은 꽤나 친해진 모양이군.”

“싸우면서 친해진다는 말도 있으니까.”

뒤를 따라 들어온 뮤라가 그렇게 말하자 로웬은 고개를 끄덕이고는 두 용병이 앉은 테이블에서 조금 떨어진 곳에 자리를 잡았다.

“도련님! 이리로 오십시오. 뮤라, 너도 빨리 와.”

로웬이 싱글벙글 웃으며 말하자 키히린과 뮤라도 별 수 없다는 듯 로웬이 있는 테이블에 앉았다.

"주인장, 여기 맥주 세 잔이랑 훈제 닭고기 좀 가져오게!"

"예!"

아침의 일 때문인지 경계하는 눈으로 키히린 일행을 바라보던 두 용병들도 곧 조금 전처럼 술을 마셔댔다.

"그런데 아까 내가 말한 거 말야."

아서가 문뜩 생각났다는 듯 운을 떼자 발린이 고개를 끄덕이며 그의 말을 받았다.

"아아, 그것 말이냐. 너도 알다시피 지금 닐센왕국은 국왕의 명령으로 국경에 병사들을 집결시키고 있어. 아마 트라니아에서도 가만히 보고 있지만은 않을 테니 곧 행동을 취하겠지. 나는 우선 좀 더 상황을 지켜볼 생각이다. 돈이 좋다고는 하지만 목숨이 더 중요하니 말이야."

"그러냐. 그럼 다음에 만날 때는 적으로 만날 수도 있겠군."

아서의 대답에 발린은 쓴웃음을 지으며 대꾸했다.

"물론. 그게 우리 용병들의 숙명이니까."

"쳇! 오늘은 그저 마시고 보자고!"

"흥! 네 주머니의 돈을 탈탈 털게 될 거다!"

그들은 술잔을 부딪치며 계속해서 술을 목구멍으로 넘겨댔다.

맥주를 홀짝이며 등 뒤로 들리는 그들의 이야기를 듣고 있던 키히린이 앞을 보자 맞은편에 앉아 있던 로웬과 뮤라의 시선도 그들에게 향해 있었다.

"역시 용병들은 소식이 빠르군요."

"전쟁에서 살아남으려면 누구보다도 정세를 잘 파악해야 하니까요."

키히린이 맥주를 홀짝이며 조용히 말하자 뮤라가 맥주를 한 모금 넘기며 대답했다. 맥주를 벌컥벌컥 마시던 로웬은 잔을 테이블에 내려놓으며 입을 열었다.

"아마, 한 달 안에 트리안에서도 칙명이 내려올 겁니다. 저들의 말대로 시리스 여왕님께서 닐센의 행동을 보고만 있지는 않을 테니 곧 각지의 영주들과 병사들을 국경으로 소집하실 겁니다."

"아마 그때쯤, 영주님께서는 도련님을 트리안으로 데려가서 정식으로 영지를 물려주실 생각이실 겁니다."

자신의 뒤를 잇는 뮤라의 말에 로웬은 금시초문이라는 듯 깜짝 놀라며 말했다.

"에엑? 정말이야?"

"응. 사실 어제 저녁에 영주님의 방 앞을 지나가다가 시르온 경과 영주님이 대화하는 걸 우연히 들었는데, 아마 그때 여왕님의 승인을 받으려는 생각이신 듯했어. 솔직히 나는 아직 너무 이르다고 생각하지만……. 아! 도련님, 죄송합니다."

어젯밤 우연히 듣게 된 이야기에 자신의 생각을 보태던 뮤라는 키히린을 보며 급히 사과했다.

키히린은 고개를 내저었다.

"저도 아직은 이르다고 생각하고 있습니다. 아일론에 도착한 지 겨우 이틀인데."

"……영주님께서 많이 초조하신 거겠죠."

로웬이 조용히 흘러가듯 말하자 키히린과 뮤라는 침묵에 빠졌다.

그것은 어쩔 수 없는 사실이었다. 리오르의 몸 상태로는 몇 개월도 채 버티기 힘들다는 것을. 다른 사람도 아닌 뛰어난 의술을 지닌 유르스가 그리 말했으니 리오르에게 시간이 얼마 남지 않았다는 것을 그들도 잘 알고 있었다.

게다가 시시각각 병세가 악화되고 있어 어쩌면 두 달도 채 버티지 못할 거라는 것이 영주성의 하녀들 사이에 떠도는 소문이었다.

로웬은 잔을 치켜들며 말했다.

"에이……. 일단 마시고 보죠!"

분위기를 쇄신하려는 듯 익살스러운 표정으로 술잔을 들어 올리는 로웬의 모습에 키히린과 뮤라도 입가에 미소를 띠며 자신의 잔을 들어올렸다.

"우리 도련님을 위하여!"

"위하여!"

"멋진 기사들을 위하여!"

키히린은 반전된 분위기에 머뭇거리다가 곧 웃음을 지으며 로웬과 뮤라의 대열에 합류했다.

＊　　　＊　　　＊

"으, 으으윽."

키히린은 깨질 듯이 아파 오는 머리를 감싸 쥐며 침대에서 일어났다. 이번의 것은 지난번의 숙취와는 비교도 안 될 정도로 강렬했다. 앉아서 머리를 감싸 쥐던 그는 어젯밤 대체 무슨 일이 있었는지 기억을 더듬어보기 시작했다.

키히린은 맥주를 서너 잔쯤 마시자 취기가 올랐는지 풀어진 눈으로 주변을 두리번거리다가 낯익은 술병을 발견하고는 종업원을 불렀다.

"여기…… 레종 세 병만 가져다주겠나?"

"도련님, 그거 꽤 독한데요."

옆에 있던 로웬이 짐짓 놀란 듯 말했지만 그도 별로 신경 쓰는 기색은 아니었다. 오히려 즐거운 표정이랄까?

종업원이 고양이가 그려진 검은 빛깔의 병을 테이블에 내려놓자마자 로웬은 세 병 모두 뚜껑을 따버리더니 무식하게도 각자의 맥주잔에 가득 부었다.

순식간에 레종 두 병이 바닥나 버렸다. 뮤라는 익숙하다는 듯이 바라보았고, 키히린은 어처구니없다는 듯이 바라보았다.

"술은 가득 담아 마셔야 제격이죠!"

검은 액체가 가득 담긴 맥주잔을 들며 로웬이 말하자 뮤라도 어쩔 수 없다는 듯 잔을 들어올렸다.

상황이 이쯤 되자 키히린은 자신 앞에 놓인 맥주잔에 넘칠 듯 찰랑이는 검은 액체를 내려 보다가 잔을 들어올렸다.

세 병이 네 병이 되고, 네 병이 여섯 병이 되는 식으로…… 그들은 밤새 달린 것이었다.

"으윽……. 완전 미쳤었군."

머리를 내저으며 키히린은 중얼거렸다. 이렇게 머리가 아픈 이유가 있었다.

새벽녘에야 간신히 비틀거리는 몸을 이끌고 두 사람과 함께 영주성으로 돌아온 것은 기억나는데 그 이후로는 기억이 나질 않았다.

고개를 내젓던 그는 누군가의 인기척에 반쯤 풀린 눈으로 고개를 들었다.

"하아, 대체 얼마나 드신 거예요?"

"아아, 데미아구나. 좋은 아침이야."

양손을 허리춤에 올려놓고 어이없다는 시선으로 자신을 바라보고 있는 데미아의 모습에 키히린은 멍한 눈으로 아침 인사를 했다. 그녀는 창가로 걸어가더니 커튼을 확 열어 젖혔다. 강렬한 태양 빛이 키히린을 향해 쏟아져 들어왔다.

"벌써 대낮이라고요! 이거나 드세요."

데미아가 내민 은으로 만들어진 잔 속에는 투명한 물이 가
득 담겨 있었다.

순식간에 데미아의 손에 들린 잔을 가로채 벌컥벌컥 마신
키히린은 그제야 살겠다는 듯 한숨을 토해내며 잔을 돌려주
었다.

"고마워, 이제야 좀 살 것 같네."

"그럼, 옷 갈아입고 어서 나오세요. 점심 차려드릴게요."

데미아가 방문을 나서자 키히린은 머리를 긁적이며 그녀
가 놓고 간 바지와 셔츠를 주섬주섬 입고 문을 나섰다.

솔직히 조금 더 자고 싶었으나 참을 수 없는 속쓰림이 밀려
오자 속을 달래기 위해 데미아를 따라 식당으로 걸어가는 키
히린이었다.

키히린은 식당에 도착하는 동안 햇빛에 타들어가는 좀비
마냥 비틀거리며 걸음을 옮겼다.

"아아, 도련님. 어제는 대단했습니다."

꽤 늦은 점심시간이지만 식당에는 두 사람이나 식사를 하
고 있었다. 어젯밤 그와 함께 밤새도록 달렸던 로웬과 뮤라였
다.

로웬과 뮤라도 어젯밤 무리했던 때문인지 상태가 그리 좋
아보이지 않았다.

로웬은 숙취 때문인지 한 손으로 머리를 감싸 쥐고는 뜨거운 스프를 그릇 채로 홀짝이고 있었고, 뮤라의 상태는 로웬보다 더 심각해 보였다.

그는 새하얗게 질린 얼굴로 손을 부들부들 떨며 스프를 떠마시고 있었다. 두 사람 모두 머리에 이리저리 까치집을 이루고 있었다.

그 모습에 혀를 차던 키히린은 곧 자신도 남 말할 처지가 못 된다는 것을 깨닫고는 빈자리에 앉았다.

키히린이 자리에 앉자 데미아가 쟁반을 들고 오더니 담겨져 있던 것들을 그의 앞에 내려놓았다.

따끈따끈한 김이 올라오는 스프 한 그릇과 구운 지 얼마 되지 않은 듯한 부드러운 빵.

"고마워."

키히린은 음식을 가져다준 데미아에게 감사를 표하고는 스프를 그릇 채로 들어 한 모금을 마셨다.

따스한 스프가 목구멍을 타고 넘어가 위에 당도하자 그제야 요동을 치던 속이 진정되는 듯했다. 속이 어느 정도 진정되자 이제는 배고픔이 자신의 존재를 피력하기 시작했다.

빵을 스프에 찍어 허겁지겁 식사를 한 키히린은 그제야 주변을 돌아보았다.

로웬과 뮤라는 이미 식사를 마친 듯 차를 마시며 자신을 바라보고 있었다.

"괜찮으십니까?"

발그스름하게 혈색이 돌아온 뮤라가 걱정스럽다는 듯 묻자 키히린은 고개를 끄덕였다.

"이제야 속이 좀 진정되는군요. 저보다는 뮤라 경이야말로 괜찮으신 겁니까?"

키히린은 진심을 담아 그렇게 물었다. 아무리 봐도 자신보다는 뮤라의 상태가 더 나빠 보였다. 뮤라는 괜찮다는 듯 고개를 끄덕이며 답했다.

"예. 워낙 자주 있는 일이니까요. 어젯밤은 좀 더 심했지만요."

그 말에 키히린은 안쓰럽다는 눈빛으로 뮤라를 바라보았다. 그는 아무리 봐도 술에 강한 체질은 아니었다. 술을 좋아하는 로웬과 함께 다니다보니 어쩔 수 없이 숙취에 익숙해져버린 것이다.

그와 동시에 키히린은 뮤라에게 조금 미안한 생각도 없지 않아 있었다. 자신이 레종을 시키지만 않았어도 그냥 맥주만 적당히 마시고 왔을 텐데, 자신이 취해서 레종을 시켜버린 탓에 술자리가 길어진 것이었다.

"그런데 두 분은 다른 기사 분들에 비해 굉장히 친하시군요."

키히린이 데미아가 가져다준 차를 한 모금 마시고 묻자 로웬은 웃으며 뮤라의 등을 두드렸다. 얼마나 세게 두드렸는지 차를 마시고 있던 뮤라가 입 안에 머금고 있던 차를 조금 뱉어냈다.

"하하하. 뭐, 이 녀석과는 어릴 때부터 옆집에서 살던 불알친구니까요."

"푸웃, 뭐하는 거야. 정말……."

입가의 찻물을 닦으며 투덜거리는 뮤라를 웃으며 바라보던 키히린에게 로웬이 조심스레 물었다.

"그런데 도련님, 어제 아침에 말하신 것 말입니다. 다른 기사들은 어떻게 하실 겁니까? 저와 유르스 경, 그리고 뮤라는 어느 정도 호감을 가지고 있다지만……."

그의 물음에 키히린은 조용히 웃으며 차 한 모금을 넘겼다.

"글쎄요. 조금은 두고 봐야 하지 않을까요. 제가 이곳에 온 지는 겨우 이틀 밖에 되지 않았으니까요."

"그거야 그렇지만……."

그 말에 로웬이 고개를 끄덕이며 긍정하자 키히린은 찻잔을 내려놓으며 말했다.

"어젯밤 로웬 경이 말한 트리안에서 칙명이 내려올 한 달 정도의 시간, 그 안에 제가 어떻게든 해야겠죠. 제가 트리안에서 정식 서임을 받고 돌아왔을 때…… 떠나간 기사가 있다면 그것은 모두 제 모자람 때문입니다."

키히린의 말에 로웬과 뮤라는 아무 말 없이 차를 마셨다.

Chapter 3

기사의 말을 쏘아라

아일론의
영주

키히린이 아일론에 도착한 지도 2주가 지났다.

식당에서 발언을 한 지 일주일이 다 되어 가는데도 키히린은 그저 영지 곳곳을 돌아다닌다든가 듀렌과 대련을 하고 병사들과 순찰을 나서거나 할 뿐이었다.

그러자 오히려 초조해진 것은 그에게 호감을 가지고 있던 기사들이었다.

"도련님, 벌써 일주일입니다. 이러다간 아무것도 못한 채 트리안으로 올라가시게 될지도 모릅니다!"

더 이상 초조함을 참지 못했는지 일주일이 되던 날 저녁에 로웬이 키히린의 방에 찾아왔다. 그 말에 테라스에 앉아 검을 닦고 있던 키히린은 로웬을 바라보며 싱긋 웃었다.

"로웬 경, 당신은 내가 아버지의 뒤를 잇고 난 다음에는 어떻게 할 생각입니까?"

뜬금없는 그의 물음에 로웬은 잠시 당황하는 듯하더니 머리를 긁적였다.

"글쎄요. 저야 뭐…… 이곳에서 나고 자랐으니 별로 떠날 마음도 없고……. 영주님께서 후계자라고 하시는데 기사로서 따라야겠죠. 또…….”

예상치 못한 질문이었던 듯 횡설수설하는 로웬의 모습을 웃으며 바라보던 키히린은 자신의 바스타드를 검집에 집어넣으며 일어났다.

"로웬 경은 이곳에 남을 마음이 있기는 있다는 거군요.”

"……뭐, 도련님도 꽤나 괜찮은 분인 것 같으니까요.”

스스로 생각하기에도 조금은 어색한지 로웬이 머리를 긁적이며 그렇게 말하자 키히린은 웃으며 고개를 끄덕였다.

"로웬 경이 남는다면 뮤라 경도 남겠죠. 그리고 시르온 경은 아버지의 절친한 친우와도 같은 분. 아버지가 저를 후계자로 정하셨을 때부터 저를 따를 생각을 하고 계셨을 겁니다. 이렇듯 벌써 반이나 얻었으니, 시간은 충분합니다.”

확신에 찬 목소리로 거침없이 말하는 키히린의 모습에 로웬은 의외의 일면을 보았다는 듯 놀란 눈으로 고개를 끄덕였다.

키히린은 그를 차분한 눈으로 바라보다가 말을 이었다.

"그리고 전 아무것도 하지 않고 있는 것이 아닙니다."

"예? 그게 무슨……?"

로웬이 자신의 말에 의아해하며 묻자 키히린은 입가에 미소를 띠며 말했다.

"옛말에 '기사를 잡으려면 그의 말을 잡아라' 라는 말이 있죠."

언제부터 있었던 것인지 모를 옛 속담을 언급하며 미소를 띠는 키히린의 모습에 로웬은 이해되지 않는다는 듯 의아한 얼굴로 멀뚱히 서 있었다.

여유로운 태도로 앉아있는 키히린을 바라보던 로웬은 머리를 긁적이며 말했다.

"이거, 시간이 늦었는데 귀찮게 해드린 건 아닌지 모르겠습니다."

"아뇨, 괜찮습니다."

키히린이 미소를 지으며 고개를 내젓자 로웬은 고개를 숙여 보이고는 키히린의 방을 나섰다.

"그럼, 전 이만 가보겠습니다."

로웬이 방을 나서자 키히린은 한숨을 내쉬며 검을 벽에 기대어 세우고는 테라스의 난간에 걸터앉았다.

"기사의 말을 잡는다니, 흥미로운 말이네요."

머리 위에서 들려온 익숙한 목소리에 고개를 들자 위층의 테라스에서 누군가가 턱을 괸 채로 아래를 바라보고 있었다.

"……유르스 경."

자신을 올려다보는 키히린의 놀란 얼굴을 내려다보던 유르스는 싱긋 웃으며 테라스 아래로 뛰어내렸다.

"어, 위험……!"

탁!

키히린의 우려를 비웃기라도 하듯 유르스는 테라스의 난간에 고양이처럼 날렵하게 착지하고는 그를 바라보았다.

"예? 뭐라고 하셨죠?"

"아, 아닙니다."

흐트러진 머리칼을 넘기며 유르스가 묻자 키히린은 어색한 미소를 지으며 대답했다.

애초에 높디높은 나무 위를 자유자재로 이동하는 엘프인 그녀를 염려한다는 것 자체가 무의미했던 것이다.

"엘프들의 움직임은 언제 봐도 놀랍군요."

키히린이 혀를 내두르며 그렇게 말하자 유르스는 잊고 있던 것을 떠올렸다는 듯 눈을 크게 뜨며 키히린의 바로 옆에 걸터앉았다.

"그러고 보니 키히린 님에게 엘프의 인사 방식을 알려준 친구가 있다고 했죠?"

"아, 네. 엘프니아 카운터를 가르쳐 준 것도 그입니다."

유르스는 키히린의 대답에 흥미가 동했다는 듯 두 눈을 빛내며 바짝 다가왔다.

"그 엘프에 대해 자세히 알려줄 수 있으신 가요?"

"아, 네?"

갑자기 유르스의 얼굴이 가까이 다가오자 깜짝 놀란 키히린은 자신도 모르게 말을 더듬으며 대꾸했다.

엘프들은 평범한 사람들에게서는 찾아볼 수 없는 아름다움을 지니고 있다. 그런 유르스의 얼굴이 자신의 눈앞으로 다가오자 순간 당황해 버린 것이다.

"대륙에서 다른 엘프들의 소식을 듣는 일은 힘들거든요. 특히 엘프니아 카운터를 사용하는 엘프라니. 굉장히 궁금해요."

대부분의 엘프들은 대륙 남부의 끝자락에 위치한 거대한 밀림, 봄의 숲에 모여 산다. 그러니 키히린이 알고 지낸다는 그 엘프에 대해 궁금증이 생긴 것은 당연하리라.

키히린은 그제야 그녀의 행동을 이해하고는 고개를 끄덕였다.

"글쎄요. 워낙 바람과도 같은 친구라……. 다만 알고 있는 것은 그의 이름이 샤우드라는 것뿐입니다."

"아……."

키히린의 말에 그녀는 실망했다는 듯 두 귀를 축 늘어뜨리며 고개를 숙였다. 그 모습이 너무나도 희극적으로 느껴져서 키히린은 자신도 모르게 실소를 흘리고 말았다.

“……키히린 님은 그 샤우드라는 분과 친구인가요?”

고개를 숙이고 있던 유르스가 진지한 얼굴로 고개를 들며 묻자 실소를 흘리던 키히린은 얼굴에서 웃음기를 거두며 먼 곳을 바라보았다.

“그가 어떻게 생각하는지는 잘 모르겠지만, 저는 그를 친구라고 생각합니다.”

유르스는 그의 말에 순간 어두운 표정을 지었다가 다시 입을 열었다.

“엘프와 인간이 친구가 되는 것이…… 가능할까요?”

먼 곳을 바라보고 있던 키히린은 그녀의 얼굴을 바라보며 미소 지었다.

“마음이 통한다면 종족은 상관없지 않을까요?”

“사랑한다는 감정도요?”

“예.”

“하지만 인간은 너무 빨리 땅으로 돌아가 버려요.”

서글픈 얼굴로 먼 곳을 바라보며 쓸쓸히 말하는 유르스의 모습에 키히린은 고개를 끄덕이며 대답했다.

“하지만 헤어짐을 먼저 생각하며 사귄다면, 너무 차갑지 않습니까. 그리고 언제나 추억은 가슴속에 남고, 기억은 머릿속에 남아 있을 것입니다.”

키히린의 말을 곰곰이 되씹어보던 유르스는 희미한 웃음을 지으며 고개를 내저었다.

“너무 어렵네요.”

“그렇습니까? 제가 한 말인데 저도 잘 모르겠군요.”

키히린이 쑥스러운지 머리를 긁적이자 유르스가 천천히 앉아 있던 난간에서 일어나며 말했다.

“그럼 우리도 친구가 될 수 있나요?”

눈웃음을 지으며 묻는 그녀의 모습에 키히린은 고개를 끄덕였다.

“물론이죠.”

그의 대답에 유르스는 부드러운 웃음을 지었다.

“다행이네요. 그럼 전 이만 올라가 볼게요. 나무의 꿈이 가득하길.”

그렇게 말한 유르스가 난간을 박차고 위층으로 뛰어올라가자 테라스에 서 있던 키히린은 그녀의 인사에 답하며 침대로 향했다.

“푸르른 나무의 염원이 함께 하길.”

침대에 몸을 누이는 키히린의 입가에는 만족스러운 미소가 가득했다.

*　　　*　　　*

로웬과 유르스가 다녀간 다음날 아침, 언제나 그렇듯 병사들은 영지 내를 순찰하고 있었다.

10명씩 무리 지어 다니는 병사들 사이에는 키히린이 함께
하고 있었다.

그 덕에 어느 날 갑자기 나타난 영주의 후계자에 대한 소식
이 영지 곳곳에 퍼져 모르는 이가 없게 되었다.

오늘도 키히린은 알렌 휘하의 35소대와 함께 순찰을 돌고
있었다. 며칠 동안 병사들의 훈련을 보거나 순찰을 함께 해서
인지 키히린과 병사들 사이는 매우 가까워 보였다.

키히린이 순찰을 하며 지나갈 때마다 주변 상점의 상인들
이 그를 알아보고 고개를 숙여 인사하거나 과일이나 음료 같
은 간단한 요깃거리를 가져왔다. 그럴 때마다 키히린은 미소
를 지으며 감사를 표했다.

"소영주님, 매일 듀렌 기사님과 대련하시고 이렇듯 저희들
과 순찰을 돌아보시려면 피곤하실 텐데, 오늘은 이만 영주성
으로 돌아가서 쉬시지 그러십니까."

키히린의 옆에 있던 갓 스물 정도 되어보이는 듯한 젊은 병
사가 걱정스레 묻자 옆에 있던 또 다른 병사가 고개를 끄덕이
며 맞장구쳤다.

"맞습니다. 게다가 순찰이 끝나면 매일 영지 이곳저곳을
돌아보신다면서요? 오늘은 이만 들어가서 쉬십시오. 나머지
순찰은 저희가 돌 테니……."

젊은 병사의 말에 맞장구를 친 중년 병사의 말에 키히린은
미소를 지으며 고개를 저었다.

"아뇨, 괜찮습니다. 이곳에 온 지 얼마 되지 않았으니 아일론 영지에 대해 알려면 많이 돌아봐야 하지 않겠습니까?"

키히린의 말에 병사들은 당혹스러운 표정으로 말했다.

"아이고 소영주님, 말씀 낮추시라니까요. 저희 같은 일반 병사들에게 말을 높이시다니, 누가 보면 비웃을 겁니다."

어느 병사의 말에 키히린은 웃음을 터뜨리며 손을 내저었다.

"아닙니다. 아직 제대로 된 서임도 받지 못한데다가 얼마 전까지는 작은 영지의 일개 경비대장이었던 사람입니다. 게다가, 이 아일론에 평생을 바쳐온 여러분에게 어떻게 함부로 대할 수 있겠습니까."

키히린의 말에 병사들은 감동한 표정을 지었지만 손사래를 치며 그에게 말했다.

"아무리 그래도 언젠가 이 아일론을 다스리게 되실 분이 이렇게 말을 높이시면 저희가 불편합니다."

병사들의 당혹스러워 하는 태도에 키히린은 난감한 웃음을 지으며 고개를 끄덕였다.

"노력해 보죠……. 아니, 노력하지."

그때였다. 한 병사가 숨이 넘어갈 듯한 표정으로 달려온 것은. 키히린이 기억하고 있기에 그는 분명 다른 구역을 맡은 32부대 소속의 병사였다.

키히린의 앞에 멈춰선 그는 금방이라도 넘어갈 듯 숨을 몰아쉬며 힘겹게 말을 내뱉었다.

"허블거리 서쪽에 허억, 허억. 오우거가……."

그의 말에 키히린은 물론 주변에 서 있던 병사들의 얼굴에 경악이 떠올랐다.

"뭐! 말도 안 돼. 어떻게 영지 내에 오우거가 들어온 거야!"

한 병사가 믿을 수 없다는 듯 소리치자 숨을 가다듬은 병사가 좀 전보다는 수월하게 말했다.

"얼마 전 마을에 들어온 서커스단의 오우거가 갑자기 미쳐서 탈출하는 바람에 서커스 장이 있던 곳은 완전히 아수라장이 되었습니다!"

그 말에 키히린의 얼굴색은 잿빛이 되었다. 분명 서커스단이 있는 곳은 주택가에서 그리 떨어지지 않은 곳. 오우거가 조금이라도 이동한다면 대형 참사가 발생할 것이다.

"말도 안 돼……. 평범한 서커스단 따위가 오우거를……."

오우거라는 몬스터는 일반 병사 십여 명이 죽음을 각오해야만 상대할 수 있을 정도로 흉폭한 몬스터이다.

어릴 때부터 인간이 길들인 오우거라고 하더라도 본성의 흉포함과 인간의 몸을 찢어발기는 그 힘은 쉬이 넘길 수 있는 일이 아닌 것이다. 그런 오우거가 주택가로 향했다간 수많은 사람들이 죽을지 모른다.

"톰! 자네는 빨리 영주성으로 가서 다른 기사들에게 알리게. 그리고 자네는 다른 곳을 순찰하는 병사들에게도 이 사실을 알리고 근처의 영지민들을 대피시켜!"

키히린이 소리치자 톰이라는 이름의 젊은 병사와 32부대 소속의 병사는 고개를 끄덕이며 달려 나갔다.

"나머지는 나와 함께 서커스단이 있던 곳으로 향한다!"

달려가며 외친 키히린의 말에 남아 있던 병사들은 침을 꿀꺽 삼키며 키히린의 뒤를 따라 달렸다.

3분 정도를 달려가자 듣기만 해도 끔찍할 정도의 괴성이 들려왔다.

"크워어어억!"

괴성이 들려온 곳은 서쪽 허블거리에서 주택가로 향하는 길목이었다.

급히 달려가자 톱날 같이 날카로운 이빨과 성인 남성 몸통만 한 굵기의 목과 금방이라도 터져 나갈 듯 꿈틀거리는 거대한 근육이 눈에 들어왔다.

자그마치 3미터에 달하는 신장에 연신 크르릉거리며 주변을 두리번거리는 붉은 눈동자는 소름이 끼칠 정도였다.

그런 거대한 몬스터 앞에 여섯 명의 병사의 모습이 보였다. 그들 주변에는 세 명의 병사가 쓰러진 채 미동도 하지 않고 있었고, 32소대의 여섯 병사들은 금방이라도 쓰러질 듯한 몸으로 오우거가 주택가로 들어가려는 것을 필사적으로 가로막고 있었다.

"크워어어어!"

오우거가 성난 울음소리를 내지르며 병사들에게 달려들자 키히린은 입술을 깨물며 바스타드를 꺼내 들고는 오우거에게 달려들었다.

"35소대는 나와 저 녀석을 저지하고 32소대는 쓰러진 사람을 데리고 뒤로 물러나!"

키히린은 악을 쓰듯 소리치며 바스타드를 휘둘렀다.

앞을 막고 있는 32소대의 병사들을 공격해 가던 오우거의 등을 베었지만 오우거 특유의 질기고 질긴 가죽 때문에 근육 깊숙이 베지는 못하고 피부만 베는 정도에 그쳤다.

"크와아악!"

하지만 키히린의 바스타드는 오우거에게 충분히 고통을 선사했다.

그 덕에 오우거의 시선을 32소대의 병사들에게서 자신에게로 돌리는 데 성공한 키히린은 바스타드를 크게 휘둘러 검에 남아 있는 핏방울을 털어내고는 중얼거렸다.

"언제 도착할지는 모르겠지만 지원군이 올 때까지 한 번 버텨보실까……."

등에서부터 올라오는 따끔함 때문에 더욱 흉포하게 번들거리는 붉은 눈동자가 앞에 서 있는 인간에게 향했다.

"뭐! 영지 내에 오우거가!"

오랜만에 로웬과 대련을 하고 있던 듀렌은 금방이라도 숨이 넘어갈 듯한 모습으로 달려온 병사의 말에 경악했다.

"말도 안 돼! 어떻게 오우거가 영지 내로 들어온 거지?"

듀렌의 옆으로 다가온 로웬이 믿을 수 없다는 듯 묻자 병사
는 아까 키히린과 병사들에게 했던 말을 했다.

"얼마 전 마을에 들어온 서커스단의 오우거가 갑자기 미쳐
서 탈출하는 바람에 서커스 장이 있던 곳은 완전히 아수라장
이 되었습니다!"

병사의 말에 듀렌은 욕지기를 내뱉었다.

"빌어먹을! 다른 기사들은?"

"유르스 님과 뮤라 님은 제 보고를 듣자마자 허블거리로
달려가셨습니다."

"그래, 그럼 우리도 당장 가보도록 하지. 지금 그곳에 있는
병사들은?"

"저 그게…… 32소대와 35소대…… 그리고 소영주님이 계
십니다."

"뭐! 도련님이!"

병사의 말에 두 기사의 얼굴에 짙은 당혹감이 떠올랐다.

"피해!"

키히린의 입에서 급박한 외침이 터져 나옴과 동시에 방금
전까지 한 병사가 서 있던 곳으로 엄청난 크기의 나무 몽둥이
가 지나갔다.

후우웅~. 펙!

바람을 가르는 흉흉한 소리와 함께 둔탁한 소리가 터져 나왔다. 오우거가 휘두른 몽둥이가 지나간 자리에 서 있던 병사는 그저 오우거의 주먹이 스치기만 했음에도 불구하고 저 멀리 날아가 버렸다.

근처 건물에 부딪쳤다가 땅에 미끄러져 내린 병사는 몇 번 꿈틀거리더니 곧 정신을 잃었다. 다행히 죽지는 않은 듯했지만 몇 달 동안은 움직이기도 힘들 정도의 중상을 입은 듯했다.

뿌득.

키히린은 이를 갈며 주변을 둘러보았다.

주변은 아수라장이 되어 있었고, 수십 명의 병사들이 바닥에 널브러진 채 정신을 잃고 있거나 고통에 꿈틀거리고 있었다. 오우거의 공격에 정통으로 당해서 이미 숨이 끊어진 병사들도 몇몇 있었다.

오우거는 무너진 서커스단의 막사를 받치는데 사용되었던 나무 기둥을 들고 있었다.

이제 주변에 서 있는 사람이라고는 키히린, 그 혼자뿐이었다. 5분이 조금 넘었을 뿐인데 병사들이 모두 쓰러져 버린 것이다.

키히린은 바스타드를 고쳐 잡으며 더운 숨을 거칠게 내쉬는 오우거를 노려보았다. 여기서 자신이 물러나거나 쓰러진

다면 이미 피냄새를 맡고 흥분해 버린 오우거가 근처에 쓰러져 있는 병사들을 어떻게 할 지 뻔히 짐작되는 상황.

게다가 아직 주택가에는 채 대피하지 못한 사람들이 있을지도 모른다.

키히린은 긴장을 늦추지 않으며 오우거의 주위를 돌면서 빈틈을 살폈다. 오우거도 마지막까지 남은 키히린이 신경 쓰였는지 낮게 그르렁대면서 커다란 눈동자를 굴리며 키히린의 모습을 뒤쫓았다.

그러다 조그마한 먹잇감이 먼저 덤벼들 기색을 보이지 않자 짜증이 났는지 오우거는 손에 쥔 나무 몽둥이를 내려치며 달려들었다.

"크워어어억!"

오우거가 휘두른 몽둥이는 듣기만 해도 소름이 끼치는 바람 소리를 내며 금방이라도 키히린의 몸을 곤죽으로 만들 것처럼 떨어져 내렸다.

키히린은 머리 위에서부터 떨어져 내리는 몽둥이를 피해 옆으로 몸을 굴렸다. 그리고는 바스타드의 손잡이를 두 손으로 굳게 잡아 쥐고는 오우거를 향해 달려들었다.

달려가는 힘을 검끝에 모아 오우거의 복부를 꿰뚫어 버리겠다는 심산이었다. 순간적인 속도와 키히린 본래의 힘이 합쳐 진다면 아무리 질긴 오우거의 가죽이라도 꿰뚫을 수 있을 것 같았다.

14년 동안 검을 잡고 혹독한 수련을 해온 그다. 자신의 남은 힘을 모두 끌어모은 이 공격에는 바위라도 박살낼 만한 힘이 깃들어 있었고, 이번 일격으로 오우거에게 치명상을 입힐 수 있을 거라는 것을 믿어 의심치 않았다.

막 오우거의 배에 검을 찔러 넣으려는 찰나 그는 옆에서 들려오는 거친 바람 소리를 들었고 무엇인지 깨닫기도 전에 본능적으로 손목을 비틀어 검면으로 몸과 머리를 방어했다.

콰앙!

"컥!"

오우거가 자신의 공격을 피하며 키히린이 달려들자 몽둥이를 들고 있지 않던 왼손을 휘둘렀던 것이다.

성인의 머리통만 한 주먹에 담겨 있던 힘이 오우거에게 달려가던 키히린의 속도와 맞물리며 정면충돌했다.

눈앞에 불꽃이 튀었다.

어지간한 몬스터도 맨손으로 때려잡는 오우거의 주먹을 채 준비도 못한 상태에서 받아낸 키히린은 온몸이 바스러지는 것 같은 충격을 받고는 실 끊어진 연처럼 피를 토하며 날아갔다.

충격에 몇 미터나 날아간 키히린은 온 힘을 다해 비틀거리며 몸을 일으켰다. 다행히 손에 쥐고 있던 검을 놓치지는 않았지만 순간의 압력으로 인해 손바닥이 찢어져 피가 흐르고 있었다.

게다가 간신히 검을 들어 막았다고는 하나 그 충격이 키히린의 육신에 그대로 전달되었기 때문에 그의 몸은 당장이라도 쓰러질 듯 만신창이가 되어버렸다.

입에서는 계속해서 울컥거리며 죽은 피들이 흘러나왔고, 육체의 한계를 뛰어넘는 충격에 안구의 모세혈관이 터졌는지 눈가에서는 피눈물이 흘러나왔다. 고막마저도 충격에 손상되었는지 윙윙거리는 이명이 머릿속에 울려 퍼졌다.

"소, 소영주님…… 빨리 도망을……."

근처에 쓰러져 있던 병사들 중 정신을 잃지 않은 병사 하나가 남은 힘을 모두 쥐어짜며 말했지만 키히린의 귀는 그 소리를 듣지 못했다.

키히린은 온통 붉게만 보이는 눈을 억지로 뜨며 승리의 포효를 내지르는 오우거를 노려보다가 뒤틀려 버릴 것 같은 전신의 근육에 남아 있는 모든 힘을 끌어모아 달려들었다.

"으아아아아아!"

모든 적을 해치웠다고 생각하고 두 손을 높이 든 채 승리의 포효를 지르던 오우거는 마지막에 쓰러뜨렸던 인간이 피투성이가 된 채로 기합을 내지르며 달려들자 급히 높이 들어 올렸던 몽둥이를 내려쳤다.

거친 바람이 귓가를 스치며 지나갔다.

오우거의 몽둥이가 자신의 옆을 아슬아슬하게 훑으며 지나간 순간 키히린은 숨을 멈추고는 다리 근육에 힘을 주며 땅을 박차고 날아올랐다.

"크워어억!"

뿌드득거리는 근육을 가르는 느낌과 함께 검끝에서 딱딱한 뼈의 감촉이 손에 전해져 왔다.

비어 있는 오우거의 겨드랑이에 바스타드를 박아 넣은 키히린은 전신의 모든 힘을 끌어모아 검을 비틀었다.

뿌드득, 뿌득!

근육이 비틀리며 찢어지는 소리와 함께 오우거는 오른쪽 겨드랑이에서 올라오는 고통에 비명을 지르며 몸부림쳤다. 얼마나 그 몸부림이 심했는지 바스타드를 붙잡고 있던 키히린은 손잡이를 놓치고 날아가 버렸다.

털썩!

"컥! 크윽……."

모든 힘을 끌어 모은 일격이 성공한 것에 옅은 미소를 띠던 키히린은 곧 온몸의 근육이 비명을 지르는 것을 느꼈다.

한참이나 고통에 몸부림치던 오우거는 겨드랑이에 박혀 있던 키히린의 바스타드를 우악스럽게 뽑아내서 던졌다.

쨍그랑!

겨드랑이에 박혀 있던 것을 뽑아내고 나서야 고통이 조금 가셨는지 오우거는 거친 숨을 씩씩 내뱉었다. 그리고는 자신에게 이 엄청난 고통을 선사한 조그마한 존재를 번들거리는 붉은 눈으로 노려보며 한 발, 한 발 다가갔다.

키히린은 방금 전의 일격으로 모든 힘을 쏟아 부었기 때문에 손가락 하나 까딱할 힘도 남아 있지 않았다. 갈비뼈도 부러졌는지 숨을 쉬는 것마저도 힘에 겨웠다.

간신히 상체를 일으킨 그는 자신이 부딪친 벽에 등을 기대었다. 붉게 보이는 시야로 천천히 다가오는 오우거의 모습을 바라보던 키히린은 곧 닥쳐올 고통을 예감하며 두 눈을 감았다.

'여기까진가…….'

하지만 그의 생각은 이른 감이 있었다.

쒜애애애액!

바람을 가르는 날카로운 파공음과 함께 날아온 무언가가 오우거의 오른쪽 눈에 틀어박혔다. 뜨거운 인두로 지지는 듯한 고통이 오른쪽 눈에서 느껴지자 오우거는 고통에 가득 찬 비명을 지르며 몸부림쳤다.

"크와아악!"

'뭐, 뭐지?

눈을 감고 있던 키히린은 오우거의 고통스러운 비명이 들리자 의아해하며 눈을 가늘게 떴다. 이리저리 몸부림을 치는 오우거의 오른쪽 눈에는 푸른 깃의 화살이 깊숙이 박혀 있었다.

"괜찮아요?"

머리 위에서 들려온 목소리에 힘겹게 고개를 들어 올리자

자신이 등을 기대고 있는 건물의 지붕 위에 올라서서 꽤나 긴
장궁을 들고 있는 유르스가 걱정스러운 얼굴로 내려다보고
있었다.

"유, 유르스 경……."

"제가 조금 늦은 모양이네요."

미안한 기색의 유르스를 보며 키히린은 입가에 희미한 미
소를 지었다.

"아뇨, 딱 좋습니다."

키히린의 말이 끝나기가 무섭게 오우거는 오른쪽 눈에 박
힌 화살을 움켜잡더니 우악스럽게 뽑아냈다. 깊숙이 박혀 있
던 화살이 뽑히며 이미 쓸모없게 되어버린 오른쪽의 붉은 눈
알도 함께 끌려 나왔다.

시신경으로 보이는 듯한 것까지 대롱대롱 매달린 커다란
눈알이 화살에 박혀 있는 모습은 꽤나 으스스했다.

"크왁!"

키히린에 의해 오른팔을 사용하지 못하게 되고, 유르스의
화살에 의해 오른쪽 눈알을 잃은 오우거는 생명의 위협을 느
끼며 내면 깊숙이 잠재되어 있던 본능을 일깨웠다.

오우거들은 죽음이 가까워져 오면 미약한 이성마저도 잃
어버리고 극대화된 본능이 나타나게 된다. 여러 학자들은 이
상태를 이른바 '버서커' 라고 부른다.

죽음을 느낀 오우거는 뇌의 대부분의 활동이 정지되어 대

부분의 신경이 마비된다. 고통을 느낄 수 없게 된 오우거는 근육의 한계치를 뛰어넘는 괴력을 뿜어내는 것이다.

"크워어어어어어어!"

오우거는 본능에 의하여 앞에 있는 키히린과 그 위의 유르스를 향해 달려들었다. 고통이 사라져 버린 지금, 굳게 쥔 몽둥이를 내려찍으려 키히린이 난도질 해놓은 오른팔을 덜렁거리면서도 하늘 높이 들었다!

푸슉!

살덩어리를 꿰뚫는 소리와 함께 오우거의 가슴 위로 날카로운 창날이 회전하며 고개를 내밀었다.

오우거의 등 뒤에서 드릴처럼 회전하며 찔러 들어온 창날은 거칠게 고동치던 심장을 터뜨려 버린 것만으로도 모자라 관통해 버린 것이다.

몽둥이를 든 자세 그대로 굳어버린 오우거의 가슴에서 뜨거운 핏줄기가 세차게 뿜어져 나왔다. 생명의 마지막 몸부림을 치는 오우거의 주변에는 뜨거운 혈우가 내렸다. 혈우가 잦아들 때쯤, 생명이 꺼진 오우거의 육체는 자신이 만들어낸 피웅덩이로 천천히 기울었다.

쿵!

쓰러진 자리에는 오우거의 피를 미처 피하지 못한 뮤라가 피투성이가 된 채로 서 있었다. 급히 달려오느라 숨이 찼는지 헉헉거리던 그는 얼굴에 튄 피를 닦아내고는 키히린에게 다가왔다.

"괜찮으십니까!"

"죽지는 않았습니다. 그보다, 다른 병사들을……."

유르스의 부축을 받으며 일어서던 키히린은 부러진 뼈가 장기를 건드려 고통스러운 표정이었지만 시선은 쓰러져 있는 병사들을 향하고 있었다.

"아, 알겠습니다. 어서 빨리 부상자들을 옮기도록 하세요!"

뮤라가 자신을 따라온 병사들에게 소리치자 병사들이 급히 움직이며 쓰러져 있는 동료들을 추스르기 시작했다. 병사들이 움직이는 것을 보던 뮤라는 깜빡했다는 듯 피 웅덩이에 널브러져 있는 오우거에게 다가가 등에 박혀 있던 창을 뽑으려했다.

하지만 조금 늦은 것 같았다. 창은 바위에 박힌 것처럼 좀처럼 빠질 생각을 하지 않았다. 얼마 되지도 않았는데 벌써 사후강직을 보이며 근육이 굳고 있었다.

오우거에 올라타 박혀 있는 창을 뽑으려 끙끙대는 뮤라의 모습을 마지막으로 키히린은 정신을 놓아버렸다.

*　　　*　　　*

"으, 으음……."

온몸에서 느껴지는 고통에 키히린은 신음을 흘리며 정신

을 차렸다. 주변에 있던 누군가가 그 모습을 보고는 소리쳤
다.

"……님! 도련님!"

자신을 부르는 목소리에 힘겹게 눈을 뜬 키히린은 걱정스
러운 얼굴로 자신을 바라보고 있는 데미아를 발견했다.

"정신 차리셨어요?"

정신을 차린 키히린은 그녀의 걱정에 고개를 끄덕이며 상
체를 일으켜 세웠다. 온몸의 근육들이 비명을 지르고 부러진
뼈들이 삐걱거리며 고통을 선사하는 바람에 키히린의 얼굴은
마구 찌푸려졌다.

"으윽."

"안 돼요, 도련님. 겨우 응급 치료만 했을 뿐이라서 무리해
서 움직이시면 상처가 덧나게 돼요."

데미아가 엄한 표정을 지으며 허리춤에 손을 얹고 말하자
키히린은 얼굴을 찡그린 채로 억지 미소를 지으며 고개를 끄
덕였다.

고개를 돌려 주변을 바라보자 익숙한 방의 모습이 보였다.
그리고 몸 이곳저곳의 상처에는 하얀 붕대가 정성스레 감겨
있었다. 뒤늦게 도착한 이들이 자신을 영주성으로 데려와 치
료를 한 것 같았다.

"내가 쓰러진 지 얼마나 됐지?"

키히린이 욱신거리는 갈비뼈를 움켜잡으며 묻자 데미아는

키히린을 다시 눕히며 대답했다.

"꼬박 하룻밤을 정신을 잃고 누워 계셨어요. 가만히 계세요. 다른 분들을 모셔올게요."

데미아가 허리춤까지 내려간 이불을 가슴 위로 덮어주고는 방을 나서자 키히린은 가만히 누워 천장을 올려다보았다.

스스로도 꽤나 강해졌다고 생각했다. 라리트 영지를 떠나와 듀렌과 대련을 계속하며 실력이 늘었다고 생각했다. 하지만 그것은 자신의 생각일 뿐이었다.

아무리 오우거라고 하지만 어릴 때부터 인간에게 길들여진 오우거다. 그런 오우거에게 상대조차 되지 못했다. 근처에 있던 여러 병사들이 깊은 부상을 입고 쓰러졌고 몇 명은 이미 이 세상에 있지 않을 것이다.

그리고 자신도 유르스와 뮤라가 제때에 와주지 않았더라면 이미 싸늘한 시체가 되었을 것이라는 것을 그는 너무도 뼈저리게 알고 있었다.

자신은 충성을 얻어야 할 기사들보다도 약한 것이다. 그런 생각에 그는 참담함을 느끼며 입술을 깨물었다.

끼이익.

"깨어나셨다고 들었습니다."

"도련님, 괜찮으십니까?"

천장을 멍하니 바라보고 있던 키히린은 문이 열리는 소리에 잘 돌아가지 않는 목을 억지로 돌렸다. 유르스와 뮤라, 로웬 외에도 다른 기사들이 들어오는 모습이 보였다.

"아, 오셨습니까."

키히린이 몸을 일으키려 힘을 주며 말하자 어느새 다가온 유르스가 그의 몸을 누르며 말했다.

"움직이지 말아요. 힐링 포션의 약효로 어느 정도 치료가 되었다고는 하지만 아직은 움직이지 않는 게 좋습니다."

그녀의 말에 그는 괜찮다는 듯 고개를 내저었고, 그 모습에 유르스는 어쩔 수 없다는 듯한 표정으로 키히린이 상체를 일으키는 것을 부축했다.

"몸은 괜찮으십니까?"

주변의 다른 기사들보다 머리 하나 정도는 더 큰 거구의 기사, 알렌이 무뚝뚝한 얼굴로 내려다보며 묻자 키히린은 어색한 미소를 지어보였다.

"그럭저럭 괜찮습니다. 여러분께 흉한 모습을 보여 드렸군요."

등에 푹신한 쿠션을 대고 앉은 키히린은 기사들의 면면을 바라보다가 어두운 얼굴로 물었다.

"피해 정도는 얼마입니까?"

그의 물음에 여섯 기사들의 얼굴은 급격히 어두워졌다. 대답을 주저하는 다른 기사들 대신 시르온이 침통한 얼굴로 입을 열었다.

"근처 가옥 4채 정도가 파손되었고, 민간인의 피해는 다행히 대피도중 경미한 부상을 입은 자들 외에는 없습니다. 하지만 그곳에 있던 병사들 중 12명은 심각한 중상을 입어 몇 개월 동안 요양을 해야 하고, 7명은…… 이미 숨을 거두었습니다.”

그의 대답에 키히린은 고개를 숙이며 주먹을 움켜쥐었다.

“죄송합니다. 현장에 있었으면서도 아무것도 하지 못했습니다.”

그의 자조 섞인 중얼거림에 로웬은 입술을 깨물며 거칠게 고개를 내저었다.

“도련님은 하실 만큼 하셨습니다!”

로웬의 말에 키히린은 고개를 들어 그를 바라보았다. 그의 곁에 선 다른 기사들도 로웬과 같은 생각이라는 듯 키히린을 바라보고 있었다.

“도련님께서 끝까지 오우거를 막아서신 덕에 더 큰 피해가 나지 않았습니다. 도련님 덕에 목숨을 건진 병사도 많습니다. 그러니 너무 자책하지 마십시오. 죄를 지었다면 그 서커스단이 오우거를 몰래 들여온 것을 알아채지 못한 제 책임이 큽니다.”

듀렌은 스스로를 질책하며 키히린의 편을 들었다. 침대 주변에 서 있는 여섯 명의 기사들은 진중한 시선으로 키히린을 바라보고 있었다.

솔직히 어제까지만 해도 키히린을 못 미더워했던 사람들

마저도 어제 아침에 일어난 일로 인하여 그에 대한 시선이 달라져 있었다.

사건 정황을 듣기 위하여 병사들을 찾아갔을 때 들었던 이야기는 그들의 마음을 조금이나마 흔들기에 충분했다.

그들은 심한 중상을 입었음에도 자신의 몸보다 키히린을 걱정하고 있었다. 그들은 키히린과 함께 한 며칠 동안 그를 매우 따르게 된 듯했다.

게다가, 오우거와 맞붙을 때 보여준 모습은 병사들의 마음을 빼앗기에 충분했다. 피투성이가 되고 온몸이 부러져 가면서도 쓰러진 병사들을 지키기 위해 물러나지 않았다.

병사들이 키히린을 따르는 그 모습에 기사들은 놀라움을 느꼈다. 그저 별 볼일 없는 사내인 줄 알았건만 자신들의 오판이었던 것이다.

일주일이라는 짧은 시간 동안 그는 병사들의 마음에 소영주로 자리 잡은 것이다. 그러던 차에 키히린이 깨어났다는 소식이 들리자 급히 그의 방으로 몰려온 것이다.

"……죽은 병사들의 가족들에게는 소식을 전했습니까?"

여섯 명의 기사들의 얼굴을 바라보고 있던 키히린이 낮게 중얼거리듯 말하자 그들의 얼굴은 침울해졌다.

"예."

"……그렇군요."

쓸쓸한 표정으로 고개를 숙인 키히린은 무언가 결심했는

지 고개를 들며 말했다.

"목발을 가져다주시겠습니까?"

그의 말에 유르스가 소리쳤다.

"안돼요! 무리해서 움직이면 상처가 덧날……."

"가봐야 할 곳이 있습니다."

그의 뜻에 반대의견을 피력하던 그녀는 나직한 목소리로 말하며 자신을 바라보는 키히린의 눈빛에 고개를 숙이더니 한숨을 내쉬었다.

"데미아, 목발을 가져다주겠니?"

"예? 하지만…… 예."

유르스의 말에 머뭇거리던 데미아는 키히린의 표정을 보더니 고개를 숙이며 문밖을 나섰다.

잠시 후 기사들의 부축을 받으며 데미아가 가져온 목발을 짚고 자리에서 일어선 키히린은 주변에서 우려의 시선으로 바라보는 기사들의 모습에 웃으며 말했다.

"모두들 걱정해 주셔서 감사합니다. 그리고 유르스 경과 뮤라 경, 어제는 정말 고마웠습니다."

그의 말에 뮤라는 고개를 끄덕였고, 유르스는 못 말리겠다는 듯 고개를 내저었다. 키히린은 두 사람의 반응에 피식 웃으며 문밖으로 천천히 걸음을 옮겼다.

"그런데 어딜 가시려는 겁니까? 저희가 같이 갈까요?"

로웬의 걱정스러운 물음에 키히린은 뒤도 돌아보지 않고

고개를 내저었다.

"아뇨, 괜찮습니다. 게다가 데미아가 있으니까요."

데미아의 도움을 받으며 키히린이 방을 빠져나가자 남아 있던 기사들은 아무 말 없이 서로의 얼굴을 바라보았다. 잠시 서로의 얼굴을 바라보던 그들은 고개를 끄덕이며 우르르 방을 빠져나갔다.

데미아의 부축을 받으며 천천히 한 걸음, 한 걸음을 옮기던 키히린은 조용한 목소리로 말했다.

"다친 병사들은 어디에 있지?"

"영주성 바로 밖의 병동에서 치료를 받는 중이에요."

"안내해 주렴."

키히린의 말에 데미아는 잠시 주저하다가 고개를 끄덕였다.

병동은 그리 멀지 않았다. 하지만 중상을 입은 상태였기 때문에 데미아의 부축을 받았음에도 불구하고 걸음의 속도는 느려질 수밖에 없었다.

하룻밤이 넘도록 정신을 잃었다는 것이 사실인 듯 하늘에는 서서히 노을이 지고 있었다. 오우거와의 그 피 튀기는 사건은 어제의 일이 되어버린 것이다.

평소라면 금방 도착했을 거리를 한참이나 걸려 도착한 키히린은 작은 건물 바로 앞에서 멈춰 섰다.

짙은 갈색의 투박한 나무문 앞에서 잠시 머뭇거리던 그는 결심한 듯 목발을 짚지 않은 오른손으로 천천히 문을 열었다.

그리 넓지 않은 병동 안의 나무 침대들 위에는 십여 명의 사내들이 키히린과 그리 다르지 않은 모습으로 온몸에 붕대를 감은 채 누워 잠을 자고 있었다.

가까운 침대로 가 누워 있는 병사의 모습을 보던 키히린은 침음을 흘렸다.

자신도 아는 얼굴이었다. 같이 순찰을 할 때마다 재미있는 농담들을 하며 병사들을 웃게 하는 사내였는데, 이렇게 만신창이가 된 모습으로 누워 있는 모습을 보고 있자니 착잡하기 그지없었다.

"음, 누구…… 소, 소영주님?"

조금 떨어진 곳의 침대에 누워 있던 병사가 인기척을 느끼고 힘겹게 고개를 들다가 키히린의 모습을 발견하고는 깜짝 놀란 목소리로 말했다.

그는 제프라는 이름의 갓 스물이 넘은 청년이었다. 지난번 라리트에서 아일론으로 오는 도중 고블린의 습격이 있었을 때 키히린의 도움을 받은 탓에 유난히 자신을 잘 따르던 병사였다.

"내가 깨운 건가?"

이마와 눈가를 감은 붕대 아래로 보이는 그의 놀란 표정에 키히린이 피식 웃으며 다가가자 제프가 일어나려 했다.

"가만히 누워 있어."

"하지만……."

"몸은 어때?"

몸을 일으키려는 것을 제지한 키히린이 몸 상태를 묻자 그는 쑥스럽다는 미소를 지으며 말했다.

"다른 분들보다는 부상이 덜합니다. 저보다는 다른 분들이……."

제프가 어두운 얼굴로 다른 침대를 바라보며 말하자 키히린도 덩달아 어두운 표정으로 둘러보았다.

무의식적으로 고통에 신음을 흘리는 병사도 있었고 간간히 신체의 일부가 보이지 않는 자도 있었다.

"고맙습니다. 소영주님 덕분에 저희들이 살 수 있었습니다."

지나가듯 내뱉은 제프의 말에 키히린은 고개를 돌리며 그를 바라보았다.

"내가 한 것이 뭐가 있다고……."

자조적인 말투로 중얼거리며 고개를 내저은 키히린은 머리를 숙이며 중얼거렸다.

"난 아무것도 한 게 없어. 다른 기사들이 올 때까지 난 아무것도 한 것이 없어."

어느새 힘없이 중얼거리던 그의 목소리에는 자신에 대한 원망마저 조금씩 섞여 있었다. 언제부터인가 하나둘 잠에서 깨어난 병사들이 그의 목소리를 듣고 있었다.

"소영주님, 아무것도 한 것이 없다니요? 적어도 저희들은 봤습니다."

키히린의 목소리에 잠에서 깨어났는지 옆의 침대에 누워 있던 병사가 누운 채 나지막한 목소리로 말했다.

"오우거의 장난감이 되어 잡아먹히거나 갈기갈기 찢어졌을 뻔한 저희들을 피투성이가 될 때까지 지켜주었던 분을 말입니다. 소영주님이 저희들의 목숨을 살려주신 겁니다."

나직하지만 힘있는 그의 목소리가 병동 내부를 울렸다. 어느새 잠에서 깨어나 키히린과 그 병사를 바라보고 있던 나머지 병사들의 시선이 키히린에게 향했다.

"다른 기사님들이 오실 때까지 저희를 지켜주신 분은 누구도 아닌 소영주님입니다."

말을 하는 동안 죽은 동료들이 떠올랐는지 그의 눈에서는 어느새 눈물이 흘러내렸다.

키히린은 그의 눈물에 마음 깊숙한 곳에서 무언가 울컥 올라오는 것을 느끼고는 고개를 돌렸다. 고개를 돌린 그의 눈에 다른 침대에 누워 있는 병사들의 모습이 들어왔다.

그들은 모두 키히린을 바라보며 고개를 끄덕이고 있었다. 그 모습에 멍해져 있는 키히린을 바라보며 제프가 입을 열었다.

"소영주님은 저희들의 영웅입니다. 그러니 자책하지 말아주세요."

자식에게 말하는 듯한 늙은 병사의 말에 마음이 한결 홀가분해진 키히린은 미소를 지으며 데미아의 부축을 받아 병동을 걸어나갔다.

"난 이만 가볼 테니 모두 몸조리들 잘하게."

옆에서 그를 부축하며 병동을 걸어 나오던 데미아는 작은 목소리를 듣고 무언가를 보았다.

'고맙다' 라는 작은 중얼거림과 그의 눈에서 조용히 흘러내린 눈물 한 방울.

"데미아, 죽은 병사들의 집을 아니?"

"에, 예? 그거야 알기는 하지만……."

"데려다주렴. 적어도 한 번은 찾아가서 사과를 해야 하지 않겠니."

데미아는 키히린의 부탁에 이번에는 아무 말도 없이 고개를 끄덕였다.

키히린과 데미아가 병동을 떠나자 건물의 창문 바로 옆에 숨어 있던 여섯 개의 그림자가 천천히 몸을 일으켰다.

"매번 새로운 것을 보게 되는 분이로군……."

중얼거림의 주인은 로웬이었다. 그를 제외한 다섯 명의 기사들은 데미아의 부축을 받아 힘겹게 걸음을 옮기는 키히린의 뒷모습을 복잡한 눈으로 바라보고 있었다.

병동을 걸어나온 키히린은 불편한 몸을 이끌고 데미아의 안내를 받아 죽은 병사들의 집을 하나하나 방문했다.

문을 두드릴 때마다 퉁퉁 부은 눈으로 맞이하는 병사들의 가족들은 키히린의 모습을 확인하고는 아무런 말 없이 고개를 숙였다.

키히린은 그 모습에 그저 미안하다는 말만 되풀이하며 고개를 숙였다.

마지막 병사의 집으로 향하던 키히린은 자신을 부축하며 길을 안내하는 데미아에게 쓴웃음을 지으며 말했다.

"미안하구나. 괜히 귀찮게 만들어서."

"아뇨, 괜찮아요."

키히린의 말에 데미아는 고개를 내저으며 힘없이 미소 지었다. 말은 그렇게 했지만 한 시간 가까이나 자신보다 체구가 큰 성인을 부축하고 이리저리 돌아다닌다는 것이 그리 쉽지 않은 일이라는 것을 키히린도 잘 아는 바이기에 그는 미안한 마음이 들었다.

아무 말 없이 걷던 키히린은 한숨을 내쉬었다. 그 모습에 데미아가 걱정스레 물어왔다.

"왜 그러세요? 힘드세요? 잠시 쉬어갈까요?"

자신을 걱정하는 데미아의 모습에 키히린은 겸연쩍은 미소를 지으며 고개를 저었다.

"아니. 그냥 내가 한심해서 말이지."

그의 뜬금없는 말에 데미아는 의아한 눈동자로 키히린을 올려다보았다. 키히린은 흐릿한 눈빛으로 허공을 바라보며 중얼거렸다.

"나 스스로 꽤나 강해졌다고 여겼는데……. 이제 보니 한참 부족하구나."

키히린의 말에 데미아는 아무 말도 하지 않았다. 그녀의 반응에 상관없이 그는 낮게 중얼거렸다.

"나는 더 강해져야 해……."

마지막 병사의 집을 들린 키히린은 힘없이 영주성으로 되돌아 왔다. 영주성에서는 여섯 기사들이 불쾌한 표정을 지은 채 그를 맞이하러 나왔다.

심상치 않은 그들의 표정에 키히린은 의아해하며 물었다.

"무슨 일입니까?"

키히린의 말에 로웬은 분통이 터진다는 듯 가슴을 치며 주변을 노려보았다.

"그 빌어먹을 서커스단의 단장이라는 작자가 찾아왔습니다. 감히 여기가 어디라고 뻔뻔하게……."

그의 말에 키히린의 얼굴이 차갑게 굳었다.

"그자는 어디 있습니까?"

냉랭한 표정으로 묻는 키히린의 모습에 로웬은 움찔하더니 말했다.

"에, 그게…… 지금 응접실에 있습니다."

그 말이 떨어지자마자 키히린은 목발을 쥔 손에 힘을 주며 걸음을 옮기기 시작했다. 갑작스러운 그의 행동에 여섯 기사와 데미아가 당황해하며 뒤를 따랐다.

콰!

응접실의 문을 거세게 열고 들어간 키히린은 의자에 앉아 있는 덩치 큰 사내의 모습을 발견했다. 고집스럽게 닫힌 입과 각진 얼굴에 건장한 체구는 서커스단의 단장이라기보다는 수많은 전장을 거쳐 온 전사처럼 보이는 인상이었다.

그사이 병이 더 악화된 것인지 창백한 얼굴로 힘없이 앉아 있는 리오르와 무언가 이야기를 나누고 있던 그는 키히린이 차가운 얼굴로 들어서자 그의 얼굴을 주시했다.

"당신이 그 서커스단의 단장인가?"

냉기가 뚝뚝 떨어지는 목소리에 그는 천천히 고개를 끄덕였다.

"표면상으로는 그렇소."

담담한 그의 대답에 키히린은 표정을 구기며 다가갔다.

"이곳에는 무슨 일이지? 신고도 하지 않은 오우거를 몰래 들여와서 소란을 일으키고도 무사할 줄 알았나!"

분노에 가득 찬 키히린의 외침에 뒤따라 들어오던 일곱 명은 움찔하며 문 앞에서 멈춰 섰다. 서커스단장은 어두운 얼굴로 고개를 숙였다.

"그 일은 미안하게 됐소."

빠득.

키히린의 입에서 섬뜩할 정도의 이빨 가는 소리가 흘러나왔다.

"미안하다고? 겨우 그따위 말이나 하려고 온 건가! 12명의 병사가 중상을 입고 7명의 병사가 목숨을 잃었다!"

분위기가 험악해지자 가만히 앉아 있던 리오르가 나서서 그를 말렸다.

"그만 두어라. 이분의 잘못이 아니다. 미안하게 되었소, 길리언 경."

리오르의 말에 길리언이라고 불린 사내는 고개를 내저었다.

"아닙니다, 라이나스 백작님. 적어도 백작님께는 알렸어야 했는데……. 방심하고 있던 제 잘못이 큽니다. 주기적으로 강력 수면제를 먹여가며 운송하던 중이었는데 그만 관리자의 실수 때문에……."

이해할 수 없는 두 사람의 대화에 키히린은 인상을 찡그렸다.

"아버지, 대체 무슨 이야기입니까?"

키히린의 외침에 리오르는 길리언의 얼굴을 힐끗 쳐다보았다. 길리언이 고개를 작게 끄덕이자 그는 한숨을 내쉬며 말했다.

"말해 주도록 하마. 거기 자네들도 들어오게."

그의 말에 문밖에서 멀뚱히 구경하고 있던 여섯 기사가 웅접실로 들어섰다. 얼떨결에 데미아까지 그들 사이에 끼어 방으로 들어왔다.

문이 닫힌 것을 확인하자 길리언이라는 사내가 자리에서 일어나더니 나직한 목소리로 말했다.

"제 이름은 길리언 테인. 왕실기사단 소속입니다."

그의 소개에 리오르를 제외한 모든 이의 눈이 크게 떠졌다. 로웬은 믿을 수 없다는 표정으로 물었다.

"와, 왕실기사? 아니, 그보다 어째서 왕실기사가 서커스단의 단장 따위를 하고 있는 겁니까?"

그의 물음에 길리언은 한숨을 내쉬었다.

"휴……. 그게, 저희가 서커스단 행세를 하며 운송 중이던 오우거는……."

"저희? 그럼 서커스단은……."

자신의 말에서 의문을 느낀 키히린이 묻자 길리언은 고개를 끄덕이며 대답했다.

"서커스단은 위장일 뿐, 사실 저와 병사들은 특수한 명령을 받고 그 오우거를 운송하던 중이었습니다."

"대체 그 오우거가 뭐기에 왕립기사까지 나서서 산 채로 운송하고 있던 거요?"

"그, 그게……."

키히린의 물음에 그는 당혹스러운지 어찌할 바를 모르다가 곧 결심한 듯 입을 열었다.

"모두 비밀을 지켜주서야 합니다. 크흠, 곧 닐센과 전쟁이 발발할 거라는 것은 잘 아실 겁니다. 그래서 여왕님은 그에 대비하여…… 크로세우스를 깨우기로 결심하셨습니다."

그의 말에 유르스를 제외한 다섯 기사들은 충격을 받은 얼굴이 되었다. 그 모습에 유르스와 키히린은 영문을 몰라 하며 물었다.

"로웬 경, 그 크로세우스라는 게 무엇이죠?"

유르스의 물음에 그는 믿을 수 없다는 표정으로 멍하니 말했다.

"크로세우스라는 건…… 갑옷입니다."

"갑옷?"

로웬은 믿을 수 없다는 듯 길리언에게 물었다.

"그 저주받은 갑옷이 정말로 있었단 말입니까?"

로웬의 물음에 길리언은 무거운 표정으로 고개를 끄덕였다.

"저도 처음에는 믿지 못했지만…… 사실입니다. 살아 있는 오우거의 심장이 크로세우스를 깨우는 재료들 중 하나였는데 죽어버렸으니 빨리 여왕님께 알려야겠군요."

"대체 그 크로세우스라는 게 뭡니까!"

듣고 있던 키히린이 버럭 소리치자 로웬의 옆에 있던 뮤라가 어두운 표정으로 대답했다.

"그건…… 오래 전부터 전해져 내려오는 전설에 등장하는,

누가 만든 것인지조차 알 수 없는 갑옷입니다. 그 갑옷은 스스로 의지가 있어서 착용자를 시험하고 인정을 받을 경우 그 갑옷의 엄청난 힘을 얻을 수 있다고 합니다. 하지만 갑옷에게 인정받지 못하는 경우에는 갑옷에게 정신이 모두 먹혀 버려 근방을 초토화 시키고는 죽는다고 했습니다. 그 갑옷에 먹힌 자만 해도 세 자리수가 넘어간다더군요. 그야말로 저주의 갑옷입니다. 그저 전설로만 알고 있었는데……."

뮤라의 말이 맞는다는 듯 길리언이 고개를 끄덕였다.

"몇 년 전 왕궁의 지하 깊숙한 곳에서 그 크로세우스를 발견했을 당시, 굳게 잠긴 상자 안에 담겨 있었습니다. 사악한 저주에 사람들이 더 이상 희생당하지 않도록 봉인해 두었다는 누군가의 편지와 함께 말이죠. 비록 봉인을 당했다고는 하지만 겉모습만으로도 얼마나 소름이 끼치던지……. 결국 여왕님은 그 상자에 그대로 봉인해 두기로 하셨지만 얼마 전 닐센왕국의 움직임에 크로세우스의 봉인을 풀기로 결심하신 겁니다."

"하지만 봉인을 푼다고 해도 착용한 자를 죽게 만드는 갑옷이라면 누가 입으려 할까요?"

의아한 눈으로 듣고 있던 유르스가 묻자 그녀의 옆에 있던 듀렌이 천천히 고개를 내저었다.

"그만큼 그 갑옷의 힘이 대단하다는 거죠. 단 한 번, 그 갑옷으로부터 인정을 받은 자가 나타난 적이 있는데…… 그 혼

자서 수백 명의 병사들을 학살하고는 홀연히 사라졌다고 하
더군요. 그 때문에 학살자의 갑옷이라고 불리기도 합니다
만…… . 전설 속의 이야기니 확실하지는 않지만 그만큼 큰 힘
을 가진 것은 분명합니다. 그 정도의 이야기라면…… 입으려
고 하는 자들이 줄을 설 겁니다. 인간의 탐욕은 끝이 없으니
까요.”

그의 말에 유르스는 고개를 끄덕이며 낮게 중얼거렸다.

“가끔, 인간들은 이해할 수 없을 때가 있어요.”

그녀의 중얼거림에 응접실 안에는 침묵이 감돌았다. 그 침
묵을 맨 처음 깬 것은 길리언이었다.

“아, 크로세우스 이야기 때문에 여기 온 용건을 잊고 있었
군요.”

그의 말에 모든 이의 시선이 그에게 향했다.

길리언은 그들의 시선을 무시하며 품 안에서 곱게 말린 두
루마리를 꺼내어 펼쳐 들었다.

“여왕님의 명이오!”

길리언의 입에서 튀어나온 말에 다섯 기사들은 물론 리오
르마저도 순식간에 무릎을 꿇었다. 키히린도 엉겁결에 무릎
을 꿇었다.

유르스는 리오르의 친구로서 곁에 있을 뿐이지 트라니아
의 여왕에게 충성을 맹세한 것이 아니었기에 데미아를 데리
고 뒤로 한 걸음 물러섰다.

"라이나스 백작. 최근 닐센의 움직임은 그대도 잘 알고 있을 것이다. 그러니 조속히 트리안으로 올라와 내 명을 받으라. 시리스 로위니아 트라니아 여왕."

그가 두루마리에 적혀 있던 글을 모두 읽자 무릎을 꿇고 고개를 숙인 채 듣고 있던 리오르가 천천히 고개를 들며 물었다.

"결국은 결정을 내리신 건가?"

그의 물음에 길리언은 두루마리를 다시 곱게 말아 품에 넣고는 무겁게 고개를 끄덕였다.

"예, 이미 각 영지의 영주들과 귀족들에게 트리안으로 올 것을 명하는 지시가 떨어졌습니다. 곧 본격적으로 군사들을 국경에 집합시킬 것을 명하실 겁니다."

그의 말에 기사들과 키히린은 드디어 올 것이 왔다는 얼굴로 침을 꿀꺽 삼켰다.

"알겠네. 곧 채비하고 트리안으로 올라가도록 하지."

리오르의 말에 길리언은 고개를 끄덕였다.

"그럼 저는 내일 아침 일찍 트리안으로 향하겠습니다. 그럼 전 이만……."

길리언이 인사를 남기고는 응접실을 나서자 키히린과 기사들은 못이라도 박힌 듯 자리에 서서 리오르의 말을 기다렸다.

"로웬과 뮤라, 유르스는 내일 모레까지 떠날 채비를 해두게. 그리고 키히린, 너도 준비하거라."

그 말을 남기고 시르온의 부축을 받아 응접실을 나서려던 리오르는 순간 걸음을 멈추고는 뒤돌아보며 말했다.

"지금 말해두도록 하겠는데…… 키히린이 트리안에서 돌아오는 즉시 내 자리를 키히린에게 넘겨줄 것이다."

리오르가 시르온과 함께 응접실을 나서자 남아 있던 기사들도 하나둘 자리를 뜨기 시작했다. 그들은 리오르의 발언을 어느 정도 예상하고 있었던 듯 그리 놀라지 않았지만, 깊은 고민에 빠진 얼굴로 자신들의 방으로 향했다.

기사들 중 마지막까지 키히린의 옆에 남아 있던 유르스는 키히린에게만 들릴 정도의 목소리로 중얼거리고는 자리를 떴다.

"결국 죽은 병사들에 대한 일은 묻혀 버렸네요."

그녀의 말에 키히린은 멍한 표정으로 굳어버렸다.

"도련님, 어디 편찮으세요?"

그 모습에 곁에 있던 데미아가 걱정스런 표정으로 올려다보며 묻자 키히린은 고개를 내저으며 목발을 짚었다.

"아니야. 나도 이만 올라가서 쉬어야겠구나. 너도 어서 가서 자렴."

키히린이 응접실을 나서자 고개를 갸웃거리며 그의 뒷모습을 바라보던 데미아는 곧 총총거리며 하녀들이 기거하는 방으로 걸음을 옮겼다.

목발을 짚으며 자신의 방으로 올라가던 키히린은 천천히 걸음을 멈추더니 몸을 들썩였다.

"크크크큭, 큭. 나조차도, 그들을 잊어버렸었던 건가……."

그들의 마지막을 보았던 자신조차도 길리언의 말에 정신이 팔려 죽은 병사들에 대한 일을 깜빡 잊고 있었다는 것에 대해 키히린은 쓴웃음을 흘리며 자신의 방으로 향했다.

Chapter 4

검은 여왕

아일론의
영주

  2일 후. 키히린은 자신의 바스타드와 몇 벌의 옷가지만을 챙기고는 영주성을 나섰다. 아직 부상이 다 낫지 않아 절뚝거리는 걸음으로 대문을 나서자 영주성 앞에 세워져 있는 마차와 병사들의 모습이 보였다.

  "짐은 다 챙기신 겁니까?"

  키히린보다 먼저 나와서 기다리고 있었던 듯 로웬이 말에서 내리며 다가왔다.

  "예."

  "유르스 경과 영주님은 조금 뒤에 나오실 겁니다. 짐은 마차에 실으시면 됩니다."

로웬의 옆에 있던 뮤라의 말에 키히린은 고개를 끄덕이며 바스타드와 짐을 담은 가방을 마차 뒤에 싣고는 리오르와 유르스가 나오기를 기다렸다.

3분 정도를 기다렸을 때쯤, 평소처럼 검은 로브를 뒤집어 쓴 유르스와 그런 그녀의 부축을 받으며 리오르가 다른 기사들, 레이든 총관과 함께 영주성 앞의 계단을 천천히 내려왔다.

계단을 내려온 그는 뒤돌아서서 총관과 영지에 남는 기사들의 얼굴을 바라보았다.

"내가 자리를 비운 동안 아일론을 잘 부탁하네."

"걱정하지 마십시오, 영주님."

총관의 대답에 리오르는 안심한 표정으로 로웬과 뮤라의 부축을 받아 마차에 올랐다.

"도련님도 마차에 오르시죠."

뮤라의 말에 키히린은 고개를 끄덕이며 마차에 올랐다. 키히린을 따라 유르스도 마차에 오른 것을 확인하자 로웬은 자신의 말에 올라타고는 마차 앞에 섰다.

"그럼, 다녀오겠네."

"모두 출발!"

리오르가 남은 사람들에게 인사를 건네자 로웬이 힘찬 목소리로 출발을 알렸다. 마부가 말을 몰아 움직이기 시작하자 마차 뒤에 정렬해 있던 서른 명의 병사들이 걸음을 옮기기 시작했다.

마차가 덜커덩거리며 움직이기 시작하자 안에 타고 있던 키히린은 움찔거렸다. 그 모습에 맞은편 자리에 앉아 있던 유르스가 작게 미소 지었다.

"마차가 익숙하시지 않은 건가요?"

그녀의 물음에 키히린은 어색하게 웃으며 대답했다.

"아, 예. 마차는 타본 적이 거의 없어서……."

"곧 익숙해지실 거예요."

그렇게 말한 그녀는 키히린의 옆에 앉아 있는 리오르의 안색을 살펴보더니 물었다.

"견딜 만하세요?"

그녀의 물음에 리오르는 힘없이 미소를 지으며 고개를 끄덕였다.

"자네 덕분에 많이 편해졌어. 아직은 견딜 만하네."

그녀는 리오르의 몸을 세심하게 살피고는 고개를 끄덕였다.

"만약 조금이라도 불편하면 제게 말하도록 해요."

"그러지."

고개를 끄덕이고는 눈을 감고서 금세 잠이든 리오르의 모습을 걱정스레 바라보던 키히린은 자신을 바라보는 시선을 느끼고는 고개를 돌렸다.

"유르스 경, 로브가 불편하지는 않으십니까?"

키히린의 물음에 그를 바라보고 있던 그녀의 로브 아래로 보이는 입술이 미소를 그렸다.

"처음에는 불편했는데 자주 입다보니 이제는 편해요."

그녀의 대답에 머쓱하게 머리를 긁적인 키히린은 문득 생각났다는 듯 말했다.

"그런데 유르스 경은 무엇 때문에 봄의 숲에서 나와 아버지 옆에 있는 겁니까?"

키히린의 물음에 눈을 동그랗게 뜬 그녀는 웃음을 지으며 잠이 든 리오르의 얼굴을 바라보았다.

"그러고 보니 벌써 27년이네요. 여왕의 명으로 봄의 숲에 사절단으로 찾아온 리오르를 본 것이."

애잔한 눈빛으로 리오르의 잠든 얼굴을 바라보는 유르스의 모습에 키히린은 무어라 말하려다 입을 다물었다.

"그때 저는 성인식이 얼마 남지 않은 어린 엘프였고, 리오르는 자신감 넘치는 젊은 기사였죠. 사절단이 와 있던 한 달 동안 저와 그는 매우 친해졌어요. 그가 떠나고 몇 년 뒤, 제가 성인식을 치르고 숲을 나와서 아일론으로 왔을 때 그는 매우 힘든 상황이었어요. 그 후 저도 모르게 그의 곁에서 이런저런 일들을 함께 겪다보니 어느새 18년이란 세월이 지나버렸네요."

조금은 씁쓸한 표정으로 말을 끝맺은 유르스를 바라보던 키히린은 조용히 창밖으로 시선을 던졌다.

“그렇군요.”

다그닥, 다그닥.

마차 안에 조용히 내려앉은 침묵 속에서도 마차를 끄는 두 마리의 말은 앞만 보며 달릴 뿐이었다.

트리안으로 향하는 4일 동안 일행에게는 아무런 일도 일어나지 않았다. 그리고 키히린을 태운 마차는 무사히 트리안으로 들어섰다.

과연 대륙에서도 손꼽히는 왕국의 수도라는 이름에 걸맞게 트리안의 모습은 키히린의 두 눈을 휘둥그레하게 만들기 충분했다.

거리를 지나다니는 사람들은 셀 수 없이 많았고, 그 중에는 타 대륙에서 온 것으로 보이는 검은 피부와 황색 피부의 사람들도 간간히 보였다.

게다가 길가의 상점에서 파는 물건들은 흔히 볼 수 있는 것에서부터 먼 바닷가의 생선이나 대륙 깊숙한 곳의 오지에서만 생산되는 물건들까지 없는 것이 없어 보였다.

“저것이 대체 무엇입니까?”

창밖을 바라보고 있던 키히린이 한 상인이 들고 있는 괴기하게 생긴 것을 보며 소리치자 리오르는 그가 가리킨 것을 바라보았다. 그것은 붉은 색을 띠고 있고 털과 비늘도 없이 흐물흐물 거리고 있었다.

"저것은…… 문어로구나."

"문어요?"

리오르의 대답에 키히린이 의아해하며 되묻자 맞은편에 앉아 있던 유르스가 대신 답했다.

"바다 속 깊숙이 산다는 생명체예요. 바다 생물이면서 비늘도 없고 뼈도 없이 흐물흐물 거리는 기괴한 모습 때문에 악마의 동물이라고 불려요. 타 대륙에서는 자주 먹는다고 하지만 아직 이곳 사람들은 두려워하는 생물이죠."

"저런 것까지 팔다니, 트리안은 정말 대단하군요."

"그런가. 하긴, 트리안에는 왕국 곳곳의 상품들과 사람들이 모이니 보통의 영지와는 차원이 다르지. 아일론도 꽤 발전하긴 했지만 트리안에 비하면 부끄러울 정도지."

키히린의 감탄에 옆자리에 앉아 있던 리오르가 웃음을 지으며 말했다. 평소에는 조용하고 차분한 모습을 보이던 키히린이 자기도 모르게 놀라워하는 모습을 보이자 절로 웃음이 나온 것이다.

리오르의 웃음에 자신의 어린아이 같은 행동을 깨달은 키히린이 겸연쩍어 하자 리오르와 유르스는 웃음을 터뜨렸다.

"곧 왕궁에 도착할 테니 준비하거라."

"예."

리오르의 말에 키히린은 옷매무새를 가다듬고 자세를 바로 했다. 수많은 사람들이 지나다니는 시장과 수많은 집들이 빼곡히 들어찬 주택가를 지나자 커다란 저택들이 들어찬 거리가 보였다.

그리고 귀족들과 부호들이 사는 거리를 얼마 지나지 않아 멀리서도 보일 만큼 웅장한 모습의 백색 성이 모습을 드러냈다.

"저것이……."

백색의 대리석을 쌓아 만들었다는 거대한 왕궁을 본 키히린이 입을 다물지 못하며 중얼거리자 리오르가 그의 말을 이었다.

"그래, 저곳이 바로 여왕님이 계신 왕궁이란다."

리오르의 말에 키히린은 자신도 모르게 침을 꿀꺽 삼켰다.

끼익.

왕궁에 가까이 다가갔을 때쯤, 마차가 천천히 멈추어 서더니 로웬과 뮤라가 다가왔다.

"영주님, 저희들은 이만 돌아가 보겠습니다. 유르스 경과 병사들은 근처의 여관에 자리를 잡아둘 것입니다."

"그러도록 하게."

로웬이 마차에서 내린 유르스와 뮤라, 병사들과 함께 어딘가로 향하자 마차가 다시 움직이기 시작했다. 그 모습에 키히린이 의아해하며 물었다.

"다른 사람들은 어디로 가는 것입니까?"

"왕궁에 들어갈 수 있는 자는 한정되어 있지. 그래서 기사와 병사들은 주변 여관에서 묵으며 기다리는 거란다."

"아, 그렇군요."

리오르와 키히린이 대화하는 사이 어느새 마차는 왕궁 앞에 도착해 있었다.

왕궁의 문을 지키고 있던 풀 플레이트 아머의 왕궁 근위병들은 커다란 할버드를 교차하며 마차 앞을 가로막았다.

"정지. 신분을 밝히시오."

기계처럼 딱딱한 어조로 말하는 근위병의 말에 마차에서 내린 리오르는 익숙한 듯 담담하게 대답했다.

"여왕 폐하의 명을 받들기 위해 온 아일론의 라이나스 백작이다."

리오르의 대답에 근위병들 중 하나가 들고 있던 서류 뭉치를 뒤적거리며 보더니 곧 고개를 끄덕였다.

"실례했습니다, 백작님. 들어가시면 시종이 방으로 모실 겁니다."

키히린의 부축을 받으며 서 있던 리오르는 고개를 끄덕이고는 천천히 안으로 걸음을 옮겼다.

엄청나게 긴 길을 따라 들어가자 꽤나 넓은 정원이 모습을 드러냈다. 그리고 근위병의 말대로 시종 하나가 정원으로 들어서는 입구에서 그들을 기다리고 있었다.

"라이나스 백작님이십니까? 폐하를 알현하실 때까지 쉬실 곳을 준비해 두었습니다. 그런데 옆의 그분은……?"

서른쯤 되어 보이는 남자 시종은 리오르를 부축하고 있는 키히린의 존재가 신경 쓰였는지 힐끗힐끗 쳐다보며 물었다.

"내 아들일세."

리오르의 말에 키히린과 건강이 악화된 듯한 리오르를 번갈아 바라보던 시종은 곧 이해했다는 듯 고개를 끄덕이며 키히린이 들고 있던 짐을 건네받았다.

"아, 실례했습니다. 짐은 이리 주시고 따라오시죠."

종종 걸음으로 안내하는 시종의 뒤를 따라 키히린과 그의 부축을 받는 리오르는 느린 걸음으로 천천히 따라갔다. 시종의 뒤를 따라 정원을 벗어나자 그리 화려하지 않은 느낌의 고풍스러운 건물이 모습을 드러냈다.

대부호의 저택이라고 해도 믿을 만큼 커다란 건물 안으로 리오르와 키히린을 안내한 시종은 2층으로 그들을 이끌었다.

"이곳이 백작님이 기거하실 곳입니다."

긴 복도 사이사이에 나 있는 방문들 중 하나에 멈춰선 시종이 문을 열며 말했다.

방은 매우 넓었다. 두 개의 침실 사이에는 문이 있어서 서로 편히 오갈 수 있었고 각각의 침실에는 욕실까지 따로 마련되어 있었다.

곳곳에 놓인 꽃병에는 막 꺾어온 듯한 싱싱한 꽃들이 꽂혀 있어 화사한 분위기를 물씬 풍겼다.

"필요한 것이 있으시면 이 줄을 당겨주십시오. 그럼, 편히 쉬시길."

방 한구석에 짐들을 내려놓은 시종은 문 앞의 줄을 가리키고는 고개를 숙이며 나갔다.

리오르가 침실 옆에 붙은 욕실로 들어가며 말했다.

"오는 동안 많이 피곤했을 테니 가서 씻도록 해라."

"예."

리오르가 안쪽 방의 욕실로 들어가자 키히린은 자신의 짐을 정리하고는 갈아입을 옷을 챙겨 욕실로 들어갔다.

딸랑.

욕실의 문을 열자 문에 달려 있던 작은 종이 울렸지만 키히린은 그저 그러려니 하고 넘어갈 뿐이었다.

문을 닫고 키히린이 옷을 벗던 도중, 갑자기 욕실의 문이 열리며 두 명의 여인이 들어왔다.

"뭐, 뭐요!"

키히린이 갑자기 나타난 두 여인의 모습에 당황하며 소리치자 편한 복장의 메이드 복을 입은 두 여인은 오히려 키히린의 행동이 의아하다는 듯 말했다.

"목욕 시중을 들어 드리러 왔습니다."

이십대 후반으로 보이는 젊은 시녀의 대답에 벗었던 셔츠로 상체를 가리고 있던 키히린은 얼굴을 붉히며 소리쳤다.

"나 혼자서도 할 수 있습니다!"

"하지만……."

데미아 정도의 나이로 보이는 어린 시녀가 곤란하다는 듯 중얼거리자 키히린은 억지로 두 사람을 내보냈다.

"내가 불편합니다!"

키히린의 손에 떠밀려 욕실 밖으로 내쫓긴 두 시녀는 잠시 황당해하는 듯하더니 서로의 얼굴을 바라보고는 키득거리며 방을 나갔다.

욕실 문 너머로 들리는 두 시녀의 웃음소리에 얼굴을 붉히던 키히린은 한숨을 내쉬며 벗은 옷들을 욕실 한구석에 마련된 통에 잘 접어넣고는 고개를 돌렸다.

한쪽에 마련된 물통에서는 따뜻한 김이 모락모락 피어오르고 있었다. 자세히 살펴보니 그 안에는 작은 물고기 한 마리가 헤엄치고 있었다.

그것은 분명 언젠가 몬스터 도감에서 본적이 있던 뜨거운 열을 내뿜는 플레임 피시였다.

책에서만 보았던 희귀 생물체와 그것을 고작 목욕물 데우는 데에 사용하는 왕궁의 능력에 감탄한 키히린은 작은 물통으로 따뜻한 물을 퍼다 욕조에 담고는 발부터 천천히 욕조에 담갔다.

발끝에서 느껴지는 따뜻함에 기분 좋은 표정을 지은 그는 물에 완전히 몸을 담갔다. 욕조의 등받이에 기대어 앉은 키히린은 온몸의 근육이 풀어지는 듯한 느낌에 자기도 모르게 미소를 지었다.

"……좋군."

따뜻한 물로 목욕한다는 것은 드문 일이었기에 절로 미소를 지은 그는 한참 동안 몸을 담갔다가 물이 조금 식자 몸을 일으켰다.

한쪽에 놓여 있던 향긋한 향을 풍기는 비누로 거품을 내어 온몸을 깨끗이 한 키히린은 벽에 걸려 있던 수건으로 몸에 묻은 물기를 닦고는 미리 준비해 둔 새 옷으로 갈아입었다.

자신이 사용할 방 옆에 붙은 문을 통해 리오르의 방으로 들어간 키히린은 침대에 걸터앉아 리오르가 나오기를 기다렸다.

잠시 후, 두 시녀의 도움을 받으며 리오르가 나오자 키히린은 침대에서 일어났다.

"아버지."

"음, 그래. 무슨 할 말이라도 있느냐?"

키히린이 자신을 부르자 리오르는 머리를 닦아 젖은 수건을 시녀에게 건네며 대답했다. 리오르가 건넨 수건을 받아든 시녀가 방을 나서자 키히린은 입을 열었다.

"여왕께서는 언제 부르실까요?"

"흠, 글쎄다. 아마도 내일쯤 부르실 게다. 온 지 얼마 되지도 않았고 이번의 소집령으로 다른 귀족들도 와있을 테니 말이다."

침대에 기대어 앉은 리오르의 대답에 키히린은 잠시 생각에 잠겼다가 말했다.

"그렇다면 잠시 바람 좀 쐬고 와도 괜찮겠죠?"

"글쎄다. 왕궁 내에서 함부로 돌아다니는 것은 결례이니 시종을 불러 안내해 달라고 하는 건 어떠냐?"

"그냥 혼자 바람을 쐬고 싶어서 입니다."

그 대답에 리오르는 잠시 고민하더니 고개를 끄덕였다.

"그럼 잠시 바람만 쐬고 오너라. 누가 네 신분을 묻거든 내 이름을 밝히고 내가 네게 건넸던 반지를 보여주어라. 그러면 될 것이다."

키히린은 고개를 끄덕이고는 방문을 나섰다. 리오르는 그가 나간 방문을 잠시 걱정스레 바라보다가 기침을 뱉으며 침대에 몸을 뉘였다.

숙소 건물에서 나온 키히린은 주변을 두리번거리다가 아까 전 보았던 넓은 정원이 있는 방향으로 걸음을 옮겼다.

색색의 꽃과 생전 처음 보는 나무들이 심어진 정원을 두리번거리며 구경하던 키히린은 나무들 사이로 나 있는 작은 소로를 발견하고는 그 길을 따라 걸음을 옮겼다.

나무들 사이로 난 길을 따라 시원한 바람이 불어와 앞 머리카락을 간질이자 기분이 좋아졌는지 키히린은 보기 좋은 미소를 지었다.

삐요~ 삐!

눈을 감은 채 바람을 음미하고 있던 키히린은 어디선가 들리는 특이한 소리에 눈을 뜨고 소리가 들린 곳을 향해 고개를 돌렸다.

작은 나뭇가지 위에 아주 자그마한 몸집의 노란 새 한 마리가 고개를 갸웃거리며 그를 바라보고 있었다.

삐요오~ 삐!

나뭇가지 위에서 키히린을 바라보고 있던 작은 새는 시선을 느끼고는 깜짝 놀라 날아올랐다.

새를 보고 있던 키히린은 자신을 보고 놀라 어딘가로 날아가 버리는 작은 새에 흥미가 생겼는지 천천히 그 새가 향한 곳으로 걸음을 옮겼다.

새가 날아간 방향을 따라 나뭇가지를 헤치며 나아간 키히린은 검은색의 후드를 쓰고 있는 여인의 손가락에 앉아 부리를 비비고 있는 새의 모습을 발견했다.

나무가 우거진 정원 안의 작은 공터에 서 있던 여인은 자신만의 비밀 공간에 타인이 들어서자 시선을 그곳으로 향했다.

"누구지?"

차갑고 냉랭한 그녀의 물음에 나뭇가지를 손으로 헤치며 공터에 발을 디딘 키히린은 잠시 당황하다가 조금 전 리오르가 했던 말을 떠올렸다.

"리오르 아일론 라이나스의 아들, 키히린 라이나스라고 합니다."

여인은 손을 들어 보인 키히린의 왼손에 끼워져 있는 은색 반지에 새겨진 문양을 유심히 보더니 고개를 끄덕였다.

"백작에게 아들이 있는지는 몰랐군. 그런데 여기는 무슨 일이지?"

"아, 무심코 처음 보는 저 노란 새를 따라왔다가……."

키히린의 대답에 그녀는 자신의 손가락 위에 앉아 털을 손질하고 있는 작은 새를 내려다보았다.

"……이 새는 '피요'라고 부른다. 이 근처에 떨어져 있던 것을 주웠지. 무슨 새인지는 나도 모른다."

삐요?

그녀의 왼손 중지와 검지를 오가며 재롱을 피우던 피요는 그녀의 입에서 자신의 이름이 나오자 왜 부르냐는 듯 고개를 들어 그녀를 바라보았다.

키히린은 후드에 가려져 잘 보이지 않는 그녀의 얼굴을 바라보다가 입을 열었다.

"그런데 레이디께서는 누구십니까?"

"레이디라……."

그녀는 키히린의 입에서 나온 레이디라는 호칭이 낯설었는지 낮게 중얼거리며 잠시 뜸을 들이다가 말했다.

"로위느. 그래, 로위느라고 불러라."

"로위느……. 듣기 좋은 이름이군요. 그런데 레이디 로위느께서는 어째서 이곳에 혼자 계셨습니까?"

키히린의 물음에 로위느는 잠시 나무 위를 올려다보다가 그의 얼굴을 보며 대답했다.

“이곳은 가끔 일 때문에 피곤한 일이 있을 때와 혼자 쉬고 싶을 때 찾아오는 장소다. 오늘은 혼자 쉬고 싶어서 온 것이고.”

그녀의 냉랭한 목소리에 키히린은 미안한 표정을 지으며 고개를 숙였다.

“아무래도 제가 방해가 된 듯하군요. 전 이만 가보도록 하죠.”

고개를 숙여 보인 키히린이 뒤돌아서 가려는 찰나 그의 등 뒤로 그녀의 무미건조한 목소리가 들려왔다.

“가끔 정원에 올 일이 있으면 들리도록 해라.”

휘익~.

로위느가 말하는 순간 작은 바람이 불어 그녀의 후드를 살며시 밀어 올렸다.

키히린은 후드 아래로 살며시 보인 그녀의 모습을 잠시 멍하니 바라보다가 후드가 다시 그녀의 얼굴을 가리자 아쉬운 미소를 지으며 고개를 끄덕였다.

“그러도록 하죠.”

키히린이 그곳을 떠나자 나무 위에서 부스럭 하는 작은 소리가 들리더니 어느새 로위느의 옆에 검은색의 옷으로 온몸을 가린 사내 한 명이 서 있었다.

아무 말 없이 자신을 바라보는 사내의 시선에 로위느는 고개를 내저었다.

"무슨 생각하는지 다 안다. 이만 가자꾸나. 아직 일이 많이 남아 있어."

그녀가 몸을 돌려 걸음을 옮기자 사내는 어느새 사라졌다.

공터를 빠져나온 키히린은 아까 걸었던 소로를 따라 숙소 건물로 되돌아갔다. 방으로 들어가자 침대에 누워 있던 리오르가 몸을 일으켰다.

"별일 없었느냐?"

"정원을 산책하다가 어떤 여인을 만나서 잠시 이야기를 나눈 것 이외에는 별다른 일은 없었습니다."

"어떤 여인?"

"예, 성 안에 머무는 고위 관리인 듯했습니다."

"이곳에서는 행동을 조심해야 한다. 잘못하다가 나쁜 소문이 돌게 되면 좋을 게 하나도 없어."

"알겠습니다."

키히린의 대답에 리오르는 고개를 끄덕이고는 다시 몸을 침대에 뉘였다.

"그래, 이만 가서 쉬도록 해라. 내일 아침에 폐하께서 찾으신다고 하니 일찍 자두는 게 좋을 게다."

"예."

키히린은 리오르에게 인사하고는 자신의 침실로 들어와 침대에 누웠다.

'로워느라……. 그러고 보니 무슨 일을 하는지는 못 물어

봤군.'

다음날, 이른 아침.

똑똑.

문을 두드리는 소리에 잠에서 깨어난 키히린은 잠기운을 애써 쫓으며 침대에서 몸을 일으켰다.

문을 열자 중년 여인의 모습이 보였다.

"라이나스 백작님 계십니까?"

절제된 무표정을 지으며 묻는 중년 여인의 말에 키히린은 고개를 끄덕이며 대답했다.

"네, 그렇습니다만……. 무슨 일입니까?"

"전 왕실 시녀장인 올가라고 합니다. 백작님께 전해 드릴 말이 있습니다."

"아버지께서는 안쪽 방에서 아직 주무시고 계십니다. 제게 말씀해 주시면 전해 드리죠."

키히린의 대답에 그녀는 잠시 놀란 듯한 표정을 지었다가 금세 무표정한 얼굴로 되돌아왔다.

"아, 백작님의 아드님이시군요. 다름이 아니라 여왕폐하께서 라이나스 백작님을 찾으십니다."

올가의 말에 키히린은 깜짝 놀란 표정을 지었다. 설마 이렇게 빨리 여왕을 알현하게 될 줄은 몰랐기 때문이다. 잠시 놀라워하던 키히린은 고개를 끄덕이며 대답했다.

"아버지께 전해 드리죠. 언제까지 준비를 마치면 됩니까?"

키히린의 물음에 올가는 잠시 생각하더니 대답했다.

"잠시 후에 제가 다시 오겠습니다. 그때까지 준비를 마쳐 주셔야 합니다."

올가가 떠나자 키히린은 안쪽 침실의 문을 두드렸다. 잠시 뒤 안에서 부스럭거리는 소리가 들리더니 리오르의 목소리가 들렸다.

"쿨럭, 무슨 일이냐?"

"조금 뒤에 여왕폐하를 알현하니 준비하셔야 합니다."

키히린의 말에 안에서 힘없는 목소리가 들려왔다.

"그래, 알았다. 너도 준비하거라."

피로감이 그대로 느껴지는 리오르의 목소리에 잠시 걱정하던 키히린은 욕실로 들어가 세수를 하고 머리를 빗었다. 그리고 침대 옆에 놓아두었던 짐에서 새 옷을 꺼내 갈아입었다.

격식을 차린 예복이 익숙하지 않은지 이리저리 자신의 모습을 확인하던 키히린은 리오르가 나오자 그를 바라보았다.

여행으로 인한 피로와 악화된 병세가 겹친 탓인지 푸석푸석하고 생기없는 모습이었지만 예복을 차려입은 그의 모습은 평소 성품을 나타내기라도 하듯이 은연중에 당당한 분위기를 풍기고 있었다.

"괜찮으십니까?"

키히린이 걱정스레 물어보자 리오르는 옅은 미소를 지으

며 고개를 끄덕이고는 걸음을 옮겼다.

"그래, 아직까지는 그럭저럭 괜찮구나. 어서 가자."

"예."

리오르와 키히린이 문을 열고 나서자 때마침 문 앞에 서 있던 올가가 고개를 숙였다.

"오랜만입니다, 라이나스 백작님."

"오! 올가 시녀장이로군."

"건강이 나빠지셨다더니, 사실이군요."

올가의 걱정스러운 물음에 리오르는 쓴웃음을 머금었다.

"그런가 보군. 어서 가지. 폐하께서 기다리고 계시지 않나."

리오르의 말에 올가는 고개를 끄덕이며 걸음을 옮겼다.

자로 잰 듯한 일정한 걸음걸이로 앞장서는 올가의 뒤를 따라 숙소 건물을 빠져나가 또 다른 건물로 들어서고 잠시 후, 커다란 문 앞에서 올가의 걸음이 멈춰 섰다.

"들어가시죠, 백작님."

올가의 말과 함께 고급스러운 세공이 새겨진 알현실의 문이 부드럽게 열렸다.

"잠시 기다리고 있거라. 폐하를 뵙고 나오마."

리오르가 옆에 있던 키히린에게 그렇게 말하고 들어가려는 찰나 안쪽에서 차가운 목소리가 들려왔다.

"아니, 둘 다 들어오도록 해라."

갑자기 알현실 안에서 들려온 차가운 목소리에 리오르는 당황하는 모습을 보이며 키히린을 바라보았다.

당황하기는 키히린도 마찬가지였다. 어째서 자신까지 들어오라는 것인지 알 수 없었다.

"그, 그럼 두 분 다 들어가시죠."

시녀장인 올가조차도 짐작치 못한 일이었는지 그녀도 당황한 모습을 보였다. 올가의 말에 정신을 차린 리오르와 키히린은 고개를 숙인 채 알현실 안으로 들어갔다.

왕좌가 있는 곳으로 걸어간 리오르가 한쪽 무릎을 꿇으며 예를 취하자 그의 뒤를 따라가던 키히린도 덩달아 예를 취했다.

"리오르 아일론 라이나스. 폐하의 명을 받들어 대령했습니다."

"키히린 라이나스. 폐하의 부름에 대령했습니다."

두 부자가 나란히 예를 취하자 무료하다는 듯 왕좌에 기대어 앉아 있던 여왕은 무심한 듯한 목소리로 말했다.

"두 사람 다 고개를 들라."

여왕의 말에 키히린은 천천히 고개를 들었다. 한쪽 무릎을 꿇은 채 고개를 들어 여왕의 모습을 본 키히린은 몸을 흠칫 떨며 굳은 표정이 되었다.

"라이나스 백작, 요즘 건강이 나빠졌다고 들었다."

여왕은 키히린의 그런 모습을 흘깃 보고는 리오르에게 말했다.

"예, 폐하. 그래서 이번에 저의 작위를 제 아들에게 물려주려 합니다."

리오르의 대답에 여왕은 머리끝까지 뒤집어쓴 후드 아래로 언뜻 비치는 입꼬리를 말아 올리며 말했다.

"그렇군. 그대의 옆에 있는 청년이 아들인가?"

재미있다는 시선으로 키히린을 바라보는 여왕.

어제는 로위느라는 이름으로 자신을 소개했던 시리스 로위니아 트라니아 여왕은 자신의 시선에 키히린의 얼굴이 더욱 굳어지자 즐거운 기색을 띠었다.

"리오르 아일론 라이나스의 아들…… 키히린 라이나스라고 합니다."

키히린은 잔뜩 굳은 얼굴로 힘겹게 말했다.

분명 시리스 여왕은 자신이 어제 만났던 로위느였다. 사실, 그녀를 만났을 때 그것을 알아챘어야 했다.

왕궁의 한가운데를 자유롭게 다니고, 리오르를 당연하다는 듯 하대하는 도도하고 오만한 태도의 여인. 여왕이 아니고서야 그 누가 그런 모습을 보일 수 있었겠는가.

차마 여왕을 만날 것이라는 생각을 못했기에 그냥 넘어갔던 자신의 어리석음을 탓하며 키히린은 시리스 여왕의 입이 열리기를 기다렸다.

"저 청년에게 그대의 작위와 영주자리를 물려주겠다는 것이지?"

입꼬리를 만 채로 말하는 여왕의 모습에 리오르는 영문도 모르고 의아해하다가 고개를 끄덕였다.

"예, 그렇습니다."

그의 대답에 나른한 모습으로 왕좌에 기대어 앉아 있던 시리스는 천천히 턱을 괴며 말했다.

"허나 작위만을 물려주는 것은 모를까, 영주의 위를 물려준다는 것은 신중히 결정해야 할 일. 며칠 생각해 보도록 하지."

그녀의 말에 리오르는 예상했었다는 듯 고개를 끄덕였다. 리오르가 자신의 대답에 고개를 끄덕이자 시리스는 표정을 굳히며 자신이 그를 부른 진짜 이유를 말하기 시작했다.

"그대도 국경에서의 일은 들었겠지?"

그녀의 물음에 리오르는 침중하게 고개를 끄덕였다.

"예, 폐하."

"내가 그대를 부른 이유도 그 때문이다. 닐센의 행동은 선전포고나 다름없다."

그렇게 말하고는 잠시 뜸을 들인 시리스 여왕은 리오르의 얼굴을 바라보며 말했다.

"그대 휘하에 병력이 얼마나 되지?"

"기사 여섯과 450정도의 병사가 있습니다."

그의 대답에 잠시 생각하던 시리스 여왕은 천천히 입을 열었다.

"기사 넷과 300의 병사를 차출할 수 있겠는가?"

꽤나 어려운 그녀의 요구에 리오르의 표정이 굳어졌다.

"결국은…… 전쟁입니까?"

그의 안타까운 목소리에 여왕은 차가운 목소리로 대꾸하며 고개를 끄덕였다.

"그쪽에서 먼저 선전포고를 하며 병사들을 모으니, 우리로서도 가만히 있을 수만은 없는 일이지."

여왕의 차가운 목소리에 리오르는 힘없이 고개를 떨어뜨리며 대답했다.

"폐하의 명에…… 따르겠습니다."

리오르의 모습에 시리스 여왕은 후드 아래로 보이는 입가에 씁쓸한 웃음을 매달며 말했다.

"그대의 아들에게 작위와 영지를 물려주는 것은 며칠 뒤에 결정을 내릴 터이니 그때까지 편히 머물도록 하여라."

"황송합니다, 폐하."

"그만 나가봐도 좋다."

고개를 숙이며 감사를 표한 리오르와 키히린은 천천히 알현실을 걸어나왔다. 알현실을 빠져나온 리오르는 크게 한숨을 내쉬며 키히린의 부축을 받았다.

"괜찮으십니까?"

"후우……. 예상하고 있었던 일이기는 하지만…… 기사 넷과 병사 300이라니. 돌아가서 그들을 볼 낯이 없구나."

힘없이 고개를 내젓는 리오르를 바라보던 키히린은 말없이 고개를 돌려 알현실의 닫힌 문을 뒤돌아보았다.

"무엇 하느냐? 어서 가자꾸나."

가만히 서서 알현실의 문을 바라보는 키히린이 이상했는지 천천히 걸어가던 리오르가 뒤돌아보며 말했다.

"예."

키히린은 여왕이 있는 알현실을 계속해서 힐끗거리며 리오르의 뒤를 따라 숙소로 향했다.

리오르와 키히린이 알현실을 나서자 알현실 안에 홀로 남은 시리스는 천천히 머리를 덮고 있던 후드를 벗어 던졌다.

후드가 없어지자 흑단 같은 머리칼이 가슴어림 까지 부드럽게 흘러내려 왔다.

새하얀 피부에 차갑고 냉정해 보이는 인상. 하지만 그녀의 입가에는 작은 미소가 아슬아슬하게 매달려 있었다.

"……키히린이라고 했지?"

그녀의 머리 위에 놓인 트라니아의 왕을 뜻하는 검은색의 서클렛이 은은하게 빛났다.

턱을 괸 채 가만히 무언가를 생각하던 그녀는 시녀장 올가를 불렀다.

"올가!"

그녀의 부름에 알현실의 문밖에서 대기 중이던 올가가 천천히 걸어 들어왔다.

"부르셨사옵니까, 폐하."

시리스는 무심한 눈빛으로 그녀를 바라보다가 천천히 입을 열었다.

"이곳까지 오느라 수고한 귀족들을 위해 내일 저녁 연회를 열도록 해라."

예상치 못한 여왕의 명에 잠시 당황하던 올가는 고개를 숙이며 물러났다.

"예, 알겠사옵니다."

자신의 명대로 연회를 준비하기 위해 올가가 나가자 시리스는 피식 차가운 미소를 입에 걸었다.

"연회라……."

＊　　　＊　　　＊

돌아온 리오르는 들어오자마자 자신의 방으로 들어가 버렸다. 아무래도 병사들을 차출해야 한다는 말에 마음이 복잡한 듯했다.

리오르가 안쪽 방으로 들어가자 키히린은 방 중앙의 테이블에 놓인 물컵을 들어 입을 축이고 리오르가 있는 안쪽 방문을 힐끗 쳐다보고는 방을 나왔다.

방을 나온 키히린은 숙소 건물에서 나와 정원으로 들어

섰다.

정원으로 들어선 키히린은 작은 소로로 걸음을 옮겼다. 어제 자신이 새소리를 들었던 곳에서 멈춰선 키히린은 잠시 머뭇거리다가 나뭇가지를 헤치며 들어갔다.

잠시 후, 아무도 없는 작은 공터가 모습을 드러내자 키히린은 주변을 두리번거리다가 한쪽 구석의 바위에 앉았다.

30분 정도가 지났을까. 부스럭거리는 소리와 함께 인기척이 느껴졌다. 키히린이 소리가 들려온 방향으로 고개를 돌리자 검은 후드를 쓴 여왕이 그를 바라보고 있었다.

키히린은 천천히 예를 취하며 고개를 숙였다.

"여왕폐하를 뵙습니다."

갑작스런 키히린의 모습에 잠시 그를 바라보던 시리스는 곧 크게 웃음을 터뜨렸다.

"아하하, 하하하. 재미있는 녀석이로구나. 오늘은 또 무슨 일이지?"

말의 내용과는 다른 차가운 목소리에 키히린은 침을 꿀꺽 삼키며 입을 열었다.

"어제의 무례를 사죄드리러 왔습니다."

고개를 숙인 키히린의 모습을 무심하게 내려다보던 여왕은 눈을 살며시 감았다 뜨며 고개를 끄덕였다.

"용서하노라."

"감사합니다."

그녀의 용서에 키히린이 고개를 더욱 숙이자 여왕은 무심한 시선으로 그를 바라보다가 한 걸음, 한 걸음 천천히 다가왔다.

키히린의 바로 앞에 멈춰선 여왕은 상체를 조금 숙이더니 손가락 끝으로 그의 턱을 들어 올렸다.

"폐, 폐하……."

갑작스런 여왕의 행동에 당황한 키히린이 말을 더듬자 그녀는 후드 아래로 보이는 입가에 위험한 미소를 매달며 말했다.

"고개를 들라."

그녀의 차가운 목소리에 키히린은 주저하며 고개를 들어 여왕을 올려다보았다.

"너는 나라와 나를 위해 목숨을 바칠 수 있느냐?"

여왕의 생각지도 못한 물음에 키히린의 몸은 굳어졌다. 후드 아래 입가에 흥미롭다는 미소를 띤 위로 살며시 보이는 그녀의 눈은 차가웠다.

차가운 시선을 바라본 키히린은 굳은 표정으로 잠시 생각에 잠겼다가 말했다.

"이 나라와 여왕님을 위해서는 목숨을 바칠 수 없습니다."

예상치 못한 키히린의 답변에 여왕은 고개를 갸웃거리더니 말했다.

"어째서이지? 감히 내 앞에서 그런 말을 하면 반역자로 몰려 너와 네 아비에게 형벌이 가해질지도 모르는데?"

후드 아래로 보이는 차가운 눈동자에서 작은 떨림을 발견한 키히린은 침을 꿀꺽 삼키며 조심스레 말했다.

"전 저를 위해 목숨을 걸 겁니다."

간이 배 밖으로 튀어나온 듯한 키히린의 발언에 실망했다는 듯 여왕의 눈빛이 가라앉았다.

"그럼 너는 전장에서 도망치는 비겁한 겁쟁이인가?"

비웃음이 가득 담긴 여왕의 물음에 키히린은 당당한 표정으로 그녀를 올려다보며 말했다.

"아닙니다. 저는 제 친구들과 동료, 수하들을 위해 싸울 겁니다. 제가 좋아하는 사람들을 잃지 않는 것이 저를 위하는 길이니까요."

어찌 들으면 넌센스처럼 들리는 키히린의 대답에 잠시 침묵하던 여왕은 조금씩 몸을 들썩이더니 크게 웃었다.

"아하하, 하하하핫! 정말 재미있는 녀석이로구나. 내 눈이 틀리지 않았다."

긍정적인 그녀의 반응에 키히린은 속으로 안도의 한숨을 내쉬었다.

여왕은 뒤돌아서서 왔던 길로 되돌아가며 키히린에게 말했다.

"내일 저녁에 보도록 하자꾸나. 그때는 나를 실망시키지 말거라."

알 수 없는 말을 남기며 사라진 여왕의 뒷모습을 바라보던 키히린은 그녀의 모습이 수풀에 가리어 완전히 사라지자 온몸에 힘이 빠졌는지 그 자리에 풀썩 주저앉았다.

"하아……. 죽을 뻔했군. 내가 미쳤었던 건가?"

하마터면 순간의 만용으로 목이 날아갈 뻔했던 키히린은 이마에 흐르는 식은땀을 닦아내며 중얼거렸다.

극도의 긴장 상태가 갑자기 풀어져서인지 몸이 잘게 떨리는 것이 느껴졌다.

"그나저나 내일 저녁에 보자니…… 무슨 말이지?"

마지막에 여왕이 남긴 말을 되씹으며 중얼거리던 키히린은 몸의 떨림이 진정되자 자리에서 일어나 공터를 벗어났다.

정원에서 나와 방으로 돌아갈 때까지도 키히린은 여왕이 했던 말을 깨달을 수 없었다.

방으로 들어가기 위해 문을 열자 시녀장 올가의 모습이 보였다. 올가는 키히린을 보고 고개를 숙여 인사하고는 그를 지나쳐 방을 나섰다.

방으로 들어선 키히린은 올가가 나간 문을 바라보다가 앞에 있는 리오르를 보며 물었다.

"아버지, 시녀장이 무슨 일로 왔다간 것입니까?"

키히린의 물음에 리오르는 의아하다는 듯 고개를 갸웃거리며 대답했다.

"여왕님께서 내일 저녁에 연회를 여신다는구나. 거참, 이상하군. 분명 여왕님께서는 연회 같은 것을 싫어하셨던 것으로 기억하는데……."

예상치 못한 상황에 의아해하는 리오르의 대답을 듣고 그제야 키히린은 시리스 여왕이 했던 말의 의미를 깨달을 수 있었다.

그녀가 한 말의 의미는 내일의 연회에서 자신을 지켜보겠다는 것이었다. 아무래도 내일 있을 연회에서 피곤해질 것 같다는 생각에 절로 고민이 되는 키히린이었다.

다음날 저녁, 키히린은 정신이 없었다.

연회에 가기 위해 깨끗하게 씻고 새 옷으로 갈아입으려는 찰나, 젊은 시녀 하나가 방으로 들이닥치더니 어디서 가져온 것인지 모를 고급스러운 예복 여러 벌을 자신의 몸에 대어보기 시작한 것이다.

"무, 무슨 일입니까!"

놀란 키히린이 소리치자 시녀는 계속해서 몸을 뒤척거리는 키히린의 몸을 붙잡으며 귀찮다는 듯 말했다.

"리오르 님께서 특별히 부탁하신 일입니다. 키히린 님께서 정장을 입는 것에 익숙하지 못할 터이니 도와드리라고요. 게다가 이번이 사교계 첫 데뷔시죠? 저희가 알아서 꾸며드릴 테니 가만히 좀 계셔요!"

그렇게 말하면서 이 옷, 저 옷을 키히린에게 대어보던 시녀는 블루 블랙의 고급스러운 예복을 키히린에게 보이며 말했다.

"이거 어떠세요? 잘 어울리실 듯한데."

그녀의 물음에 키히린은 자신도 모르게 고개를 끄덕였다.

"어, 어. 괜찮은 것 같군요."

"그럼 예복은 이걸로 하기로 하고…… 장식은…….."

예복을 결정하자 시녀는 한쪽에 둔 상자에서 이것저것을 꺼내기 시작했다. 키히린은 상자에 쌓여 있는 장신구의 수에 질려 그중 아무거나 들어올렸다.

"장식은 이걸로 하겠습니다."

시녀는 키히린이 들어 올린 수수한 모양의 은 브로치에 인상을 찌푸렸다.

"다른 거는 어떠세요?"

괜히 다른 장신구들까지 대어봤다가는 피곤해질 것 같은 예감에 키히린은 고개를 저으며 말했다.

"이거면 충분합니다. 옷을 갈아입어야 하니 이만 나가주시겠습니까?"

"제가 옷 입는 것을 도와드리겠습니다."

시녀의 말에 키히린은 고개를 저으며 그녀를 억지로 내보냈다.

"제가 불편해서 그럽니다. 옷 정도는 저 혼자서도 입을 수 있으니 나가주십시오."

키히린의 말에 시녀는 묘한 미소를 지으며 나갔다.

시녀가 나가자 키히린은 잠시 예복을 이리저리 살펴더니 인상을 찡그렸다. 그리고 잠시 고민하던 키히린은 결국 방문을 열었다.

"도와드릴까요?"

예상하고 있었다는 듯 문 앞에 서서 싱글거리며 웃고 있는 시녀의 모습을 보고 키히린은 한숨을 내쉬며 고개를 끄덕였다.

블루 블랙의 예복은 키히린의 검은색 머리카락과 눈동자에 잘 어울렸고, 가슴에 단 은빛의 브로치는 어두운 색의 예복과 대조되어 더욱 빛나 보였다.

"예복이 잘 어울리는구나."

언제 와 있었는지 머리를 뒤로 넘겨 빗고 고급스러운 분위기의 실버 그레이의 예복을 입고 있는 리오르가 미소 띤 얼굴로 키히린을 바라보고 있었다.

한쪽에 세워져 있던 거울에 자신을 비춰본 키히린은 자신의 모습이 낯선지 쑥스러운 미소를 지었다.

키히린이 옷 입는 것을 도와준 시녀는 자신이 단장시킨 손님의 모습이 만족스러운지 고개를 끄덕이며 말했다.

"두 분, 준비는 다 마치셨습니까?"

시녀의 말에 리오르는 고개를 끄덕였다.

"그래, 다됐네."

"그럼 저를 따라오시죠. 슬슬 연회가 시작될 시간입니다."

"안내하게."

리오르의 말에 시녀가 걸음을 옮기자 리오르와 키히린은 그녀의 뒤를 따랐다.

숙소가 있는 곳에서 왕궁의 깊숙한 곳으로 들어간 키히린의 눈에 커다랗고 화려하게 장식된 순백색의 건물이 보였다.

"저곳이 바로 본궁입니다. 연회는 본궁 옆에 있는 별궁에서 열릴 것입니다."

일국의 여왕이 지내는 본궁의 위용에 놀라워하던 키히린은 시녀가 걸음을 옮기자 급히 뒤를 따랐다.

잠시 뒤, 본궁에서 조금 떨어진 곳의 별궁에 다다르자 시녀가 고개를 숙였다.

"그럼 저는 이만 가보겠습니다."

"고맙네."

안내를 하던 시녀가 자리를 뜨자 리오르와 키히린은 별궁으로 들어갔다. 별궁으로 들어가는 계단을 오르자 문 앞에 의장용 갑옷을 입고 서 있던 근위병이 그들을 멈춰 세웠다.

"신원을 밝혀주십시오."

"리오르 아일론 라이나스 백작일세. 그리고 이쪽은 내 아들이고."

리오르가 자신을 밝히며 초대장을 건네자 근위병은 초대장을 확인하고는 고개를 끄덕였다.

"불편을 끼쳐드려 죄송합니다, 백작님."

근위병의 말을 뒤로 하고 리오르와 키히린은 연회가 열리는 별궁 안으로 들어섰다.

별궁 안에는 여왕의 명을 받고 왕국 곳곳에서 올라온 귀족과 영주들이 서로 인사를 나누며 연회가 시작되기를 기다리고 있었다. 곧 시작될 연회를 준비하는 시종들과 시녀들의 움직임도 분주했다.

"시리스 로위니아 트라니아 여왕폐하께서 드십니다!"

별궁 앞에서 사람들을 맞이하고 있던 근위병이 큰 소리로 여왕의 입장을 알리자 연회의 참석자들은 담소를 나누던 것을 멈추고는 입구를 바라보았다.

수많은 눈동자들이 향한 곳에는 목까지 올라오는 검은색의 드레스를 입고 긴 흑발을 우아하게 땋아 올린 차가운 표정의 여왕이 도도한 걸음으로 천천히 입장하고 있었다.

새하얀 이마 위에 씌워진 검은색으로 빛나는 서클렛이 조용히 빛을 발하며 그녀의 위엄을 더해주고 있었다.

여왕이 별궁의 가장 안쪽이며 가장 높은 그녀의 자리에 기대어 앉자 연회의 참석자들이 동시에 고개를 숙이며 읍했다.

"여왕폐하를 뵙습니다."

그 모습에 여왕은 나직한 목소리로 입을 열었다.

"모두 고개를 들라. 오늘은 내 명에 따라 이곳까지 와준 그대들을 위한 연회이다. 모두 연회를 즐겁게 즐기도록 하라."

여왕의 말이 끝남과 동시에 음악이 울려 퍼졌다.

연회가 시작되자 참석자들은 웃고 떠들며 안면이 있는 사람들끼리 모여 담소를 나누기도 하고, 지방에서 올라온 귀족들은 연줄이나 하나 만들어보기 위해 바삐 돌아다니며 사람들과 인사를 나누었다.

키히린은 여왕이 있는 곳을 바라보았다. 그녀도…… 키히린을 바라보고 있었다.

여왕은 자신을 바라보는 키히린의 긴장된 얼굴에 작은 미소를 지어 보였다. 그 모습에 그녀의 옆에 있던 반백의 중년인이 의아해하며 물었다.

“폐하, 무슨 즐거운 일이라도 있으신가 봅니다?”

그의 물음에 여왕은 고개를 작게 내저으며 평소와 같은 무표정으로 되돌아왔다.

“아무것도 아니오, 외숙부.”

여왕의 외숙부, 율리안 세인즈 크리스토퍼 공작은 그녀의 냉랭한 반응에 익숙하다는 듯 쩝 하고 입맛을 다시며 시선을 돌렸다.

잠시 여왕이 있는 곳을 올려다보던 키히린은 연회가 시작되자마자 어디론가 사라졌던 리오르가 곁으로 다가오자 시선을 돌렸다.

“아버지, 옆에 계신 분은?”

키히린이 리오르와 함께 다가온 사내를 바라보며 묻자 리오르는 병색이 완연한 얼굴로 웃으며 말했다.

"여기 이분은 칼 라우헨 데모스 백작이시란다. 인사드리렴."

서른 초반으로 보이는 데모스 백작은 사람 좋아보이는 미소를 얼굴에 띤 채 먼저 손을 내밀었다.

"반가워요, 키히린 백작후계. 앞으로 잘 지내보도록 하죠."

키히린은 그를 자세히 살피면서도 입가에 웃음을 띠우며 손을 맞잡고 악수를 했다.

수려한 외모에 언제나 웃고 있는 것처럼 보이는 아래로 휘어진 실눈까지. 보는 이에게 호감을 주는 인상이었지만 키히린은 본능적으로 그를 경계했다.

진심이 하나도 느껴지지 않는 가면 같은 그의 미소와 실눈 사이로 보이는 차가운 눈동자에 키히린은 자신도 모르게 섬뜩함을 느꼈다.

그런 키히린의 마음을 아는지 모르는지 악수를 한 데모스 백작은 리오르에게 고개를 살짝 숙였다.

"아드님께서 참 늠름하시군요. 흠, 저는 다른 분들과 이야기를 나누러 이만 물러나도록 하죠. 그럼 키히린 백작후계, 다음에 또 뵙죠."

데모스 백작이 미소를 지은 채 인사하고는 다른 사람들이 있는 곳으로 사라지자 방금 전까지 미소를 짓고 있던 리오르의 얼굴이 굳어졌다.

"키히린."

"예."

"저자를 조심하거라. 겉으로는 사람 좋아보이는 모습이지만…… 속은 매우 냉정하고 잔혹한 사내이지. 그 때문에 가리오넬 후작의 신임을 받는 자이기도 하고. 가까이 하지 않는 게 좋을 게다."

리오르의 말에 멀어져 가는 데모스의 뒷모습을 바라보던 키히린은 고개를 끄덕였다.

"네, 명심하겠습니다."

리오르는 미소를 지으며 키히린의 어깨를 잡아 이끌었다.

"나를 따라오너라."

리오르가 키히린을 이끌고 간 곳은 사람들의 시선이 뜸한 연회장의 구석진 곳이었다.

주변을 둘러보던 리오르는 손가락으로 어딘가를 가리키며 말했다.

"저 두 사람이 보이느냐?"

리오르가 가리킨 곳에는 건장한 체구의 중년 사내와 그의 말을 입술을 굳게 다문 채 경청하고 있는 중년 사내가 있었다.

"저들은 누구입니까?"

키히린의 물음에 리오르는 그들을 가리키는 손가락을 거두며 말했다.

"덩치 큰 자의 이름은 샤일드 와일드 백작으로 왕실기사단 내의 실력자로서 군부 내에서의 영향력도 무시할 수 없는 자다. 옆에서 샤일드의 이야기를 듣고 있는 자는 데일 가몬트 남작으로 샤일드 백작과 어릴 적부터 친구라고 하더구나. 지식과 전술이 뛰어나서 문관들 사이에서 그를 지지하는 자가 많다."

리오르의 말을 듣고 있던 키히린은 머리를 끄덕이다가 고개를 갸웃하며 물었다.

"그런데 저 두 사람에 대해 가르쳐 주시는 이유가 뭡니까?"

"언젠가 내가 현재 세력이 여왕일파와 귀족일파로 나뉘어져 있다고 말했을 거다."

리오르의 말에 키히린은 한 달 전쯤 처음 아일론으로 가는 길에서 들었던 이야기를 어렴풋이 떠올리며 고개를 끄덕였다.

"예, 그럼 저 두 사람은?"

"어디에도 속하지 않은 중도파다. 나도 공식적으로는 중도파이고."

리오르의 말에 키히린은 이해가 잘되지 않는다는 듯 의아한 눈으로 멀리서 대화를 나누고 있는 샤일드와 데일의 모습을 보며 물었다.

"그것과 저 두 사람이 무슨 상관입니까?"

키히린의 물음에 리오르는 희미한 미소를 띠며 그의 어깨를 두드렸다.

"이 연회장에는 저들처럼 중도에 속하는 귀족들의 수가 결코 적지 않지. 그들과 친분을 쌓아보거라. 쿨럭, 귀족 사회에서 친분이란 중요한 것이란다. 쿨럭, 이런 연회는 그리 흔치 않은 일이니 여러 귀족들과 친분을 쌓아보도록…… 쿨럭, 쿨럭!"

말을 하던 리오르는 힘이 부쳤는지 격하게 기침을 하며 허리를 숙였다. 키히린은 그런 그를 부축하며 시종을 불렀다.

"이만 들어가셔서 쉬셔야 할 것 같습니다."

"그래야 할 것 같구나. 난 먼저 들어가 볼 터이니 너는 더 즐기다가 오너라."

리오르는 자신을 부축하는 시종의 손에 의지한 채 연회장을 벗어났다.

리오르가 떠나자 홀로 남은 키히린은 잠시 주위를 둘러보다가 연회장 곳곳을 돌아다니고 있는 시종이 들고 있던 쟁반에서 와인 한 잔을 받아 연회장 구석에 위치한 테라스로 걸음을 옮겼다.

이런 화려하고 복잡한 연회를 즐기기보다는 멀리서 구경을 하는 것이 더 편하리라 느낀 것이었다.

하지만 테라스로 가던 길에 키히린은 누군가와 이야기를 나누던 도중 갑자기 뒤돌아서던 여인과 부딪쳤고, 그 덕에 들고 있던 와인을 그 여인의 짙푸른 드레스에 쏟아버렸다.

"꺄악!"

드레스가 와인으로 얼룩지자 갓 스물 정도 되어 보이는 귀족가의 영애는 깜짝 놀라 비명을 지르고는 자신의 드레스를 더럽힌 원흉을 노려보았다.

"아…… 죄송합니다, 레이디."

"괜찮으십니까, 아가씨?"

당황한 키히린은 손수건을 꺼내 드레스를 닦아주려 다가갔지만 여인의 주변에 있던 사람들이 우르르 몰려드는 바람에 뒤로 밀려나 버렸다.

그녀는 드레스를 닦아주는 사람들의 손길을 물리치며 신경질적으로 드레스에 묻은 와인 방울을 툭툭 털어냈다.

"별거 아니니까 비켜요."

그녀의 말에 주변에서 소란을 떨던 한 무리의 사람들은 다짜고짜 키히린을 노려보며 소리쳤다.

"감히 이분이 누구인줄 알고!"

"로이튼 자작의 장남으로서 나는 그대의 무례를 가만히 보고만 있을 수 없소!"

정작 자신은 가만히 있는데 주변의 떨거지들이 소란을 피우자 드레스를 털고 있던 여인이 버럭 소리를 쳤다.

"모두 조용히 해요! 감히 여왕폐하께서 주최하신 연회에서 소란을 피우겠다는 건가요?"

그녀의 외침에 주변에서 떠들어대던 무리들은 조용히 입을 다물었다. 주변이 조용해지자 그녀는 키히린을 똑바로 바라보며 말했다.

"당신은 누구죠? 죄송하지만 제 기억에는 없군요."

그녀의 물음에 키히린은 레이든 총관에게 귀가 따가울 정도로 들었던 귀족가의 예법을 떠올리며 오른손을 가슴에 가져가며 고개를 숙였다.

"저는 리오르 아일론 라이나스 백작의 아들, 키히린 라이나스라고 합니다."

레이든 총관이 알려주었던 예법대로 인사를 하고 고개를 든 키히린은 주위가 조용하자 슬쩍 주변을 둘러보았다.

"그, 그럴 리가. 라이나스 백작에게는 아들이 없다고 들었는데!"

로이튼 자작의 장남이라고 자신을 밝혔던 이가 믿지 못하겠다는 듯 손가락으로 키히린을 가리키며 소리치자, 키히린이 와인을 쏟았던 짙푸른 드레스의 여인은 그를 노려보며 말했다.

"시끄러워요."

그 한 마디에 로이튼 자작의 장남이 입을 다물자 그녀는 키히린을 유심히 바라보았다.

"나는 밀라 크리스토퍼. 소문으로만 듣던 라이나스 백작님의 후계를 직접 보게 될 줄은 몰랐네요."

아무것도 아니라는 듯 자신의 이름을 밝힌 밀라의 말에 키히린은 침을 꿀꺽 삼켰다.

그것은 왕국에서 하나뿐인 공작가의 둘째 딸의 이름이었다. 아름답고 지혜롭다하여 왕국에서도 소문이 자자한 밀라 크리스토퍼.

조금 전까지는 당황하여 제대로 보지 못했지만 그녀의 미모는 과연 왕국 내의 유명한 소문만큼이나 아름다웠다.

"공작님의 둘째 따님이셨군요. 드레스에 와인을 쏟은 것에 대해 다시 한 번 사죄드립니다."

자신의 신분을 알고 나서도 담담한 모습으로 사죄를 청하는 키히린의 태도가 마음에 들었는지 그녀는 고개를 끄덕였다.

"사죄를 받아드리겠습니다."

"그럼 전 이만 물러나죠. 즐겁게들 이야기 나누십시오."

키히린은 그렇게 말하고 뒤돌아서며 주변의 사람들을 바라보았다.

조금 전까지만 해도 키히린에게 소리치던 그들은 키히린이 라이나스 백작가의 후계라는 것을 알고 나자 감히 그를 똑바로 바라보지 못하고 시선을 피하고 있었다.

그 모습에 키히린은 실소를 머금으며 테라스로 향하던 발걸음을 마저 옮겼다.

"아, 라이나스 백작후계?"

걸음을 옮기던 키히린은 뒤에서 자신을 부르는 밀라의 목소리에 고개를 돌려 그녀를 바라보았다.

그녀는 희미한 미소를 지으며 말했다.

"이번이 사교계 첫 데뷔라 하더니, 신고식 한 번 제대로 하셨군요."

그녀의 말에 의아해하며 주변을 돌아보자 방금 전의 소란 탓인지 연회장에 있던 모든 사람들의 시선이 자신에게 향해 있었다.

심지어는 상석에 앉아 있던 여왕마저도 자신을 바라보며 희미하게 웃고 있었다.

자신을 바라보며 자기네끼리 무어라 대화를 나누는 모습에 키히린은 얼굴을 살짝 붉히며 걸음을 빨리 했다.

"호호호!"

그 모습이 재미있었는지 밀라의 웃음소리가 키히린의 등을 두들겼다.

사람들의 시선이 미치지 않는 연회장 구석의 테라스에 도착하고 나서야 키히린은 안도의 한숨을 내쉬고는 테라스의 난간에 기대며 바깥의 풍경을 바라보았다.

왕궁이 주변의 지대보다 높은 곳에 세워져 있기 때문에 테라스 아래로 트리안의 전경이 내려다보였다.

"멋지군……."

어둠이 내려앉은 공간에 누군가 찬란한 보석 가루를 흩뿌린 듯, 아래로 내려다보이는 풍경은 꽤나 아름다웠다.

"그래, 이곳에서 내려다보는 야경은 꽤나 멋지지."

갑자기 뒤에서 들린 낯익은 목소리에 키히린은 깜짝 놀라며 뒤돌아보았다.

언제부터 와 있었던 것인지, 한 손에 와인 잔을 들고 있는 시리스 여왕이 빛이 비치지 않는 테라스의 어두운 곳에서 천천히 걸어나오고 있었다.

"여, 여왕폐하."

키히린이 당황하며 한쪽 무릎을 꿇자 그녀는 고개를 내저었다.

"필요없다."

그 한 마디로 키히린을 다시 일으켜 세운 시리스는 그의 옆으로 다가와 테라스 난간에 손을 짚으며 밖을 바라보았다.

"나는 이따금 이런 생각을 한다."

뜬금없는 말에 키히린은 의아한 눈으로 그녀를 바라보았다. 시리스는 테라스 아래로 내려다보이는 트리안의 정경을 보며 입을 열었다.

"저 밑에 살고 있는 백성들은 과연 전쟁을 원하고 있을까?"

그렇게 말한 그녀는 스스로도 웃기는 듯 피식 웃다가 고개를 저으며 키히린을 바라보았다.

"당연하지만, 전쟁을 바라는 이는 없을 것이다. 하지만 전쟁이라는 것은 언제나 일어나지. 감정의 대립 때문에, 혹은 이익 때문에."

시리스의 말에 키히린은 입을 굳게 다문 채 침묵을 지켰다. 그녀는 키히린이 아무런 반응도 보이질 않자 흥미를 잃은 듯 테라스에서 걸어나갔다.

"뭐, 이미 전쟁은 시작되었으니…… 너의 활약을 지켜보마. 부디 날 실망시키지 말아다오."

시리스가 테라스를 벗어나자 고개를 숙였던 키히린은 천천히 고개를 들며 중얼거렸다.

"당신은…… 전쟁을 바라고 있습니까?"

그 중얼거림에 대한 대답은 여왕만이 알고 있을 뿐이었다.

고개를 내저으며 의문을 털어낸 키히린은 시리스가 두고 간 와인 잔을 집어 입으로 가져갔다.

"……주스로군."

와인맛 대신 달콤한 포도 주스의 맛이 느껴지자 키히린은 황당한 표정을 지으며 낮게 중얼거렸다.

와인 잔을 테라스에 내려놓은 키히린은 옷자락을 휘날리며 테라스를 벗어났다.

다음날 오후. 키히린은 식사를 마치고 난 후 여유롭게 차를 마시며 레이든 총관이 억지로 떠맡긴 책을 읽고 있다가 누군가의 인기척에 책을 덮으며 고개를 돌렸다.

그가 읽고 있던 것은 '트라니아의 모든 것' 이라는 심플하면서도 자신감 넘치는 제목의 책이었다.

"오셨습니까?"

키히린이 자신에게 다가온 리오르를 보며 말하자 그는 고개를 끄덕이며 말했다.

"여왕폐하께서 부르신다는구나. 어서 준비하도록 해라."

"예."

리오르의 말에 키히린은 고개를 끄덕이며 테이블에서 일어났다. 자리에서 일어서던 키히린이 테이블에 살짝 부딪치는 바람에 테이블 가장자리에 놓여 있던 책이 바닥으로 떨어졌다.

촤라라라락.

바닥에 떨어진 책은 어디선가 불어온 바람에 책장이 빠르게 넘겨지다가 멈추었다.

……트라니아 왕가의 검은 서클렛은…….

책이 바닥에 떨어지는 소리에 뒤돌아보던 키히린의 눈에 책 속의 한 구절이 보였다.

키히린은 잠시 책의 내용을 떠올리다가 리오르의 뒤를 따라갔다. 아무도 없는 방의 바닥에 떨어진 책은 바람이 불 때마다 촤라락 거리는 책장 넘어가는 소리를 냈다.

키히린과 리오르가 알현실로 들어서자 시리스 여왕은 지난번과 같은 모습으로 앉아 있었다.

검은색의 후드를 덮어쓰고 금과 보석으로 치장한 왕좌 위에 무료하다는 듯 기대어 앉아 있던 여왕은 리오르와 키히린이 한쪽 무릎을 꿇으며 예를 취하자 입을 열었다.

"어서 오너라. 지내는데 불편함은 없었느냐?"

"예, 아주 편하게 지냈사옵니다."

리오르의 답변에 여왕은 만족한 듯 고개를 끄덕이며 키히린을 응시했다.

"키히린 라이나스는 듣거라."

"예, 폐하."

여왕은 고개를 숙이고 있는 키히린을 내려다보며 천천히 왕좌에서 내려와 보석들로 장식된 화려한 레이피어를 시종에게서 건네받았다.

여왕이 레이피어를 검집에서 꺼내자 그녀의 행동이 무엇을 뜻하는지를 알고 있는 리오르의 눈은 흥분으로 빛났다.

탁.

자신의 오른쪽 어깨 위로 차가운 예기를 가진 무언가가 닿자 키히린은 흠칫 몸을 잘게 떨었다.

"그대는 자신의 행동에 책임을 지고, 약한 이를 위해 검을 휘두를 것인가?"

"예."

　그의 대답과 함께 여왕의 레이피어가 키히린의 왼쪽 어깨에 닿았다.

　"너의 의지에 따라 동료와 수하들을 지키기 위해 네 목숨을 걸어라. 그것이……."

　시리스 여왕은 서임식 도중임에도 불구하고 깜짝 놀라 자신도 모르게 고개를 드는 키히린의 정수리를 레이피어로 살짝 누르며 말을 이었다.

　"너를 기사로 임명하는 이유이다."

　그녀의 말에 무례인 것도 잊고서 멍하니 여왕의 얼굴을 올려다보던 키히린은 정신을 차린 듯 고개를 숙이며 대답했다.

　"저의 검에 맹세하겠습니다."

　키히린의 대답에 여왕은 만족스러운 표정을 지으며 레이피어를 검집에 집어넣고는 선포했다.

　"키히린 라이나스, 그대는 지금부터 트라니아의 기사가 되었다."

　여왕이 기사 서임식의 마침을 공표하자 키히린과 리오르는 고개를 깊이 숙이며 감사를 표했다.

　"폐하의 은혜에 감사드립니다."

　"허나!"

　감사를 표하던 리오르와 키히린은 갑자기 튀어나온 여왕의 말에 불안한 눈으로 그녀를 올려다보았다.

　"작위와 영주 위를 승계한다는 것은 아직 능력이 검증되지 않은 만큼, 뒤로 유보하도록 하겠다. 그동안은 현 라이나스 백작이 영주를 계속하도록 하라.”

어느 정도 예상은 하고 있었는지 리오르는 아쉽다는 표정을 지으면서도 그녀의 말을 순순히 수긍했다.

여왕은 키히린을 바라보다가 말했다.

“리오르, 그대는 잠시 나가 있도록 하라. 나는 그대의 아들에게 잠시 할 얘기가 있다.”

갑작스러운 그녀의 말에 리오르는 당황한 표정을 짓다가 이내 고개를 숙여 보이고는 알현실을 나갔다.

여왕은 영문을 모르겠다는 듯 의아한 눈으로 자신을 바라보는 키히린에게 나직한 목소리로 말했다.

“그대는 내가 전쟁을 바라고 있냐고 물었었지?”

어젯밤 테라스에서 혼잣말로 중얼거렸던 물음을 여왕이 언급하자 키히린은 놀란 얼굴로 그녀를 바라보았다.

그 모습에 그녀는 피식 웃으며 키히린에게 말했다.

“혹, 모르고 있는 것은 아니겠지? 그대도 이 나라의 백성이라면 알고 있을 텐데? 내가 쓰고 있는 이 서클렛에 대해서.”

그녀의 말을 듣고서야 키히린은 고개를 끄덕였다. 여왕이 쓰고 있는 검은 서클렛, 그것에 대한 것이라면 자신도 알고 있는 바였다.

젊음을 유지시켜 주고 청각과 근력의 향상 등 수많은 능력을 선사하지만, 그 대신 인간이 느낄 수 있는 청각을 제외한 모든 감각들을 빼앗아가는 끔찍한 저주.

역대 수많은 왕들이 저주를 풀기 위해 노력했으나 실패하고 죽어서야 벗을 수 있었다는 축복과 저주의 서클렛.

그것이 바로 시리스 여왕이 쓰고 있는 검은 서클렛의 정체인 것이다.

"죄송합니다."

키히린의 사죄에 여왕은 천천히 고개를 내저었다.

"아니, 네가 사죄할 일은 아니다."

여왕의 말에 키히린은 잠시 침묵하다가 조심스레 입을 열었다.

"여왕께서는…… 전쟁을 바라고 계십니까?"

그의 물음에 그녀는 웃음을 터뜨리며 키히린의 눈을 응시했다.

"하하하, 그대는 어째서 그렇게 생각하지?"

그녀의 물음에 키히린은 잠시 생각하더니 고개를 저었다.

"저도 잘 모르겠습니다."

키히린의 대답에 여왕은 쓴웃음을 짓고는 왕좌에 기대어 앉았다.

"나는 전쟁이라는 것이 싫다. 하지만 그것이 어떤 이들에게는 기회가 되기도 하지."

여왕은 자신의 말을 이해하지 못한 듯 고개를 갸웃거리는 키히린을 보며 웃었다.

"너에게는 이번 전쟁이 기회가 될 수도 있을 것이다. 네가 전쟁에서 공을 세운다면 그 누구도 네가 영주자리를 물려받는 것에 대해 반대하지 않을 것이다."

"……."

키히린이 침묵을 지키며 가만히 있자 그녀는 웃음을 지으며 말했다.

"이만 나가보거라. 백작을 너무 오래 기다리게 한 듯하구나."

그녀의 말에 키히린은 고개를 숙이고 알현실을 나섰다. 알현실 밖으로 나가자 문 앞에서 리오르가 서성이고 있었다. 그는 키히린을 발견하더니 급히 다가와 물었다.

"폐하께서 무슨 말을 하신 것이냐? 혹, 너를 좋지 않게 보신 건……?"

걱정이 묻어 나오는 리오르의 물음에 키히린은 미소를 지으며 고개를 내저었다.

"아닙니다. 그냥 저를 격려해 주신 것뿐입니다."

키히린의 대답에 그제야 리오르는 안도하며 고개를 끄덕였다.

"그렇다면 다행이로구나. 그럼 우리는 내일 아침 일찍 아일론으로 돌아가자꾸나. 이번 전쟁에 대한 준비를 해야 될 테니 말이다."

그의 말에 키히린은 고개를 끄덕이며 리오르와 함께 걸음을 옮겼다. 키히린의 얼굴에는 앞으로 다가올 전쟁에 대한 긴장과 불안감이 떠올라 있었다.

다음날 아침, 키히린과 리오르가 시리스 여왕에게 되돌아감을 알리자 그녀는 별다른 말 없이 허락했다.

두 사람이 왕성을 나서자 미리 리오르의 기별을 받은 유르스와 병사들이 마차를 대기시켜 놓은 것이 보였다.

"가신 일은 잘되셨나요?"

유르스의 물음에 리오르는 쓴웃음을 지어보였다.

"절반 정도는……. 어서 돌아가도록 하지. 모두들 궁금해하고 있을 걸세."

궁금함만 더욱 커지게 하는 대답에 유르스는 의아해하면서도 리오르의 표정을 보고는 더 이상 묻지 않았다.

리오르와 키히린이 탄 마차를 따라 병사들이 천천히 움직이기 시작하자, 행렬을 바라보는 시선이 있었다.

왕성의 상층부에 나있는 작은 창문으로 보이는 검은 후드를 뒤집어쓴 사람은 점점 멀어져 가는 마차를 보며 낮게 중얼거렸다.

"부디 날 실망시키지 말아다오, 키히린."

그녀의 입가에는 어린 아이와 같은 웃음이 지어져 있었다.

*　　　*　　　*

누군가 빛이 들어오지 않는 어두운 숲 속을 가로질러 달리고 있었다. 그는 정신없이 달리다 나뭇가지에 부딪쳐서는 볼썽사납게 널브러져 버렸다.

"헉, 헉, 헉!"

서른 초반 정도로 보이는 사내는 무언가에 쫓기기라도 하듯 커다란 나무에 기대어 불안한 눈동자를 굴리며 사방을 살펴보았다.

검은색의 로브를 걸치고, 등에는 롱소드를 멘 특이한 옷차림의 그는 아무리 시간이 지나도 숲 속에서 아무 움직임이 없자 한숨을 내쉬었다.

"제길, 어서 놈들의 계획을 알려야……."

작은 목소리로 중얼거리던 그는 무언가를 느꼈는지 입을 다물고는 몸을 숙였다.

"흐어어어……."

그가 몸을 숨기자마자 숲 속에서 나타난 것은 당장이라도 썩어 문드러질 것 같은 인간의 육신. 죽은 것이 분명한 시체가 걸어 다니는 모습. 구울들이었다.

그 모습을 본 사내는 입술을 깨물며 개미가 기어가는 듯한 목소리로 중얼거렸다.

"그놈들……. 역시 언데드까지 사용하고 있는 건가……."

"흐어어?"

그의 중얼거림을 듣기라도 한듯 어기적거리는 걸음으로 주변을 서성이던 구울들 중 하나가 붉은 눈을 빛내며 사내가 있는 곳을 바라보았다.

"제길!"

언데드들은 살아 있는 자들에 대한 막연한 증오를 가지고 다시 태어난다.

그 때문인지 생전에 비해 감각이 매우 떨어지지만 살아 있는 것을 찾아내는 능력은 비정상적으로 강해진다.

사내의 실력이라면 웬만한 정찰자라도 그를 찾기 힘들 테지만 언데드는 달랐다. 흔적 따위를 찾는 게 아닌 생명력, 그 자체를 찾아 공격하기에.

주변을 어슬렁거리던 구울들이 자신이 있는 곳으로 천천히 다가오자 사내는 숨어 있던 나무 아래서 튀어나와 구울의 반대 방향으로 몸을 날렸다.

"캬아아아!"

사내가 몸을 날리자 천천히 움직이던 구울들이 사내를 향해 달려오기 시작했다. 온몸의 근육이 썩어문드러지고 경직된 좀비라면 근력도 약하고 속도도 느리지만 마법적으로 시술을 받은 구울은 다르다.

마법으로 강화된 근육으로 좀비보다 3배나 빠르고 강한 언데드.

뒤에서 괴성을 지르며 달려드는 구울을 피해 사내는 죽을 힘을 다해 달렸다.

처음에는 약간의 거리가 있었지만 사내의 체력이 점점 떨어져 가며 거리가 좁혀졌다. 언데드에게는 체력이라는 것 자체가 없으니 시간이 지나면 사내는 구울들에게 잡혀 산 채로 뜯어 먹힐 것이다.

거친 숨을 내쉬며 달려가던 사내는 뒤로 점점 다가오는 구울의 썩은 냄새를 맡고는 결의에 찬 표정으로 뒤돌아서서 등에 매어두었던 롱소드를 뽑아 휘두르며 소리쳤다.

"으아아아! 대 트라니아왕국의 비밀 정보국 소속 톰 소여! 이대로 죽을 순 없다!"

"우워어어!"

금방이라도 닿을 듯한 사내의 등을 향해 달려가며 푸르스름한 시독에 물든 손을 내뻗던 구울은 아무리 기다려도 앞에 있는 인간의 살점을 뜯지 못하자 의아해하며 내뻗었던 손을 들어보았다.

"그어?"

푸른색으로 물들어 있던 자신의 손이 팔꿈치 아래로 보이지가 않았다. 순간, 팔꿈치 아래 붙어 있던 것이 어디로 갔을까 갸우뚱하던 구울의 머리통은 소여가 휘두른 롱소드에 의해 날아갔다.

소여는 베어 넘긴 구울 뒤로 달려드는 남은 두 마리의 구울을 보며 누가 듣고 있기라도 한 듯 악에 받친 목소리로 소리쳤다.

"난 반드시 네놈들의 계획을 알리고 말 것이다! 이 빌어먹을 암흑교단 자식들아!"

자신을 향해 달려드는 구울들에게 검을 휘두르는 소여의 위로 작은 빗방울들이 떨어져 내리더니 금세 주변은 짙은 안개에 뒤덮었다.

한 사내가 트라니아의 여왕에게서 기사 서임을 받던 날, 대륙 끄트머리의 작은 숲에서 일어난 일이었다.

Chapter 5

괴도 수사 기록부

아일론의
영주

"……돌아가면 확실해지겠군요."

"네?"

유르스는 자신의 맞은편에 앉아 있던 키히린의 뜬금없는 말에 의아해하며 그를 바라보았다. 창밖을 바라보고 있던 키히린은 유르스가 자신의 말뜻을 알아듣지 못한 듯하자 고개를 돌리며 말했다.

"아일론에 남아 있는 여섯 명 말입니다."

"아……."

키히린의 설명에 그제야 이해가 되었다는 듯 유르스가 탄성을 터뜨렸다. 키히린이 말하는 여섯 명은 다섯의 기사와 레이든 총관을 뜻하는 것이었다.

"아마도 그렇겠죠?"

유르스가 고개를 끄덕이며 중얼거리듯 말하자 키히린은 잠들어 있는 리오르의 얼굴을 굳은 얼굴로 바라보았다.

"아버지의 뒤를 이을 자로 나를 인정하고 따르느냐 마느냐 하는 것은 그들에게 달린 것입니다. 이제는 기다림만이 남은 거죠."

생각에 가득 찬 얼굴로 눈을 감은 키히린의 모습을 유르스는 뚫어져라 바라보았다. 그러다가 문뜩 창밖을 바라본 유르스는 미소를 지으며 말했다.

"돌아왔네요, 아일론에……."

그녀의 말에 감겨 있던 키히린의 눈이 떠졌다. 창문으로 고개를 내밀어 저 멀리 작게 보이기 시작하는 아일론의 모습을 바라보며 그는 중얼거렸다.

"나에게 고개를 숙일 것인가? 아일론이여."

마차가 영지 내로 들어설 때까지 무표정한 얼굴이던 그의 표정은 영주성의 모습이 가까워져 오자 얼굴에 미소가 떠올랐다.

마차가 문 앞에 멈춰 서자 미리 마중을 나와 있던 이들이 마차의 문을 열어주며 일행을 맞이했다.

"어서 오십시오. 가신 일은……?"

로웬이 마차에서 내리는 키히린을 보며 조심스레 묻자 그는 가볍게 웃으며 대답했다.

"잘되었습니다. 기사작위도 받았고요."

키히린의 대답에 로웬의 옆에 있던 뮤라가 다른 사람들의 눈치를 살피고는 머뭇거리며 물었다.

"저, 그럼 영주님의 뒤를 잇는 것은 어찌 되었나요?"

어느 정도 예상하고 있던 물음에 키히린은 쓴웃음을 지으며 아무렇지도 않다는 듯 대답했다.

"그 일은 여왕님께서 후에 이야기하겠다고 하시더군요."

"그, 그렇습니까?"

그의 대답에 질문을 던졌던 뮤라와 로웬은 어색한 표정을 지으며 고개를 끄덕였다. 분위기가 가라앉자 키히린은 말을 돌렸다.

"그런데 다른 분들은?"

키히린이 주변을 두리번거리며 나머지 기사들을 찾자, 마차에서 리오르를 부축하며 내리던 유르스도 말을 이었다.

"그렇네요, 어째서 로웬 경과 뮤라 경만……?"

그녀의 물음에 로웬과 뮤라의 얼굴에 당혹감이 떠올랐다. 대답하기를 머뭇거리던 그들은 잠시 주저하다가 한숨을 내쉬며 대답했다.

"그게…… 시르온 경을 비롯한 세 기사분과 총관님은 요새 골치 아픈 일을 해결하느라 정신이 없으십니다."

로웬의 말에 리오르가 의아해하며 되물었다.

“골치 아픈 일이라니?”

“그게…….”

키히린의 부축을 받으며 자신을 바라보는 리오르의 시선에 로웬은 생각만 해도 골치가 아프다는 듯 머리를 긁적이며 대답했다.

“얼마 전에 괴도 아르세느가 영지에 나타났습니다.”

그의 대답에 리오르는 두 눈을 찌푸리며 표정을 굳혔다.

“아르세느라면 대륙에서 악명이 자자한 도둑이 아닌가. 그런 놈이 감히 아일론에 나타나다니…….”

노기 어린 목소리로 중얼거리는 리오르를 힐끗 바라본 키히린은 로웬에게 물었다.

“제가 듣기로는 아르세느는 범행을 저지르기 며칠 전에 예고장을 보낸다고 들었습니다만?”

키히린의 물음에 로웬을 대신하여 뮤라가 고개를 내저으며 답했다.

“예고장을 받은 자는 베르디오 상단의 상단주입니다.”

“흐음.”

뮤라의 말에 리오르는 의아하다는 듯 탄성을 터뜨렸다.

베르디오 상단은 아일론에 터를 잡고 활동하는 중소 상단이었다. 자신이 알기로 베르디오 상단에는 특별히 아르세느가 노릴 만한 보물은 없다고 생각했기에 리오르는 다시 한 번 되물었다.

"대체 아르세느가 노리는 물건이 뭔가?"

리오르의 물음에 로웬은 자신도 영문을 모르겠다는 듯 고개를 갸웃거리며 대답했다.

"그게…… 평범한 조각상입니다."

"조각상?"

로웬의 말에 리오르를 비롯한 세 사람의 눈에 이채가 떠올랐다. 대륙적으로 유명한 괴도 아르세느쯤 되는 이가 이름 높은 보물도 아닌 평범한 조각상을 노린다고 하니 쉽사리 이해가 되지 않는 듯했다.

세 사람의 표정을 보고 있던 뮤라가 조심스레 입을 열었다.

"아르세느가 조각상을 훔쳐 가겠다고 예고한 날이 내일입니다."

뮤라의 말에 그제야 키히린을 비롯한 세 사람의 표정이 심각해졌다. 유르스가 잠시 생각에 잠겨 있다가 리오르를 돌아보며 말했다.

"여기서 계속 이럴 것이 아니라 우선은 들어가서 쉬도록 해요. 계속 밖에 있다간 병이 더 악화될지도 몰라요."

그녀의 말에 로웬과 뮤라는 그제야 고개를 끄덕이며 리오르를 부축해서 성으로 들어갔다.

"아, 그렇군요. 우선 영주님을 안으로 모시고 계속 이야기를 나누죠."

영주성 안으로 들어가자 그제야 리오르가 돌아왔다는 소

식을 들은 듯 레이든 총관이 뛰쳐나왔다. 키히린 일행이 영지를 떠나 있는 동안 일이 많았는지 그의 얼굴에는 피로가 역력했다.

"영주님!"

레이든이 허겁지겁 뛰어나오자 리오르는 허허 웃음을 터뜨렸다.

"이거, 병에 걸린 나보다 더 몸이 나빠 보이는군. 아르세느란 놈이 자네 속을 꽤나 썩인 모양이야."

너스레를 떠는 리오르의 모습에 레이든은 부끄럽다는 듯 고개를 숙였다.

"영주님이 돌아오시기 전에 해결하려고 했는데……. 심려를 끼쳐드려서 죄송합니다."

송구스럽다는 듯 고개를 숙이는 레이든의 모습에 리오르는 너털웃음을 터뜨렸다.

"아닐세. 뛰어난 기사들과 헌터들도 어쩔 수 없었다는 도둑이니 자네가 속 썩을 만하지. 그런데 훔치겠다는 그 조각상에 뭐 특별한 것은 없었나?"

리오르의 말에 레이든은 자신도 그것이 궁금하다는 듯 고민스러운 얼굴로 대답했다.

"각 분야의 전문가들에게 문의를 했지만 그저 평범한 조각상일 뿐이었습니다. 대체 왜 아르세느가 그것을 노리는지 저희로서는……."

레이든의 말을 들으며 제자리에서 잠시 고민하던 리오르의 몸이 살짝 휘청거렸다.

"아버지!"

"영주님!"

주변에 있던 이들이 다가와 부축하자 리오르는 손을 들어 손길을 물리고는 다시 몸을 추스렸다.

"아무래도 조금 피곤한 듯하군. 나는 이만 들어가 쉴 터이니 아르세느의 일에 대해서는 자네들이 해결하도록 하게."

말을 마친 리오르가 유르스의 부축을 받으며 영주실로 걸음을 옮기자 키히린은 레이든을 바라보며 물었다.

"그 조각상은 어디에 있습니까?"

키히린의 물음에 그는 혹시나 누가 들을 새라 주변을 살피며 조심스레 대답했다.

"그 조각상은 영주성의 지하 창고에 숨겨두었습니다. 기사들과 병사들이 철통같이 지키고 있죠. 현재 시르온 경과 듀렌 경, 알렌 경도 그곳에서 번갈아가며 조각상을 지키고 있습니다."

그 말을 들은 키히린은 고개를 끄덕이고는 뒤돌아서 걸음을 옮기기 시작했다. 오랜만에 돌아온 그가 침실이 있는 곳이 아닌 다른 곳을 향해 걸음을 옮기자 레이든과 두 기사들은 당황스런 표정을 지었다.

"저도 지하 창고로 내려가서 경비를 설 테니 먹을 것과 갈아입을 옷을 좀 가져다주시겠습니까?"

키히린의 말에 로웬은 그를 붙잡았다.

"도, 도련님까지 경비를 서실 필요는……. 게다가 막 돌아오신 참이라 피곤하실 텐데."

로웬의 만류에도 불구하고 키히린은 뒤도 안 돌아보고 안쪽 지하 창고로 내려가는 계단이 있는 곳으로 걸음을 옮겼다.

"제가 도울 수 있는 일이라면 도울 수 있게 해주십시오."

키히린의 확고한 대답에 세 사람은 어쩔 수 없다는 듯 고개를 끄덕였다. 레이든은 로웬과 뮤라를 돌아보았다.

"자네 둘은 영지를 둘러보며 수상한 자가 없나 살피게. 나는 계속해서 시종들을 시켜서 영주성에 쥐새끼 한 마리 들어오지 못하도록 신경 쓰겠네."

레이든의 말에 로웬과 뮤라는 고개를 끄덕이고는 성 밖으로 나갔다.

레이든은 지나가던 시녀 하나를 시켜 지하 창고로 내려간 키히린에게 음식과 갈아입을 옷을 전해주도록 시키고는 결연한 눈으로 중얼거렸다.

"영주님을 모신 지 어언 30년, 결코 도둑 따위가 영주님의 명성에 해를 가하지 못하도록 하겠다."

계단을 따라 지하 창고로 내려가던 키히린은 굳은 표정으로 중얼거렸다.

"괴도라……. 어디 그 잘난 상판 한 번 보도록 할까."

대륙에 이름이 자자한 대 괴도 아르세느와 키히린의 악연이 시작되는 순간이었다.

키히린은 지하 창고로 내려가며 눈을 날카롭게 빛내면서 괴도가 잠입할 만한 틈이 있는지 찾아보았다.

성의 지하 창고로 내려오는 계단의 입구에 병사가 둘, 내려오는 계단에도 병사들이 일정한 거리를 두고 경계를 서고 있었다.

괴도 아르세느가 병사들을 한 번에 다 해치울 수 있는 실력자가 아닌 이상 계단을 이용해 성의 지하 창고로 내려온다는 것은 불가능해 보였다.

영주성 지하 창고의 구조는 단순했다.

위로 올라가는 계단에 연결된 하나뿐인 좁은 통로는 끝에 가서 넓어지며 작은 홀이 나타난다. 지하 창고는 둥그스름한 모양을 하고 있었다.

널찍한 원형의 공간은 네 개의 기둥이 천장을 받치고 있었다. 그곳에 키히린이 찾던 사람들이 있었다.

구석 테이블에 먹을거리들을 올려놓고 때마침 식사를 하고 있던 시르온과 듀렌, 알렌은 막 들어서는 키히린을 발견하고는 자리에서 일어나며 포크와 나이프를 내려놓았다.

"돌아오셨다는 소식은 들었습니다. 마중을 나가지 못해 죄송합니다.”

체구는 여섯 기사들 중에서 가장 크지만 순박한 눈을 가진 기사, 알렌이 키히린에게 미안하다는 듯 말하자 그는 웃으며 고개를 내저었다.

“아닙니다. 오히려 제가 여러분의 식사를 방해한 것 같아 죄송하군요.”

그렇게 말한 키히린은 홀의 끝부분에 보이는 견고한 강철문을 바라보며 물었다.

“저 안에 그 조각상이 있는 겁니까?”

키히린의 물음에 듀렌은 고개를 끄덕였다.

그런데 강철문을 바라보던 키히린의 눈에 무언가가 띄었다. 벽에 걸려 있는 횃불의 빛이 닿지 않는 부분이라 처음에는 발견하지 못했지만, 분명 강철문의 바로 옆에 처음 보는 누군가가 벽에 기댄 채 자신을 바라보며 서 있었다.

키히린은 눈을 가늘게 뜨며 말했다.

“저 사람은 누구입니까?”

키히린의 물음에 시르온이 나서서 설명하려는 찰나 강철문 옆에 있던 사람이 키히린에게 다가왔다.

어깨까지 내려온 금발을 뒤로 묶은 그는 고집스럽게 다물어져 있던 입술을 열며 자신을 소개했다.

“저는 로젠 세븐하트 자작이라고 합니다.”

그의 말에 키히린의 눈이 크게 떠졌다. 로젠 세븐하트라는 이름은 자신도 들어본 적이 있었다. 분명 그는 트리안에서 유명한 수사관으로서 미궁에 빠진 사건들을 수없이 해결한, 화려한 경력을 가진 기사였다.

키히린은 수도에 있어야 할 그가 어째서 이곳에 있는지 의아하다는 듯 고개를 갸웃거리며 물었다.

"그런데 자작님은 아일론에 무슨 일로?"

키히린의 물음에 로젠은 시큰둥한 태도로 대답했다.

"시집간 여동생을 만날 일이 있어 얼마 전에 상부에 휴가를 내고 여기서 이틀 정도 거리의 코트빌 영지에서 휴식을 취하던 중이었습니다. 그런데 갑자기 베르디오 씨가 찾아와서는 도와 달라는 게 아니겠습니까? 오랜만에 즐기는 휴가라서 거절하려고 했으나 베르디오 씨가 워낙 간절하게 부탁하는 바람에……."

휴가를 방해받은 것에 대해 불평하던 그는 갑자기 짜증이 치밀어 오르는지 입술을 깨물며 중얼거리듯이 말했다.

"아니, 오히려 잘된 일입니다. 그 아르세느 놈 때문에 내가 얼마나 망신을 당했는지……. 몇 번이나 수사망을 요리조리 빠져나가는 바람에 치안기사대의 위신이 바닥에 떨어졌습니다. 내 명예도!"

치를 떨며 아르세느의 이름을 거칠게 씹어뱉는 그의 말투 속에는 여태까지 자신을 처참하리만큼 우롱해 온 적에 대한 증오와 각종 수모로 점철된 원한이 물씬 배어 있었다.

키히린은 그를 진정시키려는 듯 나직한 목소리로 말했
다.

"걱정 마십시오. 아르세느가 얼마나 대단한지는 모르지만
아일론에서는 그 무엇도 훔치지 못할 겁니다."

키히린의 말에 로젠은 믿음직스럽다는 표정으로 고개를
끄덕이며 말했다.

"물론이지요! 이번에야말로 그놈을 잡고 말 겁니다. 게다
가 내일 아침이면 수도에 지원을 요청한 치안기사들도 도착
할 테니 아르세느라고 해도 별 수 없을 겁니다!"

자신만만하게 소리친 그는 무언가 생각난 듯 탄성을 터뜨
렸다.

"아, 그리고 보니 리오르 백작님이 트리안에서 돌아오셨다
면서요? 머물고 있는 입장으로서 인사라도 드려야겠습니다."

그리고 그는 곧 리오르를 만나고 오겠다며 위로 올라갔다.
계단으로 올라가는 로젠의 모습을 바라보던 키히린은 착 가
라앉은 눈으로 시르온에게 물었다.

"그런데 시르온 경, 저 사람이 로젠 자작이라는 게 확실합
니까?"

그의 물음에 시르온은 잠시 생각하는 듯하더니 고개를 끄
덕였다.

"예. 몇 년 전 트리안에서 연쇄 살인 사건을 해결한 공로로
그가 상을 받을 때, 멀리서 그를 본 적이 있습니다."

시르온의 대답에 키히린은 고개를 살짝 갸웃하고는 머리를 끄덕였다. 그때 누군가가 급히 계단을 내려오며 소리쳤다.

"아르세느가 새로운 편지를 보내왔습니다!"

당황한 표정으로 한 손에 꾸깃꾸깃 접힌 종이를 든 어린 병사의 모습에 키히린을 비롯한 모두의 얼굴이 굳어졌다.

내일 자정, 약속을 지키러 가겠습니다.

종이에는 단 한 줄의 글귀만이 적혀 있었다. 그러나 그 글귀는 홀 안을 지키고 있던 모든 사람이 그 오만한 도둑에 대해 분노를 느끼게 만드는 데에는 충분했다.

"이건 누가 가지고 왔나?"

시르온이 무섭게 굳은 얼굴로 편지를 가지고 온 어린 병사를 바라보며 묻자, 그는 더듬거리며 대답했다.

"그게…… 영지의 길거리마다 벽에 붙어 있었습니다."

그의 대답에 듀렌의 얼굴이 새하얗게 질렸다.

"그렇다면 영지 내의 모든 사람들이 이번 일에 대해 알게 되었다는 건가!"

충격을 받은 듯 소리치는 듀렌의 말에 병사가 머뭇거리다가 고개를 끄덕이자, 하얗게 질려 있던 듀렌의 얼굴은 잔뜩 일그러졌다. 그는 이를 갈며 말했다.

"이건 아일론에 대한 도전이나 다름없습니다."

　그의 말에 시르온을 비롯한 다른 이들도 고개를 끄덕이며 분노를 표했다. 시르온은 차가운 목소리로 말했다.

　"저는 올라가서 영주님께 이곳 경비를 맡을 병사들을 더 충원해 달라고 해야겠습니다."

　시르온이 딱딱하게 굳은 얼굴로 계단을 올라가자 듀렌은 곧 평소와 같은 냉정한 모습으로 되돌아가서는 병사들을 모았다.

　"모두 지하 창고를 샅샅이 살펴라! 작은 틈이라도 발견하면 즉시 보고하도록 해!"

　듀렌의 명령에 병사들이 지하 창고의 홀과 통로, 그리고 계단을 다시 한 번 수색하기 시작하자 키히린은 로젠이 지키고 서 있던 강철문 앞으로 다가갔다.

　텅, 텅!

　손을 들어 강철문을 살짝 두드리자 무겁게 울리는 소리가 들려왔다. 아무래도 두께가 상당한 모양이었다.

　그 모습을 조금 떨어진 곳에서 지켜보고 있던 알렌이 다가와 물었다.

　"그 조각상을 한 번 보시겠습니까?"

　사실 자신도 괴도 아르세느가 노리는 조각상에 대해 궁금했기 때문에 키히린은 지체없이 고개를 끄덕였다.

　그러자 알렌은 몸을 돌려 듀렌에게 다가가서는 이야기를 나누더니 무언가를 받아왔다.

그의 큼지막한 손에는 거무튀튀한 색의 금속으로 만들어진 열쇠가 들려 있었다.

"조각상을 넣어둔 방의 유일한 열쇠입니다. 가짜 열쇠를 두 개 만들어서 저와 듀렌 경, 시르온 경이 번갈아 가며 진짜 열쇠를 지니고 있죠."

그의 대답에 키히린은 탁월한 생각이라는 듯 고개를 끄덕였다.

가짜 열쇠를 만들어서 세 기사가 번갈아가며 가짜와 진짜를 지닌다면 아무리 괴도 아르세느라도 진짜 열쇠를 훔치기란 불가능에 가까운 일일 것이다. 하물며 그 열쇠를 지니고 있는 자들이 아일론의 기사들임에야…….

"좋은 생각이군요. 누가 낸 아이디어입니까?"

"로젠 경입니다."

고개를 끄덕이던 키히린은 고개를 갸웃하며 물었다.

"그런데 세 분 중 어느 사람이 진짜 열쇠를 지니고 있는지 순서를 알고 있는 사람은 누구누구입니까?"

키히린의 경계심 가득한 물음에 알렌은 너털웃음을 짓더니 고개를 저었다.

"아이디어를 제안한 로젠 경조차도 우리들 중 누가 진짜 열쇠를 가지고 있는지는 모릅니다. 순서라고 할 것도 없이 우리끼리 무작위로 번갈아가며 지니고 있으니까요."

강철문의 열쇠 구멍에 열쇠를 끼우며 대답하는 그의 말에 키히린은 고개를 끄덕였다.

"그렇다면 다행이군요……."

알렌은 머쓱한 미소를 지으며 열쇠를 돌리고는 문을 열었다.

철컥, 그그궁.

강철로 된 문이 육중한 무게를 뽐내기라도 하듯 무거운 소리를 내며 천천히 열렸다.

이전까지는 창고로 사용되었던 방의 중앙에는 작은 테이블이 놓여 있었고, 그 위에 괴도 아르세느가 노리는 것으로 짐작되는 검은색을 띠는 작은 나무 조각상이 올려 있었다.

검은색의 윤기가 흐르는 흑단나무로 만들어졌다는 것을 제외하면 어디서나 볼 수 있는 천공의 신 레미안의 신상이었다.

"평범하죠? 괴도 아르세느쯤이나 되는 도둑이 왜 하필 저런 평범한 신상을 노리는지 모르겠군요."

조각상을 보며 골똘히 생각에 잠겨 있던 키히린은 알렌의 말에 의아하다는 듯 대꾸했다.

"그보다는 베르디오 씨가 왜 저런 평범한 신상을 빼앗길까 봐 도움을 요청한 건지 궁금하군요. 저런 것쯤이야 베르디오 씨에게는 아무것도 아닐 텐데요?"

키히린의 물음에 그것도 그렇다는 듯 의아한 표정을 짓던 알렌은 곧 별것 아니라는 듯 대꾸했다.

"아마 아르세느라는 대도가 갑자기 예고장을 보내니 불안했겠죠. 게다가 그놈의 손에서 물건을 지켜내는데 성공한다면 상단의 명성도 상당히 높아질 테니……."

마땅히 반론할 여지를 찾기 어려운 대답이었기에 키히린은 고개를 끄덕이며 그 문제에 대해서는 일단 넘어갔다.

조각상을 바라보던 키히린은 천천히 그것에 손을 가져갔다. 조심스레 조각상을 들어 올리던 키히린은 나무로 만들어진 조각상에서 느껴지는 섬뜩한 기운에 눈살을 찡그렸다. 그리고 그 섬뜩한 기운은 금세 사라졌다.

"왜 그러십니까?"

그 모습에 알렌이 의아해하며 묻자, 조각상을 다시 내려놓은 키히린은 아직도 손끝에서 느껴지는 기이한 감촉에 고개를 갸웃거렸다.

작은 의문을 가슴에 묻은 채로 방에서 나온 키히린은 알렌이 문을 다시 잠그는 것을 보고 있다가 조용한 목소리로 물었다.

"알렌 경, 혹시 트리안으로 가는 전서구가 있습니까?"

그는 갑작스런 키히린의 물음에 잠시 의아해하는 듯하더니 고개를 끄덕이며 대답했다.

"예, 비상시를 대비해서 몇 마리 기르고 있기는 합니다만……?"

대답을 듣자마자 키히린은 알렌의 귀에 속삭였다. 그의 속삭임을 들은 알렌은 의아한 표정을 지었고 키히린은 급하다는 듯 재촉했다.

"가장 빠른 녀석으로 트리안에 전서를 띄우세요."

키히린의 재촉에 알렌은 이해가 안 되는지 고개를 갸웃거리며 계단을 올라갔다.

알렌에게 무언가를 부탁하고 나서도 불안한 듯 한숨을 내쉬던 키히린은 계단을 내려오는 낯익은 소녀의 얼굴에 반색했다.

"도련님!"

양손에 무언가를 가득 든 채 계단을 조심조심 내려오는 데미아의 모습에 키히린은 얼른 달려가 그녀가 들고 있던 짐들을 받아 들었다.

"오랜만이구나, 데미아. 그런데 이것들은 다 뭐니?"

키히린이 데미아가 들고 있던 것들을 이리저리 살피며 묻자 데미아는 헤죽거렸다.

"총관님께서 도련님이 갈아입으실 옷이랑 식사를 가져다드리라고 하셨어요."

데미아의 말에 키히린은 자신의 옷차림을 찬찬히 살폈다. 트리안에서 되돌아오는 동안 그다지 신경을 쓰지 못해서인지 지금 입고 있는 옷 여기저기에는 지저분하게 때가 묻어 있었다.

키히린은 머쓱하게 웃으며 중얼거렸다.

"이거, 우선은 좀 씻어야겠구나. 데미아, 올라가자꾸나."

기껏 옷가지와 음식을 가지고 내려왔더니 다시 올라가자고 하는 키히린의 말에 데미아는 뚱한 표정을 지었다.

"네에? 그럼 괜히 들고 내려왔잖아요."

볼을 부풀리며 토라진 데미아의 모습에 키히린은 웃음을 터뜨리며 그녀의 머리를 쓰다듬었다.

"미안하구나. 하지만 여기서 몸을 씻을 수는 없잖니."

키히린이 계단이 있는 곳으로 발걸음을 옮기자 데미아는 고개를 끄덕이며 그의 뒤를 따랐다.

키히린과 데미아가 계단을 오르고 있을 때 마침 시르온과 대화를 나누며 내려오고 있는 로젠과 마주쳤다.

"아, 어디 가십니까, 도련님?"

시르온의 물음에 키히린은 그의 뒤에 서 있는 로젠을 힐끗 바라보고는 대답했다.

"올라가서 좀 씻고 내려오겠습니다."

그의 말에 시르온은 부드러운 웃음을 지으며 고개를 끄덕였다.

"좋은 생각입니다. 트리안에서 돌아오시느라 피곤하셨을 텐데. 어차피 아르세느가 예고한 날짜는 내일이니 오늘은 쉬다 내려오십시오."

그의 말에 키히린은 고개를 저으며 대답했다.

"아닙니다. 예고장을 보냈다고는 하지만 한낱 도둑의 말을 믿고 마음 놓고 있을 수만은 없죠. 씻고 나서 간단히 식사만 하고 내려오겠습니다."

키히린의 대답에 시르온은 원하는 대로 하라는 듯 미소를 지으며 계단을 내려갔다. 키히린은 자신의 옆을 지나 내려가는 로젠을 힐끗 보고는 계단을 올라갔다.

계단을 다 올라오자 막 지하 창고로 다시 내려가려던 알렌을 만난 키히린은 아까 전 자신이 부탁했던 일에 대해 물었다.

"아까 제가 말했던 것은 어떻게 됐습니까?"

키히린의 물음에 그는 머뭇거리다가 대답했다.

"도련님이 말씀하신 대로 전서구를 띄웠지만⋯⋯."

아직도 이해가 되질 않는다는 듯 의아한 표정으로 자신을 바라보는 알렌에게 키히린은 웃으며 대답했다.

"혹시나 하는 마음에 한 조치이니 그리 걱정하지 않으셔도 됩니다. 전 잠깐 씻고 내려갈 테니 아래를 잘 부탁드립니다."

고개를 끄덕인 알렌이 밑으로 내려가자 키히린은 차갑게 가라앉은 얼굴로 나직하게 중얼거렸다.

"앞으로 하루⋯⋯."

무거운 표정으로 고민에 빠져 걸어가는 키히린의 등 뒤로 데미아가 옷가지와 음식을 든 채 총총걸음으로 뒤따르고 있었다.

자신의 방에 들어가 간단하게 씻은 후 옷을 갈아입고서 식당으로 내려간 키히린은 때마침 내려온 로웬, 유르스 등과 함께 식사를 했다.

식사를 마친 키히린은 바스타드를 다시 한 번 점검하고는 지하 창고로 내려갔다.

어느새 밖은 어둑어둑해져 있었다.

지하 창고로 내려가자 병사들 몇몇이 내일을 대비해서 휴식을 취하기 위해 깊이 잠들어 있었다. 키히린은 아무 말도 없이 그들 틈에 끼어 이부자리를 마련하고는 금세 잠이 들었다.

몇 시간이나 잤을까. 자신이 누워 있던 곳 주변에 잠들어 있던 병사들의 모습이 보이지 않았다. 잠에서 깨어나 몸을 일으키던 키히린은 살짝 머리가 어지러운 것을 느끼며 인상을 찡그리다가 곧 자리에서 일어났다.

주변을 살피던 키히린은 로젠의 옆에 처음 보는 건장한 체구의 두 사내가 있는 것을 발견하고는 그들에게 다가갔다. 키히린이 다가오자 로젠은 어제와 같은 시큰둥한 표정을 지으며 그를 맞이했다.

"좋은 아침입니다. 뭐, 벌써 점심식사 시간이니 아침이라고 하기에는 뭣하지만……."

꽤나 피곤했는지 한참이나 잠들어 있던 키히린이었다.

본의 아니게 잠꾸러기가 되어버린 키히린은 로젠의 말에 머쓱한 표정을 지으며 물었다.

“옆의 두 분은 누구십니까?”

키히린의 물음에 로젠은 이제야 생각났다는 듯 탄성을 터뜨리며 대답했다.

“아, 그러고 보니 소개가 늦었군요. 이 두 친구는 내가 수도에 지원 요청을 했던 치안기사들입니다. 나와 함께 여러 번 아르세느를 상대한 경험이 있는 친구들이니 도움이 될 것입니다.”

로젠의 말이 끝나자마자 그의 곁에 서 있던 건장한 체구의 두 치안기사가 자기소개를 했다.

“트리안 치안기사단 소속의 제라드 보르윈입니다.”

“같은 치안기사단 소속의 레이몬드 테몬입니다.”

건장한 체구의 두 기사들을 바라보던 키히린은 그들의 상의 왼쪽 가슴에 자수로 박혀 있는 문장을 확인하고는 고개를 끄덕이며 말했다.

“아일론에 온 것을 환영합니다. 오늘 밤에 수고를 좀 해주십시오.”

키히린의 말에 두 사람은 고개를 끄덕이고는 곧 로젠과 심각한 분위기로 대화를 나누었다. 키히린은 세 사람을 힐끗 보고는 위에서 내려 보낸 음식들로 아침 식사를 하고 있는 세 기사들에게 다가갔다.

“아, 일어나셨습니까? 간단히 뭐라도 드시죠.”

“아뇨, 괜찮습니다.”

빵 몇 조각과 스프를 곁들여 간단하게 식사를 하고 있던 세 사람은 자리에서 일어나며 키히린에게 앉을 것을 권했다. 키히린은 간단히 머리를 저어 사양하고는 고개를 갸웃거리며 물었다.

"그런데…… 제가 얼마나 잠들어 있었습니까?"

키히린의 물음에 시르온은 작게 웃으며 대답했다.

"많이 피곤하셨던 모양입니다. 어제 저녁부터 지금까지 쭈욱 잠들어 계셨습니다. 주변에서 자고 있던 병사들이 아침에 도련님의 모습을 발견하고는 깨우려던 걸 제가 말렸습니다만……."

웃으며 대답하던 시르온은 깊은 생각에 잠겨 있는 키히린의 얼굴을 보고는 말끝을 흐렸다. 그의 대답이 흐려지자 키히린은 생각에서 깨어나며 아무렇지도 않다는 얼굴로 대답했다.

"아닙니다. 평소보다 많이 잔 것 같아서요. 아르세느가 예고한 시간은 언제죠?"

듀렌은 굳은 표정으로 잠시 생각하다가 대답했다.

"한 11시간 정도 남았습니다."

"하……."

그의 말에 키히린은 작게 탄성을 터뜨렸다. 자정이 되기 전까지 11시간이 남았다는 것은 지금이 1시 가량이라는 소리니……. 평소보다 7시간이나 더 잤다는 것이다. 아무리 피곤했다고 해도 무언가 기분이 찜찜했다.

키히린은 억지로 고개를 내저어 알 수 없는 불안감을 떨쳐 냈다. 지금은 그런 것보다는 아르세느가 어떤 식으로 조각상을 노릴지 알아내는 것이 더 중요하다고 여긴 것이다.

'확실히 트리안에서의 일 때문에 많이 피곤해져 있던 모양이로군.'

키히린은 그렇게 생각하며 주변을 둘러보기 시작했다. 그러던 차에 로젠의 부하 중 하나가 벽에 붙어서 무언가를 살피고 있는 것이 보였다.

'제라드라고 했던가?'

키히린은 조금 전에 들었던 그의 이름을 떠올리며 그에게 다가갔다. 단단한 벽돌로 쌓아 올린 벽에 손을 대고 만지작거리던 그는 키히린이 다가오자 멀뚱히 바라보았다.

"뭘 그리 살피십니까?"

키히린의 물음에 그는 그제야 시선을 거두고 하던 일을 계속하며 대답했다.

"벽의 재질과 벽돌 너머 암석의 재질에 대해 조사하는 중입니다. 혹시나 땅굴을 파서 침입할지도 모르니까요."

신중한 기색으로 벽 곳곳을 살피는 그의 모습에서 이번에야말로 반드시 아르세느를 잡고야 말겠다는 의지를 발견한 키히린은 수고하라는 말을 남기고는 뒤돌아섰다.

30분 가까이 지하 창고 내부를 살피던 키히린은 마지막으로 날카로운 눈동자로 주변을 샅샅이 둘러보는 레이몬드라는 치안기사의 모습을 확인하고는 리오르를 만나기 위해 위로 올라갔다.

영주실로 가던 도중 막 영주실에서 나온 듯 계단을 내려오는 유르스를 만난 키히린은 그녀를 불러 세우며 물었다.

"유르스 경."

"아, 영주님을 만나러 가는 길인가요?"

"네, 그런데 아버지의 상태는…….”

키히린의 물음에 유르스의 고운 얼굴이 어두워졌다. 그녀는 작게 한숨을 내쉬며 대답했다.

"그리 좋지는 않아요. 비록 지금은 많이 안정된 상태라고는 하지만…….”

그녀의 대답에 키히린은 침중한 표정을 지으며 고개를 끄덕이고는 계단을 올라갔다.

영주실 문 앞에서 표정을 가다듬은 키히린은 담담한 얼굴로 문을 열고 안으로 들어갔다. 침대에 누운 채 책을 읽고 있던 리오르는 방 안으로 들어서는 아들을 발견하고는 반가운 표정을 지었다.

"오, 무슨 일이냐? 조각상을 지키느라 바쁘다는 이야기를 들었는데?"

그의 말에 키히린은 머쓱한 표정을 지으며 대답했다.

"아무리 그래도 아버지에게 보고는 드려야 할 것 같아서 말입니다.”

“기왕 온 것, 와서 이야기나 좀 하다 가려무나.”

키히린의 대답에 그는 입가에 미소를 띤 채 책을 덮어 옆에 내려놓으며 손짓했다. 키히린은 의자를 가져와 침대 맡에 내려놓고 앉으며 입을 열었다.

“몸은 좀 어떠십니까?”

“뭐, 그럭저럭 괜찮은 듯하구나. 그나저나 조각상을 지키는 일은 어찌 되어가고 있느냐?”

리오르의 물음에 키히린은 걱정하지 말라는 듯 미소를 지으며 대답했다.

“걱정하지 않으셔도 됩니다. 병사들과 시르온 경, 듀렌 경, 알렌 경이 밤을 새어가며 지키는 데다가, 그 유명한 로젠 세븐하트 경과 두 치안기사들까지 합세해 철통같이 지키고 있습니다. 제 아무리 아르세느라도 그리 쉽사리 술수를 부리지 못할 겁니다.”

키히린의 자신만만한 대답에 리오르는 대견하다는 듯 고개를 끄덕이면서도 걱정스러운 표정으로 말했다.

“하지만 그 아르세느라는 자가 무슨 수작을 부릴지 모르니 조심하도록 해라.”

“물론입니다.”

키히린의 대답에도 한참이나 걱정스러운 눈으로 바라보던 리오르는 한숨을 내쉬며 키히린의 손을 붙잡고는 고개를 숙였다.

"너에게는 늘 미안하구나."

난데없는 그의 사과에 어리둥절해진 키히린이 의아한 눈으로 리오르를 바라보며 고개를 갸웃거리자, 많이 수척해진 모습의 리오르는 기침을 한 움큼이나 내뱉으며 말을 이었다.

"이제서야 너를 찾은 것으로도 모자라 이제는 너를 전장으로 내몰게 되었으니……."

리오르의 말에 그제야 그의 걱정을 알게 된 키히린은 미소를 지으며 말을 받았다.

"지난번에도 말했지만 저는 아버지를 전혀 원망하지 않습니다. 그런데 병사들 차출에 대한 건……?"

주제를 돌린 키히린의 물음에 리오르는 착잡한 미소를 지으며 대답했다.

"기사 넷과 병사 300이라……. 그들 모두가 빠져나간다면 한동안 영지의 운영에 구멍이 생기겠지만 남은 150의 병사들로도 어느 정도 근방의 치안은 유지할 수 있을 게다."

거기까지 말하는 것도 힘이 들었는지 그는 잠시 숨을 고르다가 다시 말을 이었다.

"우선은 가족이 없는 자와 외동아들이 아닌 자. 그리고 결혼을 하지 않은 자들을 우선적으로 차출하고…… 남은 병사들은 제비뽑기로 정하기로 했다."

그의 말에 키히린의 얼굴은 어두워졌다. 제비뽑기라니. 한

낱 나무 쪼가리에 생사가 오가는 전쟁터로 나서는 일이 걸려
있는 병사들 신세에 안타까움을 금할 수가 없었다.

키히린의 표정을 보고서 속내를 어느 정도 짐작했는지 리
오르가 말을 덧붙였다.

"병사들에게는 어쩔 수 없는 일이다. 대신, 그들에게는 보
상을 확실히 약속해 줘야겠지."

리오르의 말에 잠시 침묵을 지키던 키히린은 천천히 입을
열었다.

"저와 함께 전쟁터로 나설 세 명의 기사는 정해졌습니까?"

"아직 정하지 않았단다. 너를 따라갈 기사들이니 네가 직
접 선택하는 것이 나을 것 같고……. 본인들의 의견도 중요하
니까 말이다."

그의 말에 잠시 생각하던 키히린은 한숨을 내쉬며 고개를
끄덕였다.

"병사들 차출에 대한 것은 아버지에게 모두 맡기겠습니
다."

"그래, 너는 마음 편히 누구를 데려갈지를 정해놓도록 하
거라."

그 뒤로 두 부자는 잠시 이런저런 이야기를 나누다가 시간
이 꽤 흐른 듯하자 키히린이 먼저 자리에서 일어났다.

"저는 이만 지하 창고로 내려가 보도록 하겠습니다."

자리에서 일어나 방문을 나서려는 키히린의 뒤로 리오르

의 목소리가 들려왔다.

"오늘은 같이 저녁이나 들지 않겠니? 로젠 경과 두 치안기사도 함께 말이다."

문을 나서려다 멈추어 선 키히린은 잠시 생각하더니 고개를 돌려 리오르를 바라보며 미소 지었다.

"그러도록 하지요."

다시 지하 창고로 내려간 키히린은 로젠에게 리오르의 저녁 식사 초대를 전했고 그는 흔쾌히 수락했다.

그리고 시간이 흘러서 저녁 시간이 되었다.

6시 30분.

식당 내에는 침묵이 흘렀다.

영주성의 요리사가 간만에 실력을 발휘해 만든 음식들이 테이블 위에 한가득 놓여 있었지만 그 누구도 거기에 신경을 쓰지 않았다.

로젠과 두 치안기사는 아르세느가 예고한 시간이 점점 다가오자 긴장됐는지 표정을 굳히며 음식들을 기계적으로 입 안에 넣고 있었다.

키히린과 기사들, 그리고 도움을 청해왔던 베르디오 상단주도 그리 입맛이 없는지 앞에 놓인 접시의 애꿎은 음식들만 포크로 긁적일 뿐이었다.

그 모습에 리오르는 웃음을 지으며 입을 열었다.

"왜들 그러는 건가? 음식이 입에 맞지 않는가?"

그 말에 접시에 놓인 음식을 깨적이고만 있던 사람들이 고개를 내젓고는 음식을 입 안으로 가져갔다.

"아닙니다. 잠시 생각을 하다 보니……."

대답하는 시르온의 표정에서 그들이 걱정하는 바가 무엇인지 알아챈 유르스는 싱긋 미소를 지으며 그들의 걱정을 덜어줄 말을 했다.

"걱정하지 마세요. 이미 이 주변 바람의 정령들에게 지하 창고로 내려가려는 수상한 사람이 발견되면 알려달라고 했으니까요."

그녀의 말에 조금 떨어진 곳에서 기계적으로 음식을 씹고 있던 로젠이 반색하며 말했다.

"오! 그게 정말입니까? 바람이 부는 모든 곳에 존재하는 바람의 정령이라면 제 아무리 잘난 아르세느라도 지하 창고로 내려가기도 전에 들키겠군요!"

환한 웃음을 지으며 소리치는 로젠의 반응에 다른 사람들의 얼굴에도 웃음이 피어올랐다. 그 모습에 유르스는 머쓱한 미소를 지으며 말했다.

"다만…… 바람의 정령이 지하에까지 힘을 미치기는 어렵기 때문에 지하로 내려간다면 별 도움이 되지 못할 겁니다."

그녀의 말에 로젠은 그것만으로도 충분하다는 듯 가슴을 치며 장담했다.

"아뇨! 그놈이 어떤 식으로 지하 창고로 내려오는지만 안

다면 저희와 아일론의 기사님들이 녀석을 요절내는 것은 충
분합니다.”

그의 호언장담에 한쪽에 앉아 있던 베르디오 상단주도 맞
장구를 치며 고개를 끄덕였다.

“그렇고말고요! 로젠 경과 두 치안기사님, 그리고 명성이
자자한 아일론의 기사님들까지 있으니 천하의 아르세느라고
해도 별 수가 없을 겁니다!”

베르디오 상단주의 치켜세움에 기분이 좋아졌는지 로젠을
비롯한 기사들은 어깨를 으쓱했다. 하지만 키히린은 잠시 웃
다가 곧 신중한 표정으로 입을 열었다.

“하지만 예상치 못한 사태라는 것이 있으니 오늘밤에는 모
두 긴장을 늦추지 말도록 하십시오.”

그 말에 막 고기 한 점을 입으로 가져가던 로웬이 우물우물
급히 씹어 삼키고는 장난기 어린 목소리로 대답했다.

“옙, 명심하도록 하겠습니다!”

천연덕스러운 표정으로 대답하는 로웬의 그 모습에 키히
린은 자신도 모르게 웃음을 터뜨렸고, 다른 이들도 웃음을 터
뜨렸다.

그 뒤로도 로웬의 농담이 간간히 분위기를 부드럽게 만들
었기에 식사는 즐겁게 끝이 났다.

식사를 모두 마치자 기사들은 리오르에게 고개를 숙여 보
이며 하나둘 자리에서 일어나 언제 웃고 떠들었냐는 듯 굳은

표정으로 지하 창고로 내려가 각자의 무기를 점검했다.

8시.

앞으로 네 시간.

지하 창고로 내려와 경비 상태를 점검하던 시르온과 키히린에게 로젠이 다가와 하나의 제안을 내놓았다.

"아무리 지상에서 바람의 정령들이 살피고 있다고는 하지만 아르세느가 무슨 수를 쓸지 모르니…… 조각상이 있는 밀실 안에도 병사를 배치해 두는 것이 어떨까요?"

로젠의 제안이 제법 그럴싸했기에 키히린과 시르온은 잠시 생각을 하더니 고개를 끄덕였다. 만약이라는 것이 있기에 밀실 안에도 병사를 배치해 두는 것도 그리 나쁘지 않을 것이라 여긴 것이다.

"그것도 괜찮을 듯하군요."

키히린의 긍정적인 대답에 로젠은 당연한 대답이라는 듯 고개를 끄덕이며 말했다.

"제 부하들을 안에 배치시켜 두겠습니다. 만약 놈이 알 수 없는 술수를 써서 침입한다고 해도 조각상을 훔치기 위해 밀실 안으로 들어서는 순간……!"

잔뜩 흥분한 목소리로 몸을 부르르 떨며 소리치는 로젠을 보며 키히린은 천천히 입을 열었다.

"저도 조각상을 놓아둔 방에 들어가 지키도록 하겠습니다."

그 말에 로젠은 잠시 생각하는 듯하더니 흔쾌히 고개를 끄덕였다.

"흠, 그렇게 하신다면 저로서도 마음이 놓이지요. 부탁드리겠습니다."

그의 말이 떨어지자마자 키히린은 근처에 놓여 있던 의자 하나를 들더니 조각상을 보관해 놓은 밀실의 강철문 앞에 섰다.

"밤새 요기를 할 간단한 먹을거리가 준비되면 제라드 경, 레이몬드 경과 함께 들어가도록 하겠습니다."

키히린이 당장이라도 들어갈 듯 자리를 잡자 시르온은 급히 곁에 있던 어린 병사를 시켜 위로 올려 보냈다.

잠시 뒤, 어린 병사가 바구니에 빵과 물, 그리고 반 정도가 차 있는 와인 병을 담은 채 내려오자 키히린은 그것을 받아 들고 제라드, 레이몬드와 함께 방으로 들어갔다.

강철문이 닫히기 전, 키히린이 시르온에게 소리쳤다.

"내가 안에 들어가 있는 동안 결코 마음을 놓아서는 안 됩니다! 그리고 내일 아침, 해가 뜰 때까지는 결코 문을 열지 마십시오!"

키히린의 말이 끝남과 동시에 강철로 만들어진 육중한 문이 닫히고 철컥하는 소리와 함께 완전히 잠겨 버리자, 시르온은 열쇠를 품 안에 조심스레 숨기고는 소리쳤다.

"전원 경계태세! 놈이 예고한 시각이 얼마 남지 않았다!"

그리고 시르온은 지하 창고로 내려오는 계단의 문마저 단단히 걸어 잠갔다.

9시 30분.

아르세느가 예고한 시간이 점점 다가오자 여유롭게 주변을 둘러보던 병사들의 얼굴에 긴장이 떠올랐다. 괜히 애꿎은 병기를 손질하는가 하면 간단히 요기할 생각으로 챙겨두었던 육포를 질경거리기도 했다.

하지만 11시가 될 때까지 아무런 일도 일어나지 않았다. 11시가 넘어가자 듀렌은 병사들을 둘러보며 말했다.

"곧 있으면 자정이다! 모두 조금만 더 힘을 내라!"

그의 말에 지하 창고 곳곳에서 경비를 서고 있던 병사들은 병기를 쥔 손에 힘을 주며 눈을 부릅떴다. 이제 조금만 더 있으면 아르세느가 예고한 자정이니 그 시간만 무사히 넘긴다면 한숨 돌릴 수가 있게 되는 것이다.

시간은 너무도 느리게 흘러가는 듯했다. 천장에 맺힌 물방울이 한 방울이라도 떨어질라치면 두셋의 병사가 움찔거렸고, 쥐새끼들이 찍찍거리며 지나가는 소리마저도 병사들의 심기를 어지럽혔다.

마침내 시각은 12시를 넘어서고 있었다. 자정이 넘어선 이 시간까지, 자신이 예측했던 수많은 일들 중 하나도 일어나지 않았음에 로젠은 곁에 있던 의자에 털썩 주저앉으며 중얼거렸다.

"속았어……. 내가 놈에게 속은 거야. 오, 빌어먹을. 놈은 지금쯤 나를 비웃고 있겠지."

화가 난 목소리로 뇌까리던 로젠은 갑자기 무언가 생각난 듯 조각상을 보관하는 밀실의 강철문 앞으로 뛰어갔다.

"시르온 경! 열쇠는 누가 가지고 있습니까? 어서 열어 봐요!"

시르온은 미친 사람처럼 강철문 앞에서 발을 동동 구르는 로젠에게 다가가 그를 진정시키려 했다.

"진정하세요, 로젠 경. 문은 내일 아침까지는 열지 않기로 했지 않습니까! 안에는 세 사람이나 지키고 있으니 걱정하지 않으셔도 됩니다."

시르온의 말에 로젠은 껄껄 웃으며 그를 비웃었다.

"하! 당신들은 그놈에 대해 아무것도 모르오! 그놈은 자신이 예고한 시간은 무슨 수를 써서라도 지키는 놈이란 말입니다. 아! 어쩌면 벌써……."

자신의 입으로 내뱉고도 불안한 듯 눈동자를 굴리며 강철문을 힐끗 바라보는 로젠에게 듀렌이 다가왔다.

"로젠 경, 너무 걱정하지 마십시오. 당신의 믿음직한 수하 둘과 우리의 도련님께서 안에서 눈을 빛내며 지키고 계시니까요. 아마도 아르세느라는 자는 경계망을 뚫고 들어올 자신이 생기지 않아 포기한 게 분명합니다."

듀렌까지 가세해서 진정시키자 로젠은 그제야 평소의 침

착함을 되찾고는 고개를 숙였다.

"죄송합니다. 그놈에게 당한 것이 워낙 많은 지라⋯⋯. 하지만 아르세느는 포기란 걸 할 줄 모르는 자입니다. 무시해서는 안 돼요."

로젠의 말에 듀렌과 시르온, 그리고 어느새 다가온 알렌까지 고개를 끄덕였다.

"물론입니다. 애초에 도적의 예고장을 믿을 수는 없으니⋯⋯. 내일 아침, 저 문을 열 때까지는 경비를 늦추어서는 안 될 것입니다."

시르온의 말에 그제야 로젠은 고개를 끄덕이며 원래 있던 자리로 돌아가 곰곰이 생각에 잠기기 시작했다. 세 사람은 그 모습을 보고 어깨를 으쓱하고는 경계를 서고 있던 위치로 돌아가 주변의 병사들을 독려했다.

하지만 로젠의 우려를 비웃기라도 하듯, 지하 창고에는 아르세느는커녕 누구의 그림자조차 보이지 않았다.

마침내 아침이 되어 위에서 아침 식사를 가지고 내려온 병사가 계단의 문을 두드리고 나서야 밤새도록 경비를 서던 기사들과 병사들의 지루한 싸움은 끝이 났다.

아침이 된 것을 확인하자 시르온은 웃으며 밀실의 문으로 다가가 품에 고이 숨겨놓았던 열쇠를 끼워 넣고 돌렸다.

철컥, 그그궁.

무거운 소리를 내며 문이 천천히 열리자, 옅은 미소를 띠고 있던 시르온의 얼굴 표정은 잔뜩 굳어졌다.

키히린과 두 명의 치안 기사가 차가운 바닥에 널브러져 있었다.

그리고…… 조각상은 감쪽같이 사라져 있었다!

"빌어먹을……."

잔뜩 다문 잇새로 흘러나온 로젠의 중얼거림이 지하 창고에 있던 모든 이들의 머릿속을 때리고 있었다.

"도, 도련님! 도련님!"

멍하니 서 있던 시르온은 어느 순간 정신을 차리고는 허겁지겁 방 안으로 들어가 키히린의 몸을 부축했다.

다행히도 키히린은 정신을 잃고 잠들어 있을 뿐, 부상을 입은 것 같지는 않았다. 그건 키히린과 함께 밀실 안에 있던 두 치안기사들도 마찬가지였다.

시르온은 키히린의 몸을 어깨에 들쳐 업으며 자신의 뒤를 따라 밀실로 들어오는 사람들에게 소리쳤다.

"어서, 도련님과 두 사람을 위로 옮기게!"

그의 외침에 사람들은 그제야 정신을 차린 듯 쓰러져 있는 키히린과 두 치안기사의 몸을 들쳐 업고 지하 창고를 벗어나 위로 올라갔다.

시르온은 올라가기 직전에 듀렌과 알렌에게 현장을 지켜 달라는 말을 하는 것을 잊지 않았다.

조각상에 대해 어떻게 되어가나 궁금해 하던 로웬과 뮤라

등을 비롯한 바깥의 사람들은 시르온의 등에 업힌 채 힘없이 올라오는 키히린과 치안기사들의 모습에 대경실색했다.

"시르온 경! 이게 대체 어떻게 된 겁니까!"

막 복도를 걸어가고 있던 로웬과 뮤라가 그 모습을 보고는 경악하며 다가오자 시르온은 침착한 목소리로 그들에게 상황을 설명했다.

"조각상은 사라져 있었고, 도련님은 혼절해 계셨네."

"우선은 방으로 모셔서 침대에 눕히기로 하죠."

아래에서의 소란을 감지한 것인지 어느샌가 나타난 유르스가 굳은 얼굴로 말하자 시르온을 비롯한 그들은 키히린의 방으로 들어가 그를 침대에 눕혔다.

잠시 동안 키히린의 상태를 살펴보던 유르스는 안도의 한숨을 내쉬며 주변에 있던 사람들에게 말했다.

"그저 잠들어 있을 뿐이에요. 아무래도 수면제 같은 것에 당한 것 같은데…… 다른 두 사람은 어디 있죠?"

키히린이 정신을 잃은 것을 수면제에 의한 것이라고 생각했는지 유르스는 다른 두 사람을 살피기를 원했다.

"두 치안기사들이라면 묵고 계시는 손님용 방에 모셔두었습니다."

시르온의 대답을 듣자 유르스는 방을 나서 그들이 있다는 손님용 방으로 향했다. 그녀가 방을 나서고 나자 로웬이 중얼거렸다.

"대체, 어떻게 돌아가는 일인지 모르겠군."

그의 중얼거림에 대답이라도 하듯, 시르온이 나직한 목소
리로 대꾸했다.

"아무래도 도련님이 깨어나셔야 어떻게 된 일인지 알 수
있을 것 같군."

세 사람은 키히린의 잠든 모습을 잠시 지켜보다가 데미아
에게 간호를 맡기고는 방문을 나섰다.

문 앞에는 부하들을 침대에 눕히는 것까지 확인하고 나서
야 키히린의 방 앞에서 시르온을 기다리고 있던 로젠과 이미
소식을 들었는지 당황한 기색으로 서 있는 레이든 총관의 모
습이 보였다.

그들의 모습에 시르온은 지친 표정을 지으며 쓴웃음을 지
었다.

"일단은, 모두 휴식을 좀 취하도록 하죠. 이 상태로는 아무
것도 하지 못할 것 같으니 말입니다……."

시르온의 힘없는 중얼거림에 지친 기색이 역력하자 다른
사람들도 어깨를 축 늘어뜨렸다. 그들의 얼굴에는 하나같이
피로와 패배감이 떠올라 있었다.

수백의 병사들이 영주성 주변과 내부에서 경비를 서고, 지
하 창고 내부에는 수십에 달하는 병사들이 있었다. 뿐만 아니
라 네 명의 기사와 수도에서 내려온 유능한 수사관과 두 명의
치안기사까지 있었음에도 불구하고 괴도 아르세느를 막아내

지 못한 것이다!

그들은 아무 말도 없이 각자의 방으로 돌아갔다. 키히린이 깨어날 때까지 조금이나마 기력을 회복하기 위해서…….

한 시간 남짓 각자의 방에서 잠시 눈을 붙이는 등 시간을 보내던 사람들은 키히린이 깨어났다는 소식을 듣자마자 그의 방으로 향했다.

사람들이 키히린의 방에 도착했을 즈음 키히린과 함께 밀실 안에 있던 치안기사들도 깨어나 그들을 키히린의 방으로 불렀다.

아직은 정신이 멍한 듯 살짝 찡그린 표정으로 침대 위에 앉아 있던 키히린은 사람들이 들어서자 고개를 돌렸다.

"괜찮으십니까, 도련님?"

로웬이 들어서며 걱정스런 목소리로 묻자 키히린은 데미아가 건넨 물 한 모금을 들이키며 고개를 끄덕였다.

"아직까지 조금은 머리가 떵하지만 괜찮습니다."

키히린의 말이 끝나자마자 로웬의 뒤에 있던 로젠이 달려들며 다급한 목소리로 물었다.

"어젯밤에는 대체 어떻게 된 것입니까!"

그의 물음에 키히린은 자신도 영문을 모르겠다는 듯 고개를 숙이고 힘없이 내저었다.

"모르겠습니다. 어느 순간 갑자기 정신을 잃어서……."

키히린의 말에 병사들의 부축을 받아가며 방으로 들어서

던 제라드와 레이몬드가 말을 받았다.

"의자에 앉아 레이몬드와 이야기를 나누고 있었는데 갑자기 정신이 혼미해졌습니다. 실망시켜 드려서 죄송합니다, 대장님."

자신들의 상관인 로젠에게 고개를 숙이며 사죄하자 로젠은 얼굴을 찌푸렸다가 한숨을 내쉬며 다가가 둘의 어깨를 두드렸다.

"아닐세, 어디 그게 자네들 잘못인가. 그놈의 수를 예상하지 못한 내 잘못이지."

두 사람의 어깨를 두드려 준 로젠은 어깨를 축 늘어뜨리며 힘없는 목소리로 물었다.

"키히린 경, 어제의 상황을 자세히 설명해 주시겠습니까?"

로젠이 한층 진정된 목소리로 묻자 키히린은 어젯밤의 일을 떠올렸다. 물을 마시고 나니 조금은 머릿속이 맑아진 듯한 느낌이라 정신을 잃기 전까지의 일을 조금 더 수월하게 떠올릴 수 있었다.

"그러니까 어젯밤……."

쾅, 철커.

강철문이 닫히고 문을 잠그는 소리가 나자 키히린은 방 안을 유심히 둘러보았다. 단단한 재질의 벽돌들이 한 치의 틈도 없이 빼곡히 주변을 둘러싸고 있었다.

그리고 그 중앙에 놓인 테이블 위에 문제의 조각상이 조심스레 놓여 있었다.

제라드와 레이몬드는 안으로 들어서자 구석에 의자를 놓고 앉아서는 서로 잡담을 나누고 있었다. 키히린은 테이블 위에 놓인 조각상을 들어 유심히 바라보았다. 제라드와 레이몬드가 그 모습을 보고는 키히린을 힐긋 바라보았지만 별 신경을 쓰지 않는 듯 다시 잡담을 나눴다.

한 손에 쥘 수 있을 정도로 작은 조각상은 지난번에 봤을 때처럼 특별한 점은 찾을 수 없었다. 다만, 이번에도 조각상에서 느껴지는 섬뜩한 기분에 잠시 눈을 찡그렸다.

지난번에는 자신이 착각한 거라 여기고는 그냥 넘어갔지만 이번에는 아니었다. 아무래도 이 조각상에는 아르세느가 노릴 만한 무언가가 있는 듯했다.

키히린이 한참 동안 조각상을 이리저리 살피자 그저 조각상을 잠시 보는 것이라 생각했던 제라드와 레이몬드는 불안해졌는지 키히린을 계속해서 힐끗힐끗 쳐다보았다.

두 사람의 시선에 키히린은 조각상을 다시 테이블에 내려놓고는 테이블 가에 내려놓은 자신의 의자에 앉아 주변을 살폈다. 키히린이 조각상을 내려놓자 그제야 두 치안기사는 시선을 돌렸다.

사방이 막힌 방 안은 시간의 흐름을 느끼기 힘들었다. 그점이 세 사람을 더욱 긴장하게 만들었다. 빛이라고는 테이블

가에 놓인 작은 양초에서 타오르는 불꽃만이 전부였기에 방
에는 어둠이 가득 내려앉아 있었다.

한참이 지나자 두 치안기사들도 이야기할 거리가 떨어졌
는지 입을 다물었다. 그 두 사람이 입을 다물자 방 안에는 침
묵이 내려앉았다.

아무것도 들리지 않는 침묵이 불안했는지 제라드가 머뭇
거리다가 테이블 근처에 내려놓았던 바구니에서 빵을 꺼내
들었다. 레이몬드에게 약간의 빵을 찢어 건네던 제라드는 키
히린이 신경 쓰였는지 그에게도 한 조각을 내밀었다.

"좀 드시겠습니까?"

제라드가 건넨 빵을 잠시 바라보던 키히린은 웃으며 받아
들고는 한 입 베어 물었다.

세 사람은 아무 말 없이 빵을 우물거렸다. 빵을 마시던 중
목이 메는지 제라드가 와인 병을 집어 들려다가 경계를 서는
도중에 술을 마신다는 것이 마음에 걸렸는지 물병을 집어 들
고는 한 모금을 들이켰다.

키히린과 레이몬드도 빵을 먹고는 물병에 든 물을 한 모금
씩 들이켰다.

간단히 요기를 하고 나자 또 다시 침묵이 내려앉았다. 키히
린은 속으로 지금쯤 시간이 얼마나 흘렀을 지를 생각하며 바
깥의 소리에 정신을 집중했다. 하지만 강철문이 얼마나 두꺼
운지 바깥의 소리가 하나도 들리지 않았다.

그러던 중 갑자기 어지러움이 몰려왔다. 키히린은 정신을 차리려고 애쓰며 자리에서 일어나 두 사람에게로 고개를 돌렸지만 두 사람은 어느새 차가운 바닥에 쓰러져 있었다.

"큭, 제라드 경, 레이몬드 경!"

키히린은 뿌옇게 흐려져 가는 시야를 바로잡으려 애쓰며 두 사람을 불렀지만 그들은 이미 정신을 잃었는지 아무런 움직임이 없었다.

키히린은 정신을 잃지 않으려 노력했지만 몸이 말을 듣지 않았다. 어느새 그의 몸은 의자에 뒤엉키며 바닥에 쓰러졌고, 곧 정신을 잃었다.

"그게 전부입니다."

"흐음……."

키히린의 말이 끝나자 로젠은 침음을 흘렸다. 모두의 예상대로 수면제인 듯했다. 이미 안으로 들여보냈던 음식들을 개들에게 먹여본 뒤였기 때문에 그들은 그리 놀라지 않았다.

물을 마신 개가 잠들었으니 수면제는 물병에 들어 있던 것이 틀림없었다.

"놈이 물병에 수면제를 타서 세 사람을 잠재우고는 조각상을 훔쳐 간 거로군. 하지만 대체 어떻게 완벽하게 밀폐된 방에 몰래 침입해서 가지고 나갈 수 있었던 거지? 지하 통로를 뚫은 듯한 흔적도 없었는데?"

혼잣말을 중얼거리던 로젠은 아르세느의 침입 방법에 대해 아무런 추측도 하지 못했다. 침울한 기색으로 고개를 숙이고 있는 로젠에게 시르온이 다가가 나직하게 말했다.

"베르디오 상단주에게는 제가 잘 말할 터이니 로젠 경과 두 분은 하룻밤 쉬며 몸을 추스르시고 돌아가시는 게 좋을 듯합니다."

시르온의 말에 로젠은 힘없이 돌아서며 말했다.

"예, 아무래도 그래야겠군요. 저는 내일 수도로 올라가서 상부에 보고토록 하겠습니다."

자조적인 목소리로 웅얼거리듯 말하며 뒤돌아서는 로젠의 뒷모습은 어제까지의 자신만만한 모습이 떠오르지 않을 정도로 처량했다.

로젠이 방을 나서자 두 치안기사는 방 안의 사람들에게 고개를 꾸벅 숙여 보이고는 상관의 뒤를 따라 나갔다.

로젠이 방을 나서고 한참 뒤 알렌이 창백한 얼굴로 허겁지겁 달려들어 오더니 소리쳤다.

"로젠 경과 치안기사들은 어디 있습니까!"

알렌의 물음에 아들이 걱정되어 와 있던 리오르가 의아한 기색을 띄며 말했다.

"로젠 경과 두 부하들이라면 방금 전 방을 나섰는데……. 만나지 못했는가 보군. 그런데 무슨 일로 그 세 사람을 찾는 것인가?"

리오르의 물음에 알렌의 얼굴은 절망으로 굳어졌다. 그리고 그는 모두를 충격에 빠뜨릴 만한 말을 전했다.

"그들이…… 그들이 바로 아르세느와 그의 부하들이란 말입니다!"

그렇게 말하며 사람들에게 내민 쪽지에는 이렇게 적혀 있었다.

치안기사단 소속의 로젠 세븐하트 자작은 현재 트리안에서 연쇄 실종 사건을 해결 중.

전보를 확인한 모든 사람들의 얼굴은 알렌처럼 창백해졌다. 시르온이 떨리는 목소리로 소리쳤다.

"로, 로젠. 아니 아르세느를 당장 붙잡아라!"

시르온의 명령에 병사들이 급히 방을 나섰지만 로젠과 치안기사들의 모습은 어디에도 보이지 않았다.

그 모습에 침대 위에 앉아 있던 키히린이 낮게 중얼거렸다.

"이거야말로 고양이에게 생선을 맡긴 꼴이로군."

키히린의 중얼거림에 방 안에 남아 있던 사람들의 얼굴은 잔뜩 굳어졌다.

＊　　　　＊　　　　＊

해가 대지로 추락하고, 신화 속의 거인이 베어먹은 듯한 초 승달이 뜬 어두운 밤. 지하 창고로 내려가는 계단 입구에는 몇몇 병사들만이 사건 현장의 보존을 위해 밤늦게까지 보초 를 서고 있었다.

그들의 시선을 피해 유유히 계단 아래로 내려선 누군가는 여유로운 걸음걸이로 지하 창고를 거닐다가 강철문 앞에 서 더니 미리 준비해 둔 열쇠를 꺼내어 열쇠 구멍에 집어넣었다.

그리고 철컥 하는 소리와 함께 문이 열리자 그는 손에 든 등잔에 불을 붙이고 안으로 들어섰다.

어제 아침 세 사람이 쓰러져 있던 상태 그대로 보존된 현장 을 보며 즐거운 기색을 띤 침입자는 아무렇게나 쓰러져 있던 의자들 중 단단해 보이는 의자 하나에 다가갔다.

그때였다. 갑자기 강철문이 닫힌 것은.

끼이익. 쾅, 철컥.

"그랬군, 거기였군."

문이 잠기는 소리와 함께 강철문이 가리고 있던 자리에서 천천히 걸어 나온 키히린은 담담한 목소리로 침입자에게 말 을 걸었다.

"또 보는군요, 로젠 경. 아니…… 아르세느!"

침입자의 손에 들린 등잔의 빛에 의해 드러난 얼굴은 로젠 세븐하트 자작의 얼굴을 한 괴도 아르세느였다.

갑자기 등장한 키히린의 모습에 아르세느는 얼굴에 비뚤

어진 미소를 띠며 화답했다.

"놀랍네. 설마하니 내 생각을 눈치 챈 사람이 있었을 줄이야. 이름이 뭐였지? 아참, 키히린이라고 했었지. 미안하군, 나는 자잘한 사람의 이름은 잘 기억하지 못하거든."

비꼬는 말투로 주변을 둘러보는 아르세느에게 키히린은 웃으며 대답했다.

"그럼 이제부터는 내 이름을 확실히 기억해야겠군. 당신을 잡아넣게 될 사람이니 말이야."

역으로 놀림을 당한 아르세느는 잠깐 인상을 찡그리더니 곧 코웃음을 치며 대답했다.

"흥, 내가 이름조차 없는 애송이에게 잡힐까봐? 그건 힘들 텐데?"

아르세느의 농담에 키히린은 재빨리 그에게 몸을 던지며 화답했다.

"그건 해봐야 알겠지!"

"쳇!"

자신에게 쇄도하는 키히린의 주먹을 간발의 차이로 피해 낸 아르세느는 낮게 이를 갈며 좁은 밀실 안에서 이리저리 몸을 피했다.

아르세느가 맞을 듯하면서도 계속해서 피하자 키히린은 인상을 찡그렸다. 바스타드를 뽑아 공격하면 좋겠지만 불행히도 방 안이 너무 좁았기에 긴 장검을 휘두르기에는 무리가 있었다.

"흥! 왜 그러지? 조금 전까지만 해도 자신만만하더니?"

여유롭게 키히린의 손길을 피해내며 아르세느가 비아냥거리자 키히린은 입가에 자신만만한 미소를 떠올렸다.

"왜 웃는 거지?"

주먹을 피하던 아르세느가 미소를 보고는 인상을 찡그리며 묻자 키히린은 발길질을 하며 대답했다.

"조금 있으면 다른 병사들이 내려올 거다. 이미 다른 기사들에게 네가 여기 올 거라는 사실을 알렸거든."

그의 말에 아르세느는 그게 무슨 대단한 일이냐는 듯 웃음을 터뜨렸다.

"아하, 그 데미아라는 여자 아이 말이지?"

아르세느의 말에 발을 차올리던 키히린의 움직임이 멈춰섰다. 그는 불안한 시선으로 아르세느를 바라보며 물었다.

"설마……."

떨리는 목소리로 물어오는 키히린에게 아르세느는 비웃음을 잔뜩 띄우며 차가운 목소리로 대답했다.

"그 아이를 시켜 기사들을 몰래 불러 모으려고 하다니, 안됐지만 네가 기다리는 기사들은 아무것도 모르고 다른 곳에서 나를 쫓고 있을 걸?"

그의 말에 키히린은 무섭게 굳은 표정을 지으며 아르세느를 노려보았다.

"데미아를 어떻게 한 거냐!"

"걱정하지 말라고. 네가 먹었던 것과 똑같은 수면제를 먹고 지금 자기 방에서 자고 있으니까."

그 말에 키히린은 굳은 표정을 풀지 않은 채 차갑게 가라앉은 눈으로 대답했다.

"그렇다면 내 손으로 직접 너를 붙잡아야겠군."

키히린의 말에 아르세느는 손가락을 휘휘 내젓고는 키히린의 뒤에 있는 강철문을 가리키며 웃었다. 문 건너편에서 누군가 열쇠 구멍에 무언가를 꽂고 돌리고 있는지 철커철커 하는 소리가 들려왔다.

"저 소리 들려? 참, 기억은 하고 있겠지. 제라드와 레이몬드 말이야. 그 녀석들이 내가 올라오지 않으니까 무슨 일인가 궁금해서 내려온 것 같은데."

아르세느의 말에 키히린은 입술을 깨물었다. 그 모습에 아르세느는 비웃음을 머금었다.

"자. 어떻게 할 텐가, 기사 양반?"

"그렇다면 더더욱 잡아야겠군."

키히린이 갑자기 달려들며 돌려차기를 날리자 이겼다는 생각에 잠시 마음을 놓고 있던 아르세느는 미처 피하지 못하고 머리를 세게 얻어맞고 말았다.

"꺄악!"

"……?"

돌려차기를 먹이고 달려가서 결정타를 날리려던 키히린은 아르세느의 입에서 터져 나온 비명에 깜짝 놀라 멈춰 섰다. 자신의 귀가 어찌 된 것이 아니라면 방금 전의 소리는 분명 여자의 비명 소리였다.

키히린이 당황해서 멍하니 서 있는 동안 갑작스레 당한 발차기에 나가떨어졌던 아르세느는 비틀거리며 일어났다. 얼굴에서 목까지를 가리고 있던 정교하게 만든 마스크의 일부분이 찢겨져 나가 그, 아니 그녀의 코 아래 부분과 밋밋한 목이 내보이고 있었다.

"이런 젠장!"

그녀는 자신이 공을 들여 만든 마스크가 찢어지자 고운 목소리에는 어울리지 않는 상소리를 내뱉었다. 목젖 부분까지 찢어진 것을 확인한 이상, 더 이상 목소리를 변조할 필요가 없다고 생각한 것 같았다.

"여, 여자?"

키히린의 당황한 목소리에 그녀는 발에 얻어맞은 턱을 부여잡으며 소리쳤다.

"그래, 이 개놈아. 치사하게 말하는 도중에 치다니."

희대의 괴도가 여자였다는 사실에 잠시 당황했던 키히린은 다시 침착한 모습을 유지하며 발을 내뻗었다.

"수면제를 먹여 사람을 잠들게 하는 도둑이 할 소리는 아닌 것 같군!"

순식간에 쇄도하는 발차기를 간발의 차로 피해 낸 아르세느는 투덜거리다가 등 뒤에서 느껴지는 감촉에 말을 멈췄다.

"젠장, 밥 먹고 발차기만 한 거냐? 왜 이렇게 빨…… 에?"

등 뒤에서 느껴지는 벽의 차가운 느낌에 얼굴이 새하얘진 아르세느는 한 걸음 한 걸음 다가오는 키히린의 모습에 주춤거렸다.

"자, 이만 항복하시지."

키히린은 자신만만한 목소리로 말했다.

아르세느는 낭패라는 표정으로 눈동자를 이리저리 굴리다가 곧 환한 표정을 지었다. 그 모습에 키히린이 의아해하며 그녀의 시선을 따라 뒤를 돌아보았다.

철컥, 끼이익.

잠금 장치가 풀리는 소리와 함께 문을 열고 들어선 것은 건장한 체구의 두 사내였다. 그들은 들어서자마자 꽤나 꼴사나워 보이는 모습에 잠깐 당황하더니 곧 자신들의 두목을 위협하고 있는 키히린에게 달려들었다.

"큭!"

눈 깜짝할 새에 세 명을 상대하게 된 키히린은 신음을 흘리며 발을 휘둘렀다.

오랫동안 갈고 닦은 위력적인 엘프니아 카운터 덕분에 그리 쉽게 밀리지는 않았지만 점점 시간이 흐를수록 키히린이 불리해질 것이 뻔했다.

결국, 키히린은 레이몬드의 역할을 하고 있던 사내에게 뒤를 잡히고 말았다. 벗어나려고 했지만 제라드란 사내의 주먹이 명치에 내리꽂히자 그는 온몸에서 힘이 쭉 빠져나가는 것을 느끼며 축 늘어졌다.

"커헉."

키히린이 늘어지는 순간 아르세느와 두 명의 부하는 방을 벗어나서는 문을 닫았다.

문이 닫히는 사이로 아르세느는 입가에 비웃음을 머금으며 손을 흔들고 있었다.

"다음에 또 보자고, 기사 나리. 참, 여기는 마치 감옥 같군. 아일론의 후계, 감옥에 갇히다. 정말 멋지지 않아? 아하하!"

가까스로 정신을 차린 키히린이 급히 달려갔지만 이미 강철로 만들어진 단단한 문은 철컥 하는 소리와 함께 다시 잠겨 버린 후였다.

"젠장!"

쾅!

키히린은 손으로 문을 내려쳤지만 자신의 주먹만 아플 뿐이었다. 하지만 그는 그 고통도 느끼지 못하는 듯 계속해서 문을 내려쳤다.

문 두드리는 소리를 듣고서 계단 위에서 경계를 서던 병사가 내려왔을 때까지……

"왜 이렇게 될 때까지 문에다가 주먹질을 해댄 거예요, 바보같이."

피투성이로 변한 주먹을 따뜻한 물수건으로 닦으며 유르스가 눈살을 찌푸리자 키히린은 굳은 얼굴로 고개를 숙였다.

"미안합니다."

유르스는 한숨과 함께 고개를 내젓다가 피로 물든 물수건을 옆에 있던 놋쇠 대야에 내려놓으며 상처를 살폈다. 키히린의 양 주먹은 엉망이었다. 비록 뼈가 보일 정도로 심각한 것은 아니었지만 한동안 치료가 필요할 것 같았다.

유르스가 키히린의 주먹에 붕대를 감아주는 것을 보고 있던 듀렌은 이 한밤중에 일어난 일에 대해 물어왔다.

"대체 어떻게 된 일입니까?"

"아르세느입니다."

그 말에 듀렌을 비롯한 한밤중의 소란에 급히 달려온 다른 사람들도 놀란 표정을 지으며 키히린을 바라보았다.

"아르세느라면…… 어젯밤 조각상을 훔치고 달아나지 않았습니까?"

로젠의 물음에 침대에 걸터앉아 있던 키히린은 굳은 표정으로 대답했다.

"훔쳐 간 것이 아니라 훔쳐 간 척을 한 거죠."

그의 말에 다른 사람들은 더더욱 알 수 없다는 듯한 표정이었다. 그들은 한밤중에 지하 창고의 밀실에서 피투성이 손으로 발견되어 방으로 옮겨진 소영주를 의아해하며 바라보았다.

"훔쳐 간 것이 아니라, 쿨럭. 훔쳐 간 척이라니. 제대로 설명을 해보거라."

아들이 다쳤다는 소식에 걱정되어 찾아왔던 리오르가 이해할 수 없다는 표정으로 묻자 키히린은 굳은 얼굴로 아르세느의 계략을 설명하기 시작했다.

"놈은 영리하게도 미리 예고장을 보내는 수법을 통해 베르디오 상단주를 불안하게 만들었습니다. 그리고는 그가 도움을 청하기 위해 이곳 아일론으로 올 것을 알고 미리 경유하게 될 마을에서 소문을 퍼뜨린 것입니다. 그 유명한 로젠 세븐하트 자작이 머물고 있다고 말이죠. 물론 그 로젠 세븐하트 자작은 아르세느가 변장한 것이고 말입니다. 베르디오 상단주의 계속된 부탁에 못 이긴 척 이곳에 도착한 그는 아르세느를 증오하는 등 여러 모습들을 내보이며 우리의 신뢰를 얻은 다음 근처에 있던 부하들을 불러들였습니다. 그리고는 자신이 예고한 당일, 부하들을 밀실 안으로 들여보낸 것입니다."

"거기까지는 우리도 알아냈지만…… 어떻게 한 치의 틈도 없는 밀실 안으로 들어간단 말입니까? 아무리 안에 조력자가 있었지만 말입니다."

키히린의 말을 듣고 있던 로웬이 짐작도 되지 않는 듯 고개를 갸웃거리며 묻자 키히린은 그를 바라보며 말했다.

“그래서 제가 말하지 않았습니까. 훔쳐 간 게 아니라, ‘훔쳐 간 척’을 한 것이라고요.”

그의 말에 몇몇 사람들이 아! 하는 탄성을 내뱉었다. 키히린은 그 모습을 보고는 계속해서 말을 이었다.

“제가 수면제를 먹고 쓰러지면 정신을 잃은 척 연기하고 있던 아르세느의 두 부하들은 언제 쓰러졌었냐는 듯 자리에서 일어나 미리 준비해 둔 공간에 조각상을 숨기고, 그 후에 수면제를 먹고 잠에 빠지면 되는 아주 간단한 일이었죠.”

“하지만 도련님의 말대로라면 그 두 사람도 수면제가 든 물을 마시지 않았습니까?”

“간단한 속임수죠. 수면제를 먹고 제가 쓰러지고 나서 물병에 수면제를 타면 되는 일이니까요. 아마 빵을 찢어 건네는 척하며 수면제 가루를 빵에 발랐을 겁니다.”

그의 말에 로웬은 그제야 이해가 되었다는 듯 고개를 끄덕였다. 하지만 아직도 해결되지 않은 한 가지 문제에 대해 알렌이 물어왔다.

“그럼 아르세느의 부하들은 어디에 조각상을 숨겼던 것입니까?”

그의 말에 키히린은 고개를 끄덕이며 대답했다.

“저도 처음에는 아무런 갈피도 잡지 못했습니다. 다른 사람들처럼 어떻게 밀실로 들어와서 조각상을 빼냈는지 생각하려고 하다 보니 뭔가 이상하더군요. 침입해서 훔쳐 갈 거면 왜 일부러 로젠 경으로 변장한 걸까? 그건 우리가 그들을 조각상이 있는 곳으로 '초대' 해 줘야 했기 때문이죠."

"초대?"

"네. 아르세느는 베르디오 상단주가 아일론으로 도움을 청할 것이란 것을 알고는 이 계획을 세웠을 겁니다. 아마 지하 창고 안의 밀실에 대해서도 알고 있었겠죠. 그, 아니 그녀는 선택을 한 것입니다. 단단한 돌로 만들어진 벽을 지나가는 것보다 주인이 열어주는 문으로 들어가는 방법을 말입니다."

키히린의 말을 듣고 있던 누군가가 의아하다는 듯 물었다.

"그런데 '그녀' 라니, 무슨 소리입니까?"

"아르세느는 여자였습니다. 격투 도중에 변장 마스크가 찢어지며 알게 된 것인데…… 아쉽게도 자세한 얼굴은 보지 못했습니다."

생각지도 못한 사실을 알게 된 사람들은 놀란 표정으로 키히린을 바라보았다.

"밤중에야 그 사실을 간신히 눈치 챈 제가 지하 창고로 내려가며 데미아에게 다른 사람들을 불러오라고 시켰지만, 감시를 당하고 있었는지 아르세느가 미리 손을 썼고, 저는 혼자서 지하 창고의 밀실에 갇히게 된 거죠."

"그럼 그 조각상이 있던 곳은?"

시르온의 물음에 키히린은 아무 말 없이 자신이 들고 온 다리 하나가 없는 의자를 가리켰다. 그 의자를 본 사람들은 허탈한 표정이 되었다.

그 누가, 평범해 보이는 의자 다리에 자신들이 찾던 조각상이 고이 숨겨져 있을 거라고 짐작했겠는가!

아일론 전체가 한낱 도둑에게 농락당한 것이다. 그것도 제 손으로 도둑을 물건이 있는 곳으로 들여보내 주면서.

*　　　*　　　*

아일론 근처. 칠흑같이 어두운 시간임에도 불구하고 말에 탄 채 빠르게 달려가던 세 명은 나무가 우거진 숲이 나오자 말을 멈춰 세워 근처에 묶어두고는 숲 속으로 들어갔다.

숲 속의 공터로 들어서자 미리 기다리고 있었는지 검은 로브를 발끝에서 머리끝까지 뒤집어쓴 사내가 세 사람을 반겼다.

"드디어 왔군. 의뢰한 물건은?"

검은 로브의 사내가 말을 건네자 반쯤 찢긴 변장용 마스크를 쓰고 있던 사람이 품안에서 자그마한 조각상을 건네며 대답했다.

"여기. 자, 약속한 보상은?"

복면으로 얼굴을 가린 여인, 아르세느의 대답에 품에서 갈색의 가죽 주머니를 꺼낸 검은 로브의 사내는 그것을 아르세느에게 건넸다.

주머니를 풀어 안의 내용물을 확인한 아르세느는 조각상을 검은 로브의 사내에게 건네며 말했다.

"이깟 조각상이 뭐라고 이렇게 많은 돈을 약속하면서까지 부탁한 건지 모르겠군."

그녀의 물음에 검은 로브의 사내는 후드 아래로 보이는 입가에 미소를 띠며 대답했다.

"궁금한가?"

그의 물음에 아르세느는 질린다는 눈으로 고개를 저었다.

"아니, 괜한 궁금증으로 고생하는 건 싫거든."

그녀의 대답에 검은 로브의 사내는 낮은 웃음을 흘리며 고개를 끄덕였다.

"그래? 그렇다면 다행이지. 그럼 다음에 또 보도록 하지."

검은 로브의 사내가 어둠에 녹아들 듯 사라지자 아르세느의 뒤에 서 있던 제라드가 걱정스럽다는 표정으로 말했다.

"아무리 생각해도 저자는 위험해 보입니다, 아가씨."

그의 말에 아르세느는 고개를 끄덕였다.

"나도 그래. 하지만 제안을 거절했다면 저자는 내 정체를 세상에 폭로해 버렸을 거야."

그녀의 말에 레이몬드는 경악한 얼굴로 대답했다.

"그런, 말도 안 되는!"

"말도 안 되지. 하지만 저자는 내가 누군지 알고 있었어."

착 가라앉은 그녀의 말에 제라드와 레이몬드의 얼굴에 긴장감이 감돌았다. 아르세느는 가라앉은 분위기를 쫓아내기라도 하듯 말을 매어둔 곳으로 걸어가며 말했다.

"이만 돌아가도록 하자. 한시라도 빨리 돌아가서 쉬고 싶어."

지친 듯한 아르세느의 말에 제라드와 레이몬드는 서로의 얼굴을 바라보다가 어느새 한참이나 걸어간 그녀를 따라 뛰어갔다.

아무렇지도 않게 걸어가던 아르세느는 이를 갈며 한 사람의 이름을 중얼거렸다.

"키히린, 그 개자식……."

그녀는 아직도 얼얼한 턱을 문지르며 키히린의 이름을 머릿속에 새겨놓았다.

어둠이 내려앉은 숲 속에는 누가 왔었냐는 듯 조용한 정적만이 감돌았다.

Chapter 6
톰 소여의 모험

아일론의
영주

초목이 우거진 숲 속을 누군가 지나가고 있었다.

너덜너덜하게 찢어진 검은 로브를 걸친 서른 초반 정도로 보이는 사내는 누군가에 쫓기기라도 하듯 매우 지쳐 보이는 모습에도 불구하고 쉬지 않고 걸음을 옮기고 있었다.

그의 손에 들린 롱소드는 이가 전부 나간 데다 검신에 검붉은 핏자국을 덕지덕지 붙인 지저분한 모습으로 그 주인이 헤쳐 나온 고난들을 역력히 보여주고 있었다.

일주일이 넘도록 잠도 제대로 자지 못하고 그들의 추격에 쫓긴 탓에 이미 그의 몸은 지칠 대로 지쳐 있었다.

임무고 뭐고 다 포기해 버리고 싶기도 했으나 그가 그곳에서 본 참혹한 광경을 알려야 한다는 의무감이 그의 몸을 움직이고 있었다.

비틀거리는 몸짓으로 걸음을 옮기던 그는 천근만근 무겁게 내려앉는 눈꺼풀의 무게에 못 이겨 걸음을 멈췄다. 잠시 휴식을 취할 생각으로 근처의 나무에 막 등을 기대려던 참이었다.

부스럭.

조금 떨어진 곳에서 들려온 기척에 그의 얼굴은 절망으로 일그러졌다. 놈들은 따돌렸다 생각할 때쯤이면 어디선가 나타나 포위망을 좁혀 들어오는 식으로 그의 정신을 계속해서 좀먹고 있었다.

또 다시 시작된 그들의 추격에 그는 나무에 기댔던 등을 힘겹게 떼어내고는 축 늘어져 롱소드를 쥐고 있던 팔에 힘을 주어 간신히 들어 올렸다.

이미 살아 돌아갈 수 있을 거라는 미련은 버린 지 오래였다. 하지만 무슨 수를 써서라도 자신이 본 것을 알려야만 했다. 그러려면 우선, 지금의 추격을 잠시나마 떨쳐 내야만 한다.

'와라…….'

딱딱하게 굳은 얼굴로 기척이 들린 곳을 노려보자 잠시 후 수풀이 흔들리며 푸른색을 띄는 무언가가 불쑥 튀어나와 그를 노렸다.

그는 자신에게 달려드는 것의 정체를 확인하고는 인상을
찌푸렸다.

'네놈들은 구울밖에 없는 거냐? 아니면 나 같은 녀석에게
는 구울로도 충분하다는 거냐!'

그는 속으로 그렇게 외치며 롱소드를 거칠게 휘둘렀다. 빠
른 속도로 사내에게 달려들던 구울은 자신에게 휘둘러 오는
롱소드를 느꼈는지 급히 멈춰 서더니 뒤로 뛰어서 검을 피했
다.

"크어어."

"쳇."

베었다고 여긴 구울이 아슬아슬하게 검을 피해내자 사내
는 인상을 찡그리며 혀를 찼다.

어느새 주변으로 열 구에 가까운 구울들이 붉은 눈동자를
빛내며 천천히 걸어오고 있었다.

그는 포위당하지 않기 위해 천천히 뒷걸음질을 쳤다. 몇 걸
음이나 갔을까? 갑자기 비틀거리며 넘어지더니 발밑이 허전
해지는 느낌과 함께 시원한 바람이 그의 몸을 감쌌다.

하필이면 그가 넘어진 방향이 우거진 수풀 때문에 가려진
절벽이었던 것이다.

"말도 안 돼!"

그는 흐릿한 눈빛으로 그렇게 중얼거렸다. 잠시 시원한 바
람이 전신을 훑고 지나가더니 곧 온몸이 으스러지는 듯한 격

렬한 충격이 그를 덮쳤다.

다행히 그는 절벽 아래로 굉음을 내며 흐르고 있는, 작은 강이라고 불러도 될 것 같은 계곡에 빠진 덕에 목숨은 건질 수 있었다.

하지만 계곡물은 산 속의 작은 시냇물 정도가 아니라 폭류라고 해도 될 만큼 엄청나게 빠른 속도로 흐르고 있었기 때문에 한 번 빠지면 벗어나기가 힘들 것처럼 보였다.

정신을 잃지 않으려 애쓰던 그는 물에 휩쓸려 가다가 커다란 바위에 거세게 부딪혔다. 그는 등으로 느껴지는 엄청난 충격에 허파에 있던 공기를 입 밖으로 토해내며 정신이 흐려져 가는 것을 느꼈다.

흐릿해지는 머릿속으로, 그가 임무를 받고서 트리안을 떠나기 전 자신의 상관이 했던 말이 떠올랐다.

"톰, 반드시 살아 돌아오게. 기념품도 잊지 말고."

기념품을 사오라고 말하던 넉살 좋은 인상의 상관을 떠올리며 톰은 쓴웃음을 지었다.

'죄송합니다……. 그건 힘들 것 같습니다.'

정신을 잃은 톰 소여는 물 위에 둥둥 뜬 채로 물살의 흐름에 온몸을 맡긴 채 떠내려가고 있었다.

한참을 이리저리 물살에 휩쓸려 바위에 부딪쳐 가며 떠내려가던 톰의 모습은 이내 사라져 버렸다.

그리고 그 모습을 처음부터 끝까지 절벽 위에서 구울들의 흐리멍덩한 푸른 눈들이 지켜보고 있었다.

구울들 사이에서 톰의 모습을 지켜보던 검은 로브의 한 사내는 자신을 둘러싼 추악하고 냄새나는 구울들이 아무렇지도 않은 듯 담담하게 혀를 차며 말했다.

"이런. 거참, 재수 더럽게 없는 놈이군. 어차피 죽었을 테지만…… 만약이라는 것이 있으니 우선은 시체라도 찾아봐야겠지?"

혼잣말을 중얼거린 그가 로브자락을 휘날리며 뒤돌아서자 주변에 있던 구울들도 천천히 그의 뒤를 따랐다.

*   *   *

그녀는 평소와 다름없이 빨래를 하기 위해 계곡가로 가던 길이었다. 얼마 전 내린 비로 인해 물이 불어나 있어 위험했지만 조심하면 될 것이라 생각하며 그녀는 옆구리에 낀 바구니에 빨랫감을 가득 담고서 집에서 조금 떨어진 계곡가에 도착했다.

막 빨랫감을 바구니에서 꺼내려던 순간, 그녀는 계곡가에 널브러져 있는 한 사람의 모습을 발견했다. 그의 손에는 낡고 이가 다 빠진 롱소드 한 자루가 꽉 쥐어져 있었다.

계곡가의 자갈밭에 죽은 듯이 꼼짝 않고 쓰러져 있는 사내를 사슴처럼 크고 검은 눈을 깜빡이며 바라보던 그녀는 그의 몸을 흔들었다.

"저기요, 살아 있어요? 죽었으면 버리고 가도 돼요?"

그녀의 목소리를 듣기라도 한 듯, 쥐 죽은 듯 쓰러져 있던 사내는 몸을 미미하게 움직이며 신음을 흘렸다.

"으으윽……."

사내가 살아 있다는 것을 알게 된 여인은 실망(?)한 듯한 표정을 지으며 바구니를 내려놓은 채 끙차 하는 기합 소리와 함께 사내의 다리를 잡아 들었다.

그녀는 다시 한 번 끙차 하는 신음 소리를 내고는 낑낑거리며 조금 떨어진 곳에 있는 자그마한 통나무집으로 천천히 사내를 끌고 갔다.

머리가 질질 끌리며 돌에 부딪칠 때마다 정신을 잃은 그의 몸이 고통으로 몇 번 움찔거렸지만, 그를 끌고 가는 여인은 별 신경을 쓰지 않는 듯했다. 오히려 여인은 콧노래까지 흥얼거리며 집으로 향했다.

오두막에 도착한 그녀는 발견했을 때보다 상태가 심각해진 사내를 잠시 내려다보다가 옷을 벗기기 시작했다. 피투성이인 채로 집 안으로 데려갔다가는 나중에 정리하는 게 귀찮을 것 같았기 때문이다.

속옷 하나만을 걸친 모습이 되어버린 몸을 수건으로 대충 닦아주었다. 진흙과 굳은 피들이 어느 정도 닦여져 나간 사내의 몸을 바라보며 그녀는 만족스러운 미소를 짓고는 사내를 데리고 들어갔다.

통나무로 만들어진 집 안은 아늑하고 간결했다. 한쪽에는 난방과 조리의 용도를 겸하는 것처럼 보이는 벽난로가 있고 책이 가득한 책장과 작은 옷장, 그리고 책상과 의자, 식탁, 침대 등 단출한 가구가 전부였다.

끌고 온 사내를 침대에 눕히고 이불까지 덮어준 그녀는 오두막 옆에 마련된 작은 텃밭으로 가서 몇 종류의 식물을 조금씩 따와서는 유발(막자사발)에 담고 막자(막자사발과 함께 쓰이는 방망이)로 식물들을 한데 섞어 으깼다.

그리고 이불을 걷어내고는 어긋난 뼈들을 어설프게나마 맞춰주었다. 우둑, 우두둑 하는 소리가 날 때마다 사내의 몸이 요동쳤다.

질척하게 잘 으깨어진 약초들을 몸 곳곳에 난 상처 부위에 바르고는 붕대를 감고 부목을 덧대었다. 얼기설기 어설픈 솜씨였지만 그녀는 만족한 듯 미소를 지으며 다시 이불을 덮어주었다.

치료를 끝마친 그녀는 놓아두고 온 빨랫감들이 생각나 밖으로 나섰다.

흐르는 계곡물에 옷을 세탁하고 집 앞의 빨랫대에 옷가지들을 널어놓고는 산 아래 위치한 작은 마을에 내려가 며칠 분의 빵과 햄을 사왔다.

장을 보고 돌아온 그녀가 통나무집의 문을 열었을 때였다. 갑자기 누군가가 뒤에서 그녀를 끌어안으며 이가 다 빠진 롱소드를 목에 들이밀었다.

"너는 누구지? 여긴 어디냐!"

경계심이 가뜩 담긴 사내의 목소리에 그녀는 롱소드를 들고 있는 붕대로 감긴 팔을 보고는 멍한 웃음을 짓다가 고개를 뒤로 돌렸다.

"저는 베티고요, 여긴 우리 집이에요. 그리고 자꾸 움직이면 상처가 심해져요."

악의라고는 조금도 느껴지지 않는 베티의 태도에 그녀를 붙잡고 위협 중이던 톰 소여는 다리를 절뚝거리며 천천히 물러섰다.

속옷 한 장만을 걸친 채 온몸에 붕대와 부목을 댄 모습의 그는 들고 있던 롱소드를 겨눈 채 아직도 경계심이 사그라지지 않은 모습으로 베티를 바라보았다.

새하얀 백발과 어울리는 하얀 피부, 앵두처럼 새빨간 입술에 천진난만한 미소를 지은 채 호기심 가득 찬 두 눈으로 자신을 바라보는 베티의 모습에 톰은 들고 있던 롱소드를 거두며 고개를 숙였다.

"죄송합니다. 목숨을 구해준 은인에게 실례를 범했습니다. 제가 지금 쫓기고 있는 몸이라서……."

쫓기고 있다는 톰의 말에 베티의 눈이 동그래졌다.

"아저씨 나쁜 사람이에요?"

그녀의 말에 톰은 깜짝 놀라 고개를 저으며 손을 휘저었다.

"아, 아닙니다. 전 결코 나쁜 사람이 아닙니다."

"헤에, 그럼 나쁜 사람들이 쫓는 거구나. 혹시 아저씨를 쫓는 게 검은 로브를 뒤집어쓴 음침한 아저씨예요?"

베티의 말에 톰의 얼굴이 굳어졌다.

"그자를 어디서 본 겁니까?"

그의 물음에 그녀는 까르르 웃더니 말했다.

"아저씨, 진짜 이상해. 말 놓아도 되는데."

"그, 그런가?"

"네. 그리고 그 검은 로브의 아저씨는 산 아래 마을에서 막 어슬렁거리고 있었어요."

그녀의 말에 톰은 굳은 표정으로 생각에 잠겼다. 아무래도 암흑교단 놈들이 자신이 살아 있을지도 모른다 생각하고 근처를 뒤지고 있는 모양이었다.

생각에 잠겨 있던 그는 자신을 빤히 바라보는 베티의 모습에 겸연쩍은 미소를 지었다.

"그러고 보니 내 소개가 늦었네. 나는 톰 소여, 트라니아 왕실을 위해 일하고 있지."

그의 말에 베티는 배시시 웃음을 지었다.

"나는 베티고요, 나이는 스물여섯 살이에요. 할머니랑 살고 있었는데 지금은 없어요.”

나이에 맞지 않는 행동이나 말하는 것으로 보아 베티라는 저 여인은 어딘가 한구석이 모자란 듯했다.

'가엾군……. 하지만 잘된 일이야. 놈들도 이런 곳까지는 찾지 않을 테니, 한동안 여기에 머물면서 몸을 추슬러야겠어.'

톰은 간절한 눈으로 베티에게 말했다.

“아무래도 그 나쁜 아저씨들이 나를 잡으려고 하는 것 같으니, 여기서 한동안 머물러도 될까?”

그의 물음에 베티는 우웅 하며 잠시 생각하는 듯하더니 환한 웃음을 지으며 고개를 끄덕였다.

“네!”

“고마워. 아참, 아무한테도 나에 대한 이야기를 하면 안 돼! 절대로.”

톰의 말에 베티는 의아한 표정으로 고개를 갸웃거렸다.

“왜요?”

“그 나쁜 아저씨들이 알게 되면 나를 죽일지도 모르거든.”

톰의 말에 베티는 새하얘진 얼굴로 연신 고개를 끄덕였다. 그 모습에 톰은 정신에 문제가 있는 가여운 여인을 이용한다는 생각이 들어 순간 미안해졌지만 자신이 짊어지고 있는 의무감에 마음을 단단히 먹었다.

“아저씨, 배고프죠? 내가 금방 먹을 거 만들어줄게요. 베티, 음식 만드는 거 잘해요!"

　베티의 천진난만한 말에 톰은 자신도 모르게 미소를 떠올렸다. 잠시 후, 긴장이 풀리며 천근만근 무거워지는 눈꺼풀을 이기지 못하고 톰은 바닥에 쓰러져 다시 깊은 잠에 빠져 들었다.

　톰이 바닥에 쓰러져 잠이 들어버리자 베티는 뚱한 표정을 짓고는 낑낑거리며 그를 다시 침대에 눕혔다.

　"피이~ 베티가 저녁 만들어준다고 했는데 그것도 안 먹고……."

　침대에 누워 새근새근 잠이 든 톰을 바라보던 베티는 곧 환한 웃음을 지으며 톰의 옆에 누웠다.

　"그럼 나도 자야지~."

　톰의 옆에 누운 그녀는 참으로 오랜만에 누군가의 체취를 느끼며 편안하게 잠에 빠져 들었다.

　다음날, 잠에서 깨어난 톰은 자신을 끌어안은 채 고이 잠들어 있는 베티를 발견하고는 당황해서 어쩔 줄을 몰라 했다. 잠시 동안 허둥대던 톰은 조심스레 베티의 손을 풀고는 침대에서 일어났다.

　부러진 뼈들과 상처 때문에 단지 몸을 일으키는 것만으로도 온몸이 으스러질 듯 고통스러웠지만, 톰은 입술을 깨물며 침대에서 내려오는 데에 성공했다.

　침대에서 가까운 곳에 있는 의자에 앉은 그는 책상 위에 곱게 접어져 놓인 자신의 옷가지와 소지품들을 살피더니 그 중에서 무두질한 가죽으로 감싼 무언가를 들어서 풀었다.

그것은 작은 책이었다. 무두질한 가죽으로 단단히 감싸고 있었기 때문인지 물에 빠졌음에도 불구하고 책은 무사해 보였다.

톰은 책을 펼쳐 들고는 책상 위에 놓여 있던 펜을 들어 무언가를 기록하기 시작했다.

한참이나 기록하는 것에 열중하고 있던 그는 뒤에서 부스럭거리는 소리가 나자 급히 책을 덮고는 다시 무두질한 가죽으로 단단히 감쌌다.

"우웅, 일어났어요?"

어느새 잠에서 깨어났는지 베티가 눈을 비비며 그를 바라보고 있었다. 톰은 웃음을 지으며 고개를 끄덕였다.

"그래. 그런데 다음부터는 담요를 주겠니? 내가 침대 밑에서 잘 테니 말이다."

그의 말에 베티는 잘 이해가 되질 않는다는 듯 고개를 갸웃거렸다.

"왜요?"

그녀의 반문에 톰은 순간 당황해서 무어라고 대답해야 할지 몰랐다. 아무것도 모르는 저 여인에게 남녀 간의 문제를 어떻게 설명해야 한단 말인가?

"그러니까 말이지. 어른들은 사랑하는 사이가 아니면 남자와 여자가 한 침대에서 자면 안 돼.”

톰의 말에 의자 옆에 쪼그려 앉아 그를 올려보던 베티는 더 더욱 알 수 없다는 듯 손가락을 입가에 가져가며 물었다.

“어, 이상하다? 테리 아저씨는 나랑 같이 자자고 하던데.”

그녀의 말에 톰의 얼굴은 차갑게 굳어졌다.

“뭐?”

“그런데 테리 아저씨는 이상하게 같이 잘 때마다 옷을 벗자고 해요. 그러고는 막 아프게 해요.”

베티의 말에 톰은 얼굴조차 본 적이 없는 테리라는 사내에 대해 분노를 느끼며 이를 갈았다.

그 테리라는 작자는 산 속 외떨어진 곳에 혼자서 생활하는 베티를 이곳에 올 때마다 범했음이 분명했다.

그 추악한 자에게 당하면서도 아무것도 모르고 아파했을 베티의 모습이 떠오르자 톰은 그녀에 대한 연민을 느끼며 머리를 쓰다듬었다.

“헤헤.”

아무것도 모르는 베티는 톰이 머리를 쓰다듬어 주자 기분이 좋은 듯 웃음을 흘렸다.

“다음부터 또 그런 사람이 오면 말해줘. 내가 혼내줄 테니까.”

“그럼 그 아저씨도 나쁜 사람인 거예요?”

“그래, 그것도 아주 나쁜…….”

톰이 씁쓸한 표정으로 말하자 베티는 천진난만한 웃음을 지으며 '응!' 이라고 대답했다.

베티는 슬픈 표정으로 자신을 바라보는 톰을 이해할 수 없다는 듯 바라보다가 웃으며 일어났다.

"맞다! 아침 식사! 어제 베티가 맛있는 거 해준다고 그랬는데 아저씨는 그냥 잠들어 버리고……. 피이!"

어제 저녁의 일이 생각난 듯 토라진 얼굴로 볼을 부풀리는 베티의 모습에 톰은 자신도 모르게 웃음을 터뜨리며 말했다.

"하하하, 미안. 그럼 맛있는 거 해줄래?"

"네에!"

톰의 부탁에 베티는 신이 난 모습으로 부엌으로 달려가 냄비에 담겨 있는 스프를 데우기 시작했다. 스프가 데워지는 동안 그녀는 콧노래를 흥얼거리며 묻지도 않은 이야기를 늘어놓기 시작했다.

"우리 할머니는 진짜 진짜 대단해요. 막 이것저것 섞어서 상처 난 데에 붙이면 금방 낫고 뼈가 부러져서 아픈 것도 낫게 해요. 그런데 지금은 없어요."

아무래도 그녀를 키워온 할머니는 치료사였던 모양이다. 그녀의 할머니는 자신이 죽고 난 뒤 홀로 남을 베티를 위해 이것저것 될 수 있는 대로 많이 가르쳤을 테고, 의료술도 어느 정도 배웠기에 자신을 치료할 수도 있었을 것이다.

의자에 앉아 있던 톰은 삐걱거리는 몸을 간신히 일으켜 침대에 누이고 스프를 기다리며 베티의 이야기를 듣고 있었다.

그녀의 부모는 그녀가 어릴 때 죽고 치료사인 할머니가 키웠는데, 몇 해 전에 할머니마저 죽자 집 옆의 텃밭에서 키운 약초나 채소를 팔아 근근이 살아가는 듯했다.

이야기가 거의 끝날 때쯤 스프가 보글보글 끓었고 베티는 어제 사온 햄과 빵을 잘라 스프와 함께 가져왔다.

톰은 벽에 등을 기댄 채 침대에서 식사를 했고 베티는 의자에 앉아 그를 마주보며 식사를 했다. 베티는 쉴 새 없이 말을 했는데, 오랫동안 혼자 지내다가 대화를 할 상대가 생긴 것이 즐거운 듯했다.

식사를 다 마치자 베티는 집 옆의 텃밭에 일을 하러 나갔다. 집 안에 혼자 남은 톰은 침대에 누워 잠을 청했다. 한시라도 빨리 몸을 추스르려면 무리하게 움직이기보다 휴식을 취하며 기다리는 것이 좋다는 생각에서였다.

톰이 베티의 오두막에서 깨어난 지 사흘이 지났다.

처음에는 '잠시 베티를 이용하는 것뿐이다' 라고 자신에게 말하며 정을 주지 않으려 했지만 톰은 점차 그녀에 대해 알아가는 동안 자신도 모르게 베티에 대한 연민이 생기게 되었다.

그리고 시간이 갈수록 베티의 천진난만한 모습에 그녀에 대한 연민의 감정이 조금씩 바뀌어가고 있었다. 톰은 베티라는 동생이 생긴 거라 여겼다. 그래서인지 그는 이곳에 온 사흘 동안 문뜩 웃는 일이 잦아졌다고 생각했다.

침대에 누워 요양을 하는 동안 톰의 몸 상태는 많이 나아졌다. 아직까지는 격하게 움직일 수 없었지만 어느 정도는 행동을 자유롭게 할 수 있었다.

톰은 집 안에서 지내는 동안 베티와 많은 시간을 보냈고, 그동안 두 사람은 점점 더 가까워져 갔다.

그리고 8일째 되던 날. 베티는 다 떨어진 식료품을 사오기 위해 산 아래의 마을로 내려갔다.

"흥~ 흥~ 흥~."

콧노래를 부르며 마을로 들어선 베티는 제일 먼저 빵을 사기 위해 빵집으로 들어섰다.

"어서 오세……. 아, 베티구나?"

"헤헤. 레베카 아주머니, 안녕하세요?"

문을 열며 들어서는 베티를 보고 레베카라는 빵집 주인은 웃음을 지으며 그녀를 맞이하다가 왠지 평소 때보다 들떠 있는 듯한 베티의 모습에 의아해하며 물었다.

"요즘 무슨 좋은 일이라도 있니? 혹시 좋아하는 사람이라도 생긴 거니?"

레베카의 물음에 베티는 얼굴을 불그스름하게 붉히며 몸을 배배 꼬았다.

"그게 아니고요오~ 우리 집에…… 앗!"

레베카의 물음에 자신도 모르게 톰의 이야기를 꺼내려던

베티는 절대로 자신의 이야기를 남에게 해선 안 된다던 그의 말을 기억해 내고는 급히 입을 가렸다.

"얘가 왜 말을 하다 마니?"

베티가 갑자기 입을 다물자 레베카는 궁금해졌다. 그녀의 물음에 베티는 아무 말 없이 헤헤 실없는 웃음만 흘렸다.

그런 베티의 모습을 바라보던 레베카의 두 눈에는 이내 측은함이 떠올랐다. 아무래도 저 불쌍한 아이가 누구를 좋아하게 되었나보다.

'어휴, 불쌍한 것. 예쁘고 착하지만 정신에 문제가 있으니…… . 저 아이가 상처나 받지 않아야 될 텐데.'

레베카는 베티가 좋아하는 남자가 정신에 문제가 있는 베티에게 상처나 주지 않을까 걱정이었다. 그런 그녀의 걱정을 아는지 모르는지 베티는 진열대에 놓인 먹음직스러운 빵들을 이리저리 고르고 있었다.

베티가 늘 사가던 것보다 많은 빵을 계산대 위에 올려놓자 레베카는 잠시 의아해했지만 곧 베티가 가져온 바구니에 빵을 담아주었다.

계산을 마친 베티가 빵집의 문을 나서려는 순간, 검은 로브의 사내가 문을 열며 들어왔다. 검은 로브를 입은 사내의 모습에 베티는 겁먹은 표정으로 그를 바라보다가 급히 문을 열고 빵집을 뛰쳐나갔다.

자신을 보고 놀라서 뛰어나간 베티를 잠시 바라보던 사내는 진열대 위에 놓인 빵 하나를 집어 들고는 레베카에게 다가갔다.

"저 여자는 누구요? 처음 보는 얼굴인 것 같은데."

레베카는 얼마 전부터 마을에 나타나기 시작한 시꺼먼 로브의 사내들이 통 마음에 들지 않았다. 무슨 의도를 가지고 마을에 나타난 것인지 알 수 없는 그 사내들은 어떤 사내 하나를 찾고 있었다.

누군가는 그들이 불법 노예상으로 도망친 노예를 찾고 있는 중이라고 말했다.

그 덕에 자연히 사내를 대하는 레베카의 태도는 부드러울 리 없었다. 그녀는 심드렁한 태도로 대꾸했다.

"저 산 위에서 살고 있는 아이죠. 가끔 먹을 것을 사러 내려오긴 합니다만…… 혹시라도 해코지 할 생각은 말아요."

레베카의 경계심 가득한 목소리에 사내는 입술을 비죽거리며 값을 치르고는 빵집을 나섰다. 그 여자는 이미 모습이 보이지 않았다.

이내 베티에 대한 신경을 꺼버린 그는 빵을 거칠게 베어 물며 중얼거렸다.

"젠장, 그 정보요원이라는 놈의 시체만 확인하면 돌아가서 편히 쉴 수 있을 텐데."

그는 이런 구질구질한 시골 마을에 머물러야 한다는 것에 불만이 많았다. 그 높은 절벽에서 물살 거친 계곡으로 떨어진 이상 놈은 살아남지 못했을 텐데, 굳이 시체까지 확인해야 한다는 것이 마음에 들지 않는 것이다.

"에이, 젠장."

하지만 상관의 지시니 어쩔 수 없이 그 정보요원의 시체라도 가지고 돌아가야만 했다.

계곡 하류에 대한 수색은 구울들에게 맡겼으니 조만간 구울들이 시체를 가지고 돌아올 터였다. 그러니 자신은 수색을 하는 척 하면서 시간만 때우면 되는 것이다.

책상에 앉아 책에 무언가 기록을 하고 있던 톰은 장을 보러 내려갔던 베티가 놀란 표정으로 들어와 급히 문을 닫고 주변을 두리번거리자 책을 덮고 자리에서 일어나며 물었다.

"왜 그래, 베티? 무슨 일 있어?"

걱정스런 표정으로 물어오는 톰의 말에 베티는 그의 품에 와락 안겨들며 떨리는 목소리로 말했다.

"아저씨를 찾고 있는 나쁜 아저씨들을 마을에서 봤어요."

그녀의 말에 톰은 어두운 표정을 지으며 베티의 등을 쓰다듬었다. 아무래도 그들이 아직도 자신을 찾는 것을 포기하지 않은 듯했다.

톰을 쫓는 사람들의 모습에 놀라 장보는 것도 잊고 급히 돌아온 듯 그녀의 바구니에는 빵만이 담겨 있었다.

"그래, 한동안은 마을에 내려가지 않는 게 좋겠다. 그런데 말이야……."

톰이 말꼬리를 흐리자 그의 품에 안겨 있던 베티가 그를 올려다보았다. 그는 며칠 전부터 벼르던 말을 했다.

"그…… 아저씨라고 부르는 거 말이야. 그냥 톰이라고 부르면 안 될까?"

그의 말에 베티는 의아하다는 표정으로 고개를 갸웃하며 말했다.

"어째서요? 아저씨는 아저씨잖아요."

어린아이처럼 순수한 눈으로 묻는 그녀의 물음에 톰은 어떻게 설명해야 될지 난감한 표정으로 말했다.

"음, 그러니까 말이야. 나랑 너는 5살 차이밖에 나지 않는데 아저씨라고 부르는 건 좀 이상하지 않을까?"

베티는 선뜻 이해가 되지 않았지만 아저씨의 말이었기에 그러려니 하고는 고개를 끄덕였다.

"그러면 뭐라고 불러요?"

"그, 그냥 톰이라고 불러."

반짝이는 눈빛으로 자신을 바라보는 베티의 물음에 톰은 얼굴을 살짝 붉히고 더듬거리며 말했다. 베티는 잠시 생각하더니 곧 환한 웃음을 지으며 고개를 끄덕였다.

"알았어요, 톰!"

환한 미소를 지으며 자신의 이름을 부르는 베티의 모습에 톰은 자신도 모르게 말을 내뱉었다.

“베티, 나랑 같이 트리안으로 가지 않을래?”

톰의 제안에 베티는 손가락을 빨며 고민에 잠겼다.

“우웅, 트리안은 여왕님이 계신 곳이죠? 거기까지 가려면 다섯 밤도 더 자야 한다던데……. 그런데 거기는 왜 가요?”

떠나자는 말에 불안한 표정으로 자신을 바라보는 베티의 모습에 톰은 쓴웃음을 지으며 고개를 저었다. 26년 동안이나 이곳에서 살아온 그녀가 트리안으로 떠나는 것은 힘든 일임이 분명했다.

“아냐, 그냥 해본 말이야.”

쓸쓸한 웃음을 짓는 톰의 얼굴에서 무언가를 눈치 챘는지 베티는 톰의 허리를 꽉 붙잡으며 말했다.

“톰, 나 혼자만 두고 먼 데로 가는 거 아니죠?”

톰의 몸은 이제 거의 다 나은 상태였다. 아직 부러진 뼈들이 다 붙지는 않았지만 움직이는 것에는 무리가 없었기에 슬슬 트리안으로 돌아가려는 생각을 하던 참이었다.

불안한 눈빛으로 자신에게 물음을 던지는 베티의 모습에 톰은 무의식적으로 그녀의 입술에 입술을 맞추며 대답했다.

“응.”

지킬 수 없는 약속을 하는 순간, 톰은 깨달았다. 자신이 이미 눈앞의 여인을 사랑하고 있음을.

“떠나지 마요. 계속 같이 있고 싶어요…….”

베티를 끌어안은 손에 힘이 들어갔다.

산 아래 마을에서 한참 떨어진 계곡의 하류. 계곡가의 바위 위에 올라서 있던 검은 로브의 남자는 손에 들린 넝마 조각을 내려다보며 인상을 찡그렸다.

"허허, 일주일이 넘도록 주변을 수색했는데도 건진 것은 이 천 쪼가리 하나뿐이라니!"

열 구가 넘는 구울들을 이끌고서 며칠이나 계곡 주변을 샅샅이 뒤졌음에도 겨우 정보국 요원이 걸치고 있던 로브 조각만을 발견한 사내는 얼굴을 잔뜩 일그러뜨리며 소리쳤다.

그의 화난 외침에 주변 숲에서 잠들어 있던 새들이 하늘로 날아올랐고, 그를 지키듯 둘러싸고 있던 구울들도 그 외침에 몸이 움찔거리는 듯했다.

"놈이 분명 살아있음이야……."

그렇게 중얼거린 그는 자신의 부하에게 수색을 명한 이 근방에 하나뿐인 마을이 있는 곳으로 고개를 돌리며 중얼거렸다.

"그래, 누군가 놈을 구해준 것이 틀림없어. 그렇지 않고서야 어찌 흔적 하나 발견할 수 없단 말인가."

그는 천천히 마을이 있는 곳을 향해 걸음을 옮기기 시작했다.

바람에 펄럭이는 그의 검은 로브 뒤로 구울들이 느릿느릿 걸음을 옮기며 뒤따랐다.

톰과 베티의 사랑이 맺어지는 순간, 통나무집 위로 검은 먹구름이 몰려들고 있었다.

다음날 새벽.

알몸인 채로 옆에 누워 있는 베티를 보며 일어난 톰은 그녀의 얼굴로 흘러내린 머리카락들을 쓸어 올렸다.

톰의 손길을 느꼈는지 베티가 부스스 눈을 뜨더니 톰을 바라보며 행복한 웃음을 짓고는 그를 껴안았다.

"일어났어요, 톰?"

껴안은 손에 힘을 주는 베티에게 톰은 고개를 끄덕이고는 피곤해 보이는 베티의 이마에 입을 맞추며 물었다.

"아프진 않았어?"

그의 조심스러운 물음에 베티는 환하게 웃으며 고개를 끄덕였다.

"응! 테리 아저씨는 아팠는데, 톰은 아니었어요! 기뻤어요!"

그녀의 웃음기 가득한 대답에 톰은 이곳을 떠나기 전에 그 테리라는 자를 손봐줘야겠다는 생각을 하면서 그녀의 머리를 쓰다듬었다.

"앞으로는 널 아프게 하는 사람들은 내가 다 혼내줄게."

톰은 자신의 입에서 흘러나온 유치한 말에 깜짝 놀랐다. 사랑하면 닮는다고, 어느새 자신이 베티를 닮아가고 있는 모양이었다.

그의 말에 베티는 톰의 품에 꼭 안겼다. 톰은 자신의 심장 위로 느껴지는 따스한 숨결에 맹세했다. 무슨 일이 있어도 베티를 지키겠다고.

아침 식사를 하던 톰은 문뜩 베티가 어제 보았다던 검은 로브의 사내가 생각나 말했다.

"베티, 오늘은 마을에 내려가 볼게."

톰의 말에 베티는 빵을 입에 문 채 불안한 눈동자로 그를 바라보았다.

"하지만 그 나쁜 아저씨들이 잡아가면 어떻게 해요?"

진심을 담아 물어오는 베티의 걱정스러운 목소리에 톰은 걱정하지 말라는 듯 크게 웃으며 대답했다.

"하하, 괜찮아. 안 들키게 몰래 다녀올게."

톰의 자신감 넘치는 목소리에도 불구하고 베티의 눈에 깃든 불안감은 가실 줄 몰랐다. 그런 그녀를 안심시키기 위해 톰은 말을 덧붙였다.

"말했잖아. 널 떠나지 않겠다고. 반드시 돌아올게."

그렇게까지 말하고 나서야 베티의 얼굴은 그나마 밝아졌다. 베티를 안심시키고 난 톰은 아침 식사를 마치고 집을 나섰다.

아직은 절뚝거리는 걸음으로 마을 어귀로 내려간 톰은 눈에 띄지 않게 억지로 평범한 사람들의 걸음걸이를 흉내냈다.

그리고 아침 식사를 마친 마을 사람들이 나오기 시작하는 거리로 섞여 들어갔다.

그는 자신을 뒤쫓는 암흑교단의 사람일 것이 분명한 검은 로브의 사내의 모습을 찾아 이리저리 돌아다녔다.

30분쯤 돌아다녔을까.

검은 로브를 뒤집어쓴 사내를 발견한 톰은 급히 근처의 건물 모퉁이에 숨어 사내를 지켜보았다.

검은 로브의 사내는 주변을 몇 번 두리번거리더니 어느 여관으로 들어갔다.

검은 로브의 사내가 여관으로 들어서자 멀리서 지켜보고 있던 톰은 침을 꿀꺽 삼키며 몰래 여관 안으로 잠입했다.

뒷문을 통해 몰래 들어간 톰은 검은 로브의 사내가 방으로 들어간 것을 확인하고는 문 옆에 서서 자그마하게 새어 나오는 소리에 귀를 기울였다.

퍽!

"크윽!"

문 안쪽에서 둔탁한 소리와 함께 신음 소리가 나더니 중년인으로 짐작되는 자의 호통이 들렸다.

"일주일이 넘었건만 아무런 소득도 없단 말이냐!"

사내의 호통에 젊은 사내는 맞은 부위를 손으로 문지르며 말했다.

"하지만 사제님, 그놈이 살아 있을 리가 없지 않습니까? 그 험한 계곡물에 휩쓸린 이상…… 컥!"

변명을 늘어놓던 젊은 수련사제는 상관인 중년 사내의 발길질에 다시 한 번 채여 바닥을 뒹굴었다.

"시체라도 찾아내야 할 것 아니냐! 그놈이 목격한 것이 알려지면 무슨 일이 일어날지 모르는 게냐!"

사제의 성난 일갈에 수련사제는 고개를 숙이며 자그마한 목소리로 말했다.

"하지만 계곡 하류에서도 찾지 못했고…… 이 근방에서 마을이라고는 이곳 하나뿐인데도 여기서도 찾지 못했지…… 아!"

변명을 늘어놓는 수련사제를 한심하다는 듯이 쳐다보던 중년인은 그가 말을 멈추고 탄성을 지르자 의아한 눈으로 바라보았다.

"그러고 보니 산 중턱에 어떤 여자가 살고 있다는 말을 들었습니다. 거기는 찾아보지 못한 것 같습니다."

사제의 말에 사내는 턱밑을 긁으며 잠시 생각하더니 고개를 끄덕였다.

"그럼 오늘 저녁에 한 번 가보도록 하지. 거기에도 없다면……."

그는 말꼬리를 흐리고는 어두운 로브 아래로 눈동자를 빛내며 말을 이었다.

"그래. 놈은 이 마을 사람들 틈에 숨어 있을지도 몰라. 그러니 다 죽여 없애 버리면 되겠군."

미치광이와도 같은 그의 말에 방문 옆에서 새어 나오는 소리를 조심스레 듣고 있던 톰의 얼굴은 잔뜩 일그러졌다. 암흑교단에 잠입했을 때 저 사제를 보았을 때도 느낀 것이지만, 저놈은 확실히 미쳤다.

그리고 방 안에서 그의 목소리가 또 다시 새어 나왔다.

"그래. 그 산 위에 산다는 여자의 집에 가는 김에 거기부터 시작하도록 하지."

그의 말이 끝나기도 전에 톰은 부상을 입은 몸임에도 불구하고 쏜살같이 여관을 빠져나가고 있었다. 마을을 벗어나 베티가 있을 통나무집으로 달려가는 그의 머릿속에는 한 가지 생각만이 떠오르고 있었다.

'베티, 베티에게 가야해. 안 그러면 그녀가……'

식은땀이 가득 흐르는 얼굴로 날아가듯 산길을 뛰어올라간 그는 오두막의 문을 벌컥 열었다.

"베티!"

땀이 줄줄 흐르는 잔뜩 일그러진 얼굴로 나타난 톰을 막 점심 식사 준비를 하고 있던 베티가 웃으며 맞이했다.

"톰! 점심 먹어요. 내가 맛있게……"

톰을 맞이하던 베티는 갑자기 자신의 손을 붙잡고 이끄는 그의 억센 손에 의해 말을 멈췄다.

"왜, 왜 그래요?"

낯선 그의 행동에 깜짝 놀란 베티가 톰의 손을 떨쳐 내려 하자 그가 버럭 소리쳤다.

"빨리 여길 떠나야 해!"

그의 외침에 한쪽 손을 잡힌 채로 깜짝 놀란 베티는 그 커다란 눈망울에 눈물이 그렁그렁 고였다.

"떠, 떠나지 않기로 했잖아요……."

눈물을 흘리는 베티의 모습에 톰은 그녀의 손목을 쥐고 있던 손에서 힘을 뺐다.

"미, 미안해. 하지만 곧 그 검은 로브의 사람들이 올 거라고."

톰의 말에 손목을 주무르고 있던 베티의 얼굴에 검은 그림자가 몰려들었다.

"그, 그럼 어디로 가요?"

평생을 살아온 곳에서 떠나가야 한다는 불안감이 가득 배인 그녀의 목소리에 톰은 베티의 손을 맞잡으며 나직한 목소리로 말했다.

"트리안으로 가자. 그곳이라면 지금처럼 불안해하지 않아도 되고 내가 널 지켜줄 수 있어."

톰의 진지한 목소리에 베티는 자신의 손을 맞잡은 그의 손을 내려다보다가 손에 힘을 주며 고개를 끄덕였다.

"응."

드디어 베티가 결정을 내리자 톰은 그녀를 꼭 끌어안았다.

곧 두 사람은 짐을 챙기기 시작했다.

베티가 자신의 옷 몇 벌을 챙기는 동안 몇 안 되는 자신의 짐을 챙기던 톰에게 책상 위에 올려두었던 기록일지가 눈에 들어왔다.

두꺼운 종이로 덧댄 기록일지를 내려다보던 그는 책상에 앉아 그곳에 무언가를 써내려가기 시작했다.

베티가 짐을 다 챙기고 떠날 준비를 마치자 톰도 기록을 마치고 이전처럼 무두질한 가죽으로 겉을 정성스레 감쌌다.

그리고 그것을 베티에게 건넸다.

베티는 갑작스레 자신에게 건네진 그것을 의아하게 바라보다가 고개를 갸웃거렸다.

"이건 톰의 물건이잖아요?"

의아해하는 베티의 손에 기록일지를 억지로 쥐어준 톰은 억지 미소를 지으며 대답했다.

"이건 굉장히 중요한 책이야. 내가 가지고 있다가 잃어버리면 안 되니까 맡아줄래?"

톰의 얼굴에서 무언가 좋지 않은 예감을 느낀 것인지 베티는 불안한 얼굴로 주저했다. 그런 그녀에게 톰은 품에서 무언가를 꺼내어 건넸다.

"그리고 혹시라도 내게 안 좋은 일이 생기게 되면 트리안에 있는 루도스 거리 75번지로 가서 이 메달과 책을 보여줘.
그러면……."

계속해서 이어지는 톰의 불길한 이야기에 견디지 못한 베티가 소리를 지르며 칭얼거렸다.

"시, 싫어요. 그런 이야기는 베티 싫어."

"베티!"

베티가 도리질을 치며 귀를 막자 톰은 그녀의 어깨를 붙잡으며 말했다.

"부탁이야. 나뿐만 아니라 수많은 사람들의 목숨이 달려 있어. 그러니까 제발……."

굳은 표정으로 자신의 눈을 정면으로 바라보며 나직한 목소리로 말하는 톰의 모습에 베티는 아무 말도 하지 못하고 커다란 눈망울에 눈물 한 방울을 덩그러니 매달았다.

잠시 후 그녀는 그가 건넨 가죽으로 감싼 책과 청동으로 만들어진 손바닥만 한 메달을 받아 들었다.

베티가 두 물건을 받아 들자 톰은 웃음을 지으며 그녀의 새하얀 머리를 쓰다듬어 주었다.

"걱정하지 마. 별다른 일은 없을 거야."

그의 말에 베티는 웃으며 자신을 바라보고 있는 톰을 보고 고개를 끄덕였다.

베티를 진정시킨 톰은 그녀의 손을 붙잡고 집을 나섰다. 그리고는 산길을 따라 내려갔다.

한참을 내려가는 도중, 그의 눈에 저 멀리서 올라오고 있는 푸르스름한 무언가가 눈에 띄었다.

'제길……'

한참이나 떨어져 있었지만 쫓기는 동안 지긋지긋하게 보아왔던 것이기에 톰은 한눈에 그것의 정체를 알아낼 수 있었다.

구울이었다.

바람이 역방향으로 불어오는 덕에 아직 그쪽에선 눈치 채지 못한 듯했지만, 발견되는 것은 시간 문제였다.

'제길, 구울들을 먼저 보낼 수도 있다는 걸 깜빡했어!'

그는 절망적인 상황에 얼굴을 일그러뜨렸다. 자신 혼자뿐이라면 모를까, 옆에는 베티까지 있는 상황이었다.

톰은 아무렇지도 않은 얼굴로 베티를 돌아보며 말했다.

"아참, 베티. 그러고 보니 집에 중요한 걸 두고 왔네. 정말 중요한 물건이니 좀 가져다주겠어?"

뜬금없는 그의 말에 베티는 눈을 동그랗게 뜨며 반문했다.

"중요한 물건이요? 어떤 건데요?"

"응. 검은 가시나무의 문장이 새겨진 상잔데, 내가 책상 근처에 뒀거든. 그거 없이는 갈 수 없으니까 좀 찾아와 주겠어?"

지금까지 한 번도 본적 없는 물건이기에 의아했지만, 베티는 고개를 끄덕이며 순순히 산길을 올라갔다. 집으로 올라가려는 베티의 등 뒤로 톰이 말했다.

"정말 중요한 거니까 찾기 전에는 절대 나와선 안 돼! 알겠지?"

조금은 이해하기 힘든 부탁이었지만 베티는 '네에' 라고 대답하며 올라갔다. 있을 리 없는 물건을 찾아와 달라고 부탁한 톰은 멀어져 가는 베티의 뒷모습을 멍하니 바라보았다.

베티의 모습이 눈에 보이지 않게 되자 톰은 일그러진 얼굴로 허리춤에 비껴 차고 있던 롱소드를 뽑아 들었다.

이가 다 빠져 고물처럼 되어버린 자신의 롱소드를 내려다보던 그는 쓴웃음을 지으며 산길을 내려가기 시작했다. 구울들도 내려오는 그를 발견했는지 괴성을 지르며 뛰어올라 오고 있었다.

"와라!"

톰은 정말 지금까지 살아오며 여태껏 겪어보지 못한 처절한 싸움을 시작했다.

앞장서서 달려오는 구울의 머리통을 날리고, 어느새 옆으로 다가와 옆구리에 깊은 손톱자국을 남기는 구울에게 고통을 참으며 반격했다.

그는 뛰어난 정보요원이었지만 뛰어난 기사는 아니었다. 나무를 등진 채 두세 마리의 구울을 상대하는 동안 그의 몸에는 깊고 얕은 상처가 여러 개 생겨났다.

그가 거친 숨을 내쉬며 롱소드를 뻗은 채 경계하는 동안 구

울들은 그가 도망치지 못하게 포위한 채 누군가를 기다리고
있었다.

구울을 조종하는 자가 직접 오고 있다는 것을 어느 정도 짐
작한 톰의 얼굴에 어두운 그림자가 내려앉았다.

어느새 하늘에 먹구름이 끼었는지 나무 그늘 사이로 내려
오던 햇빛마저 사라졌다.

"큭큭, 쥐새끼 같은 놈. 감히 이 몸이 여기까지 오는 수고
를 하게 만들다니."

귓가에 들려오는 목소리에 톰의 얼굴에는 체념의 빛이 떠
올랐다가 사라졌다. 가장 우려했던 인물까지 나타난 이상 빠
져나갈 길은 없다고 생각했다.

하지만 쉽게 당해 줄 수는 없었다.

"더러운 암흑교단의 사제 놈들이 친히 예까지 오셨군."

입가에 비웃음을 가득 띤 채 이죽거리는 톰의 말에 막 구울
들 틈에서 걸어 나오던 두 명의 검은 로브의 사내들 중 중년
사내의 눈가가 꿈틀거렸다.

"올려 보낸 구울들에게서 신호가 오기에 올라왔더니, 쥐새
끼가 마지막 발악을 하고 있었군. 하지만 네놈의 그 이죽거림
도 이제 끝일 게다."

여유로운 웃음을 짓던 그는 갑자기 지팡이 끝을 들어 올리
더니 톰에게 겨누었다. 그러자 지팡이 끝에 난 작은 구멍에서
튀어나온 무언가가 빠른 속도로 톰에게 쇄도했다.

톰은 자신에게 날아오는 무언가를 검을 들어 막았지만 오랜 싸움으로 여기저기 금이 가 있던 롱소드는 충격을 이기지 못하고 산산이 깨져 버렸다.

"컥!"

가슴으로 파고드는 차가운 금속의 느낌에 톰은 두 눈을 부릅떴다. 그리고 그의 몸은 천천히 바닥으로 쓰러지기 시작했다.

쿵.

바닥에 쓰러진 채 여기저기 흩어져 있는 검의 파편들을 멍하니 바라보던 그는 더듬더듬 중얼거렸다.

"그, 그렇구나. 끝이야……."

바닥에 쓰러진 채 어딘가를 멍하니 바라보고 있던 그의 눈동자에서 천천히…… 빛이 사라졌다.

'베티…….'

"에이 퉤! 지독한 놈 같으니라고. 억척같이 살아남아서 귀찮게 하다니."

검은 로브의 젊은 사내가 죽은 톰의 얼굴에 침을 뱉으며 발길질을 하자, 뒤에서 천천히 지팡이를 내리고 있던 사제가 불쾌한 얼굴로 일갈했다.

"뭐하는 게냐, 한심한 놈아. 어서 빨리 흔적을 지우고 떠날 채비를 해야 할 게 아니냐!"

사내의 호통에 그제야 수련사제는 허둥지둥 구울들에게

명령을 내려 죽은 구울들을 들쳐 메게 했다. 수련사제는 사제의 눈치를 힐끔힐끔 살피다가 조심스레 말했다.

"그런데 저놈의 시체는 어떻게 할까요?"

그의 물음에 중년 사제는 바닥에 쓰러진 톰의 몸을 무심히 바라보다가 뒤돌아섰다.

"그냥 내버려 둬라."

":예? 하지만 그러면……."

수련사제의 조심스러운 말에 중년 사제는 웃음을 지으며 말했다.

"허허, 트라니아 놈들이 이놈의 시체를 발견한다고 해도 무슨 일인지 어찌 알겠느냐? 어차피 놈들은 우리의 일에 대해서는 감도 못 잡고 있을 텐데, 무슨 걱정이란 말이냐?"

"그래도……."

젊은 수련사제가 그의 말에도 불구하고 우물쭈물거리며 무언가 말하려 하자, 그는 인상을 찡그리며 버럭 소리를 질렀다.

"감히 내 말에 토를 다는 것이냐!"

그 모습에 수련사제의 얼굴은 새하얘졌다. 암흑교단 내에서 윗사람에 대한 항명은 곧 죽음과 다름없는 것, 그는 즉시 고개를 조아리며 대답했다.

"아, 아닙니다. 제가 어찌 감히……."

고개를 조아린 채 벌벌 떠는 수련사제의 모습에 사제는 껄껄 웃으며 말했다.

"혹여 이놈의 시체를 트라니아 정보국 놈들이 발견한다고 해도 놈들은 닐센왕국과의 전쟁 때문에 정신이 없을 게다. 게다가…… 이 몸을 상대로 여태까지 도망쳐 온 근성있는 자다. 그러니 이 정도의 아량을 베풀어주는 것도 괜찮겠지."

이랬다가 저랬다가 하는 변덕 심한 그의 말에 수련사제는 감히 대답할 엄두도 내지 못하고 고개를 조아렸다.

"자, 우리는 돌아가도록 하자. 어서 교단으로 돌아가 푹 쉬고 싶구나."

사내가 그렇게 말하고는 걸음을 옮기자, 수련사제는 구울들을 인솔하여 그의 뒤를 따랐다.

암흑교단의 사제들과 구울들이 사라진 그 자리로 바람이 불어 진득한 피가 엉킨 톰의 머리카락을 쓰다듬었다.

바람이 흔든 머리카락 아래로 보이는 그의 얼굴은 희미하게 웃고 있었다.

몇 시간 뒤, 결국 톰이 말한 물건을 찾지 못하고 그를 찾아 내려온 베티는 아무리 찾아도 보이지 않는 톰을 찾아 이리저리 헤매다가 싸움이 일어났던 장소에 도착했다.

진득한 피 웅덩이 속에 고개를 처박은 채 쓰러져 있는 톰에게 다가온 그녀는 그의 몸을 흔들며 물었다.

"톰, 왜 이러고 있어요? 나랑 같이 트리안에 가자면서요. 왜 이러고 있는 거예요?"

베티는 멍한 표정으로 널브러져 있는 톰의 몸을 낑낑거리며 들쳐 업었다. 그리고 천천히 마을을 향해 내려가기 시작했다.

다음날 아침, 마을에서 조금 떨어진 공터에 마을 사람들이 모여 있었다.

베티는 빵집 주인인 레베카의 어깨에 기대어 사람들이 차곡차곡 장작을 쌓아가는 것을 멍하게 보고 있었다. 장작더미 위로 톰의 시신이 올라가자 그녀의 눈에서 눈물이 주르륵 흘러내렸다.

트라니아왕국의 정보국 요원이었던 톰 소여라는 사내는 그렇게 한낱 연기가 되어 하늘로 올라갔다.

*   *   *

몇 달 뒤.

레베카는 마을에 자주 들르는 상단의 사람들에게 돈을 쥐어주며 부탁하고는 베티에게 다가갔다. 톰이 죽었을 때 받은 충격으로 한동안 실어증까지 걸렸던 그녀는 언제 그랬냐는 듯 웃으며 자신의 배를 쓰다듬고 있었다.

"얘야, 홀몸도 아닌데 너무 무리하는 것 아니니?"

레베카의 걱정스런 물음에 베티는 환한 웃음을 지으며 고개를 내저었다.

"우리 아기를 위해서라도 베티는 갈 거예요."

그렇게 말하고 상단의 마차에 올라타는 베티를 레베카는
안쓰러운 눈으로 바라보았다.

몇 달 전, 베티가 낑낑대며 업고 내려온 한 남자의 시체로
인해 마을은 온통 떠들썩했다.

충격을 받았는지 아무런 말도 못하고 멍하니 있는 모습에
레베카는 베티가 업고 온 남자 시체의 정체가 전에 말했던 좋
아하는 사람이라는 걸 짐작하고는 마을 사람들을 설득해서
장례를 치러주었다.

사내의 장례식이 끝난 후에도 몇 달간 정신을 놓고 멍하니
지내던 베티는 자신이 임신을 했다는 걸 알게 되자 예전과 같
은 모습을 찾아갔다.

베티가 예전과 같은 모습을 찾게 된 것은 좋았지만 정신도
온전치 않은 아이가 임신까지 한 채로 저 먼 트리안까지 가겠
다고 하자, 베티를 어릴 때부터 보아온 레베카는 걱정스럽기
짝이 없었다.

"누가 저 애한테 해코지나 하지 말아야 할 텐데……."

그녀는 손수건으로 눈물을 닦았다. 레베카의 걱정을 뒤로
하고 베티는 배를 쓰다듬으며 환하게 웃었다.

"우리 아가, 예쁜 우리 아가. 톰의 아기……."

Chapter 7
닐센의 선전포고

아일론의
영주

"도련님!"

리오르의 서재에서 책을 읽고 있던 키히린은 로웬이 노크도 하지 않고 문을 박차며 들어오자 의아한 표정으로 바라보았다.

자신이 알기로 로웬은 비록 덜렁거리고 가벼운 성격이긴 했지만 예의는 지킬 줄 아는 사람이었기 때문이다.

키히린은 읽고 있던 책을 탁 소리 나게 덮으며 그를 바라보았다.

"무슨 일입니까?"

키히린의 말에 굳은 표정으로 달려온 로웬은 다급한 목소리로 말했다.

"그렇게 태평하게 물으실 때가 아닙니다! 빨리 영주님의 방으로 가보셔야 합니다."

평소의 여유로운 모습과는 다른 그의 모습에서 무언가 심상치 않음을 깨달은 키히린은 지체없이 자리에서 일어나 그와 함께 영주실로 달려갔다.

영주실에는 침대 위에 앉아 있는 리오르뿐만 아니라 다섯 기사와 레이든 총관까지 있었다. 그들의 시선은 모두 리오르의 손에 들린 편지로 향해 있었다.

"무슨 일입니까, 아버지?"

키히린이 의아한 얼굴로 다가가 묻자 리오르는 침통한 표정으로 말없이 손에 쥐고 있던 편지를 내밀었다.

"이건……?"

리오르가 건넨 편지에서 검은색의 촛농으로 선명하게 찍혀 있는 인장을 확인한 키히린의 얼굴은 딱딱하게 굳어졌다.

가시나무 문양이었다. 그가 알기로 대륙에서 검은색의 가시나무 문양을 사용할 수 있는 것은 오직 트라니아 왕실뿐이다.

인장을 확인한 그는 대충이나마 편지의 뜻을 짐작하고는 나직한 목소리로 말했다.

"결국은 전쟁입니까?"

키히린의 말에 리오르는 굳은 얼굴로 고개를 끄덕였다.

"지난번에 폐하께서 말씀하셨던 대로 기사 네 명과 병사 300명을 보내라고 적혀 있다. 생각보다 국경에서의 상황이 급박해진 모양이구나."

리오르의 말에 키히린은 한숨을 내쉬며 고개를 돌렸다.

침대 주위에 둘러서 있던 다른 사람들도 모두 굳은 표정이었다.

"병사들 차출에 대한 건 지난번에 이야기하신 것처럼 하실 겁니까?"

그 말에 리오르는 침울한 표정으로 고개를 끄덕이며 레이든을 바라보았다.

"이미 레이든에게 말을 해놓았다. 며칠 뒤면 차출될 병사들이 결정될 게다."

리오르는 잠시 말을 멈추고 주변에 둘러서 있는 여섯 명의 기사들을 바라보았다.

"키히린이 내 후계자로 확실한 인정을 받기 위해서는 전쟁에 나서는 수밖에 없네……. 키히린, 누구를 데려갈지 결정했느냐?"

기사들을 둘러보던 시선을 자신에게 돌리며 리오르가 묻자 키히린은 눈을 감은 채 생각에 잠겼다.

"영주님, 저도 이번 전쟁에 참가하겠습니다."

갑작스런 로웬의 말에 옆에 있던 뮤라는 당황한 눈으로 그를 바라보았다. 로웬은 굳은 얼굴로 리오르를 바라보고 있었다.

"로웬 경. 저를 많이 도와주서야 할 텐데, 괜찮으시겠습니까?"

눈을 감은 채 이야기를 듣고 있던 키히린이 천천히 눈을 뜨며 묻자 로웬은 씨익 웃으며 대답했다.

"물론이죠. 이번에 저도 공이나 좀 세우고 오죠 뭐. 하하하핫."

천연덕스럽게 웃으며 말하는 로웬의 모습에 키히린은 입가에 미소를 띠며 고개를 살짝 숙여 보였다.

"그, 그럼 저도 가겠습니다."

뮤라였다. 웃고 있던 로웬은 뮤라도 따라나선다고 하자 눈을 동그랗게 뜨며 고개를 돌려 그를 바라보았다.

"뭐? 넌 이번 전쟁에 관심없다고 하지 않았어?"

그러자 뮤라는 고개를 돌려 로웬의 시선을 피하며 말했다.

"그게…… 마음이 변했어."

그렇게 말한 뮤라는 천장을 바라보며 딴청을 피웠고, 로웬은 의아한 표정을 지었다.

"처음부터 두 분은 제가 생각해 두고 있었습니다."

"그럼 남은 한 사람도 생각해 놓았느냐?"

키히린의 말에 리오르는 고개를 끄덕이며 물었다. 리오르의 물음에 키히린은 남은 네 명의 기사들을 둘러보며 고개를 끄덕였다.

"알렌 경을 생각하고 있습니다."

키히린의 대답에 리오르는 알렌을 바라보았다. 갑자기 사람들의 시선이 자신에게 향하자 알렌은 잠시 당황하다가 고개를 끄덕이며 대답했다.

"저라도 괜찮다면, 기꺼이."

알렌의 대답에 리오르는 만족스러운 얼굴로 고개를 끄덕이며 침대 주변에 둘러서 있는 기사들과 총관을 바라보았다.

"그럼 이로써 출전할 기사들은 모두 결정된 건가?"

리오르의 말이 끝나자 키히린은 선택받지 못한 남은 세 기사들을 하나 하나 바라보며 입을 열었다.

"저희가 없는 동안…… 세 분이 아일론을 지켜주십시오. 그리고 유르스 경, 아버지를 부탁드립니다."

그의 말에 유르스는 고개를 끄덕였다. 하지만 듀렌의 얼굴에는 조금 불만이 깃들어 있는 듯했다.

"듀렌 경, 아일론에 남게 되신 것이 언짢으십니까?"

키히린의 물음에 듀렌은 잠시 주저하더니 천천히 고개를 내저으며 평소와 같은 차가운 얼굴로 대답했다.

"아닙니다."

속마음은 그럴 리 없는 그의 대답에 키히린은 웃으며 말했다.

"저희가 떠나고 나면 150여 명의 병사만이 남게 됩니다. 그들을 잘 보듬어가며 아일론을 지키는 일에 오랫동안 아버지를 모셔온 시르온 경과 듀렌 경이 제일 적합하다고 생각했기 때문입니다. 부디 오해하지 말아주셨으면 합니다.”

자신을 배려하는 키히린의 말에 듀렌은 고개를 끄덕이며 마음속에 싹을 틔우던 불만을 지웠다.

“출병일은 일주일 뒤네. 차출된 병사들에게 가족이나 연인을 만나볼 수 있게 하고, 자네들도 각자의 시간을 가지도록 하게.”

피곤한 듯 침대에 다시 몸을 누이는 리오르를 대신해서 시르온이 말하자 키히린을 비롯한 세 기사의 얼굴에 긴장이 떠올랐다.

이제 일주일 뒤면 자신들은 아일론을 떠나 전쟁터로 나서게 되는 것이다.

방 안에 있던 사람들은 한 마디의 말도 없이 뿔뿔이 흩어졌다.

오랫동안 만나러 가지 못한 가족들을 만나러 가거나, 유서를 작성하거나, 혹은 수련을 하기 위해.

일주일, 그 시간은 긴 것 같으면서도 매우 짧은 시간이었다. 일주일이라는 시간이 흐르는 동안 트라니아의 동쪽 끝, 국경지역에서는 상황이 더욱 악화되어 가고 있었다.

“으으윽. 사, 살려줘!”

넓은 신전의 홀 내부는 끔찍하기 그지없었다.

팔이나 다리가 잘리거나, 내장이 들여다보일 정도로 깊은 상처를 입은 병사들이 피로 얼룩진 신전의 대리석 바닥에 누운 채 비명을 내지르고 있었다. 부상자들 사이로 바쁘게 돌아다니는 사제들의 이마에는 굵은 땀방울이 가득 흘러내리고 있었다.

아시스 성의 인근에 위치한 달과 자비의 여신, 루온 신전은 아시스 성주 바스탄 백작의 명령으로 부상자들의 치료를 위한 치료소로 사용되고 있었다.

얼마 전부터 국경 근처의 소규모 국지전에서 발생한 부상자들의 수가 급격하게 늘어나기 시작했다. 점점 양측의 전투 횟수는 늘어나고 있었고, 그 양상은 전면전을 향해 달려가고 있었다.

상황이 악화될수록 루온 신전으로 실려오는 부상자들의 수는 늘어만 갔고, 사제들은 휴식시간도 없이 부상자들의 치료에 정신이 없었다.

"여기 붕대 더 가져와!"

검은색의 사제복을 입은, 여성치고는 꽤나 큰 키를 지닌 은발머리의 여인이 부상자의 상처를 봉합하고는 자리에서 일어나며 말하자, 근처를 지나던 수련사제가 급히 달려와 붕대를 감기 시작했다.

어린 수련사제가 붕대를 감는 동안 허리를 펴며 숨을 돌리던 은발의 사제는 아직도 끝이 보이질 않는 부상자들의 모습에 인상을 찡그렸다.

"이런 젠장, 도대체 끝이 보이질 않는군."

사제의 입에서 나온 거친 상소리에 쪼그려 앉아서 부상자의 가슴에 붕대를 감아주던 금발의 수련사제는 깜짝 놀라 그녀를 올려다보며 말했다.

"필리스 대사제님! 사람들이 듣습니다."

루온 신전의 수련사제를 뜻하는 짙은 남색의 복장을 걸친 금발 소년의 말에 필리스라고 불린 대사제는 소년을 째려보더니 버럭 소리쳤다.

"이오스! 붕대 다 감았으면 빨리 가서 치료를 마친 부상자들 옮기는 거나 도와!"

서슬 퍼런 필리스의 불호령에 이오스라 불린 소년은 급히 자리를 떴다. 필리스는 계속해서 밀려들어 오는 부상자들을 바라보며 중얼거렸다.

"신이시여……, 이 지랄을 언제까지 해야 한답니까?"

그녀의 기도에도 불구하고 부상자들은 계속해서 늘어날 것이다. 그리고 트라니아와 닐센, 양국은 각자에게 선전포고를 하고 전면전을 치를 것이다.

이미 양 국가는 전쟁을 치를 준비를 하고 있었다.

트라니아의 여왕은 율리안 세인즈 크리스토퍼 공작을 총사령관으로 임명하고 귀족들과 영주들의 군사를 동쪽 국경에 집결시킬 것을 명했다.

닐센에서는 그 전부터 하인켈 후작을 총사령관으로 하여 각지에 흩어져 있던 군부대를 집결시키고 있었다.

루온 신전으로 밀려들어 오는 부상자의 수가 점점 늘어가고 있을 무렵, 300명가량의 병사들이 전쟁의 그림자가 드리워진 동쪽 국경으로 가기 위해 산을 넘고 있었다.

병사들의 선두에서 아무 말 없이 말을 몰고 있던 네 명의 기사들 중 까무잡잡한 얼굴에 짧은 금발의 기사가 문뜩 입을 열었다.

"도련님, 영지를 떠나오시기 전에 뭘 하셨습니까?"

로웬의 물음에 제일 앞에서 말을 몰고 있던 키히린은 미소를 지으며 뒤돌아보았다.

"그러는 로웬 경은 무엇을 하셨습니까?"

자신이 했던 질문이 역으로 되돌아오자 로웬은 잠시 당황하는 듯하더니 머리를 긁적이며 대답했다.

"저야 뭐, 가족을 만나고 왔죠. 뮤라도 마찬가지고요."

로웬의 대답에 키히린은 웃으며 말했다.

"전 별거 없습니다. 늘 하던 대로 듀렌 경과 대련이나 했죠."

"그런데 알렌 경은 뭘 하셨나요?"

로웬의 옆에 있던 뮤라가 조금 떨어진 곳에서 말을 몰며 이야기를 듣고 있던 알렌에게 묻자, 평소 말수가 적은 그가 빙긋이 웃으며 말했다.

"저도 평소와 같이 지냈습니다. 순찰을 나가기도 하고요."

그의 대답에 키히린도 빙긋이 웃었다. 그런 그의 허리춤에 매달린 바스타드의 손잡이에 못 보던 물건이 매달려 있자 로웬이 의아해하며 물었다.

"어라? 도련님, 그건 웬 장식고리입니까?"

로웬의 물음에 키히린은 손잡이에 매달려 있는 손가락 마디만 한 크기의 작은 씨앗처럼 생긴 것을 들어보이며 눈을 가늘게 떴다.

"유르스 경이 언젠가 도움이 될 거라며 주기에 받기는 했는데……. 저도 무엇에 쓰는 것인지는 모르겠습니다."

당최 생각을 짐작할 수 없는 그녀의 선물에 키히린이 아리송한 표정으로 말하자, 알렌이 잠시 생각하더니 말했다.

"저로서도 무엇인지는 잘 모르겠지만…… 유르스 경이 허튼소리를 하실 분은 아니니 가지고 계심이 좋을 듯합니다."

"저도 그럴 생각입니다."

알렌의 말에 키히린은 고개를 끄덕였다.

아일론에서 국경지대까지는 사흘이 넘게 걸리는 거리였다. 별다른 일 없이 행군을 한 아일론의 군사들은 아일론에서 출발한 지 5일째 되는 날 아침에 트라니아의 군대들이 집결하는 국경지대에 도착했다.

웅성웅성.

집결지로 정해진 광활한 평원은 왕국 각지에서 모여든 군사들로 인산인해를 이루고 있었다.

각 귀족들과 영주들의 깃발이 나부끼는 가운데 강철의 건틀렛을 새긴 깃발을 내세운 채 집결지로 들어선 300여 명의 군사들은 빈 공터에 막사를 세우고 자리를 잡았다.

"우선은 크리스토퍼 공작님에게 도착했음을 보고하셔야 합니다."

병사들이 막사를 세우는 것을 보고 있던 키히린에게 알렌이 다가와 말하자, 그는 고개를 끄덕이며 물었다.

"중앙 지휘 막사의 위치는 알아오셨습니까?"

"예. 언덕 위의 커다란 막사가 공작님께서 머물고 계신 곳이라고 합니다."

알렌은 그렇게 말하며 저 멀리 언덕 위를 가리켰다. 새하얀 막사의 꼭대기에는 크리스토퍼 가(家)를 뜻하는 푸른색 사자가 그려진 깃발이 나부끼고 있었다.

"로웬 경! 뮤라 경!"

키히린이 두 사람을 부르자 병사들이 막사를 세우는 것을 감독하고 있던 로웬과 뮤라가 달려왔다.

"나와 알렌 경은 크리스토퍼 공작에게 다녀올 테니 병사들을 잘 관리해 주시기 바랍니다."

"걱정하지 말고 다녀오십시오."

로웬의 자신만만한 대답에 키히린은 고개를 끄덕이며 알렌과 함께 말에 올랐다.

키히린과 알렌이 말을 타고 달려가자 근처의 막사에서 나오던 중소영지의 기사들이 알렌이 들고 있는 깃발을 확인하고는 고개를 숙이며 경의를 표했다.

공작의 막사가 자리한 언덕 위에 도착하자 막사 앞을 지키고 있던 병사가 두 사람을 멈춰 세웠다.

"정지! 용건을 밝혀주십시오."

"아일론에서 기사와 병사들이 도착했음을 공작께 알리러 왔다."

알렌이 말에서 내리며 말하자 병사는 그가 들고 있는 깃발의 문양을 확인하더니 고개를 끄덕였다.

"잠시만 기다려 주십시오. 안에 기별을 넣겠습니다."

병사는 그렇게 말하고는 옆에 있던 병사를 시켜 안으로 들여보냈다. 얼마 지나지 않아 안으로 들어갔던 병사가 막사에서 나오며 말했다.

"두 분 모두 들어오시랍니다."

키히린과 알렌이 막사 안으로 들어가자 회의 중이었던 듯 넓은 테이블 위에 지도가 올려 있었다.

테이블 주변에 앉아 있던 십여 명의 사내들 시선이 막 들어선 키히린과 알렌에게 향했다.

키히린은 테이블의 가장 안쪽에 앉아 있던 반백의 중년인에게 고개를 숙이며 말했다.

"아일론에서 출발한 기사 네 명과 병사 300이 지금 막 도착했음을 공작님께 보고합니다."

키히린의 말에 율리안은 자신의 콧수염을 쓰다듬으며 잠시 기억을 떠올리는 듯하더니 곧 환한 웃음을 지었다.

"이전의 연회에서 내 딸의 드레스에 와인을 쏟았던 친구로군! 그래, 자네 아버님의 건강은 어떠한가?"

짐짓 쾌활한 어조로 농담을 던진 율리안이 리오르의 안부를 묻자 키히린은 씁쓸한 웃음을 지으며 대답했다.

"그리 좋지는 않으십니다. 염려해 주서서 감사합니다, 공작님."

키히린의 대답에 그는 안타까운 표정을 지으며 고개를 내저었다.

"리오르 그 친구처럼 용맹하고 지혜로운 기사가 지금처럼 긴박할 때에 올 수 없다니……. 그래도 자신의 아들과 300이나 되는 군사를 보내주니, 마음이 아주 든든해지는군!"

리오르를 칭찬하는 율리안의 말에 키히린과 알렌은 고개를 숙여 감사를 표했다. 만족스런 눈빛으로 키히린을 바라보던 율리안은 문뜩 생각났다는 듯 자리에서 일어나며 말했다.

"안 그래도 지금 막 점심을 들려던 참인데, 같이 들겠는가?"

그의 권유에 키히린은 잠시 생각하더니 고개를 끄덕였다.

"공작님의 배려에 감사드립니다."

키히린의 말에 율리안은 웃으며 그를 데리고 옆의 막사로 향했다. 율리안이 식사를 하기 위해 자리를 옮기자 테이블에 앉아 있던 귀족들과 대영지의 영주들도 자리에서 일어나 율리안의 뒤를 따랐다.

율리안의 뒤를 따라 중앙 지휘소의 옆에 딸린 자그마한 막사로 들어서자 식탁 위에 간단하게 차려진 음식들이 보였다.

"장소가 장소이다 보니 차림새가 볼품없다네."

율리안은 쑥스러운 웃음을 지으며 사람들에게 말했다.

말을 그렇게 하기는 했지만 있을 건 다 있는 괜찮은 식단이었다.

율리안의 말에 귀족들과 영주들도 웃음을 머금었다. 그들로서도 애초에 만찬을 기대하고 온 것이 아니었기에 각자 자리를 잡고 앉았다.

귀족들과 영주들이 자리를 잡자 상석에 앉은 율리안은 자신 앞에 놓여 있던 잔을 들어 올렸다. 그러자 다른 이들도 각자 앞에 놓인 잔을 들어 올렸다.

잔에 가득 찬 와인이 찰랑거리는 것을 보며 율리안은 말했다.

"간단히 건배나 하지. 여왕폐하와 트라니아를 위하여!"

율리안이 선창하자 키히린을 비롯한 모든 사람도 잔을 마주치며 따라 외쳤다.

"위하여!"

"라튜(태양과 전쟁의 신)의 수호가 함께 하기를!"

누군가 외친 전쟁의 신 라튜의 이름에 모두들 웃음을 띠며 와인 잔을 입으로 가져갔다. 키히린도 따라서 와인을 한 모금 입에 머금은 순간, 병사 하나가 다급한 표정으로 막사 안으로 달려들어 왔다.

"무슨 일인가?"

무례하다 싶은 행동에 귀족 하나가 인상을 찡그리며 묻자 병사는 숨을 고르며 더듬더듬 말했다.

"니, 닐센이…… 선전포고를 해왔습니다!"

"뭣이!"

병사의 보고에 상석에 앉아 있던 율리안은 식탁을 박차며 일어났다. 그 바람에 식탁 위에 있던 음식들이 엎어졌지만 아무도 신경을 쓰지 않았다. 막사 안에 있던 모든 이들이 주시하는 가운데 병사는 말을 이었다.

"현재 닐센의 군대는 아시스 성으로 향하고 있다고 합니다."

"크흠……."

병사의 보고에 율리안은 인상을 굳히며 침음을 흘리더니 막사 안에 있던 귀족들과 영주들에게 말했다.

"모두들 각자 군사들에게 돌아가 준비를 해주시오. 빨리 아시스 성으로 지원을 가야겠소."

그렇게 말한 그는 막사 입구의 휘장을 들어 올리더니 바깥에 소리쳤다.

"전군에 전투준비를 명하고 이동할 준비를 하라 전하라!"

귀족들과 영주들은 굳은 표정으로 막사를 벗어났다.

율리안은 막 막사를 나서려는 키히린을 붙잡아 세우고는 미안하다는 표정으로 말했다.

"생각 외로 선전포고가 빨랐어. 오자마자 전장으로 보낸다는 게 미안하지만 수고 좀 해주게."

그의 말에 키히린은 미소를 지은 채 고개를 끄덕여 보였다. 그는 막사 밖에서 기다리고 있던 알렌과 함께 말에 올라 굳은 표정을 지은 채 부대 막사로 향했다.

중앙 사령부의 막사에 갔던 키히린과 알렌이 잔뜩 굳은 표정으로 되돌아오자 로웬과 뮤라는 의아한 표정을 지었다.

"무슨 일이라도 있었습니까?"

로웬과 뮤라가 다가오자 키히린이 탄 말은 앞다리를 하늘로 들어 올리며 자리에 멈추었다. 뮤라의 물음에 키히린은 굳은 얼굴로 말했다.

"당장 이동할 준비를 하십시오."

"네? 방금 막사를 설치했는데요?"

난데없는 키히린의 말에 당황한 로웬이 막사를 가리키며 물었다. 그의 물음에 키히린의 뒤에 있던 알렌이 한숨을 내쉬며 대신 답했다.

"닐센이 선전포고를 했다네. 전군을 아시스 성으로 전진 배치한다는 크리스토퍼 경의 명이 있었네.”

알렌의 대답에 대충 상황이 어찌 돌아가는 것인지 짐작한 로웬과 뮤라의 얼굴이 찡그려졌다.

“젠장, 닐센 놈들. 좀 쉴 시간은 줘야 할 게 아냐!”

입술을 비죽이 내밀며 불평하는 로웬의 모습에 키히린은 말에서 내리며 말했다.

“불평하고 있을 때가 아닙니다. 닐센의 군대가 아시스 성으로 향하고 있다고 합니다.”

상황이 생각보다 심각하다는 것을 깨달은 로웬의 입에서 다시 상소리가 내뱉어지더니 그의 움직임이 분주해지기 시작했다.

“막사를 다시 철거한다! 전원 이동할 준비를 해!”

병사의 보고가 사실이라면 상황은 심각했다. 2만에 달하는 닐센의 대군이 아시스 성을 점거한다면 트라니아 군은 전략적 요충지를 잃게 되는 엄청난 손실을 입는다.

전략적 요새이자 전시 상황이라는 특수성 덕택에 1천이나 되는 병력이 배치되어 있기는 하지만, 20배에 달하는 2만 대군 앞에서는 그리 오래 버티지 못할 것이 분명했다.

넓은 평원에 집결해 있던 1만 6천의 트라니아 군은 갑자기 바빠지기 시작했다.

1시간 남짓한 시간에 막사들을 정리하고 이동할 준비를 마친 트라니아 군은 군수품을 운송할 수송 병력과 호위 병력만을 남긴 다음 아시스 성이 있는 북쪽을 향해 진군했다.

트라니아 군 전체에는 곧 있을 대규모 전투에 대한 긴장감과 비장함이 감돌았다.

트라니아 군은 만일을 대비하여 아시스 성에서 그리 떨어지지 않은 곳으로 집결지를 정했기 때문에 3시간 정도 행군하자 성이 보이는 작은 구릉지 위에 도착할 수 있었다.

다행히 아직은 점령당하지 않았는지 병장기가 부딪치는 소리와 함성소리가 트라니아 군이 있는 곳까지 들려왔다.

"전군 돌격!"

부우우우웅.

선두에 있던 율리안의 외침에 전투 개시를 알리는 뿔 나팔 소리가 길게 울려 퍼졌다.

그 소리와 함께 구릉지 위에 있던 트라니아 군은 아시스 성을 공격하고 있는 닐센 군을 향해 달려 나갔다.

와아아아아!

1만 5천에 달하는 병사들이 먼지구름을 일으키며 구릉지를 내려가는 모습은 장관이었다. 트라니아의 지원군이 당도하자 아시스 성에서는 환호성이 치솟았고 닐센 군은 당황한 모습을 보였다.

"돌격!"

1차로 달려든 3천의 기병은 닐센 군의 옆구리를 강타했다! 기병들과 함께 달려든 키히린은 바스타드를 휘둘러 주변의

적군들을 베어나가기 시작했다.

전속력으로 돌격한 기병들의 돌파가 멈췄을 무렵, 뒤이어 달려온 보병들이 2차로 닐센의 병사들을 공격했다. 간신히 혼란을 수습한 닐센 군도 반격에 나섰지만, 곧이어 아시스 성문이 열리며 뛰쳐나온 병사들까지 합류하자 닐센 군은 서서히 후퇴하기 시작했다.

이윽고 닐센의 군대가 퇴각하자 병사들 사이에서 환호가 터져 나왔다.

너무도 쉽게 닐센의 군사들을 물리치고 아시스 성으로 입성한 키히린의 머릿속에는 뭔가 의아함이 맴돌았다. 그것은 트라니아 군 총사령관 율리안 세인즈 크리스토퍼 공작을 비롯한 다른 지휘관들도 마찬가지였다.

구릉지 위에 있을 때 내려다 본 닐센 군의 병력은 2만이라고 보기에는 부족함이 있었다.

게다가, 아까는 경황이 없어서 그냥 지나갔지만 트라니아 군의 본대가 아시스 성에서 그리 멀리 떨어지지 않은 곳에 있다는 것을 알면서도 공격했다는 점이 의아스러웠다.

결정적으로, 닐센 군은 별다른 반격을 할 기미도 없이 퇴각하는 것에만 급급했다는 것이다.

그런 그들의 불안을 뒷받침이라도 하듯 말을 타고 달려온 전령이 다급한 목소리로 소식을 전했다.

얼마나 급히 달려왔는지 그가 타고 온 말의 입가에는 거품이 가득 물려 있었다.

"닐센 군이 맥스웰 성으로 진격 중이랍니다!"

전령의 외침에 모두의 머릿속에 떠오른 생각은, 당했다! 라는 것이었다.

닐센의 총사령관인 늙은 여우 하인켈 후작은 군사들을 반으로 나눠 수비가 굳건한 아시스 성을 노리는 대신 비교적 수비가 허술한 북쪽의 맥스웰 성으로 향한 것이다.

국경 북쪽은 날씨도 제멋대로인 데다 험악한 산악지대인 탓에 군대가 진군하기에는 어려운 지형이다. 그래서 닐센 군이 그쪽으로 갈 것이라고는 생각하지 않은 트라니아 군으로서는 뒤통수를 제대로 맞은 격이었다.

쾅!

"젠장! 그 늙은 여우가 제대로 뒤통수를 후려쳤군!"

책상을 주먹으로 내려치는 율리안의 외침에 아시스 성주의 방에 모여 있던 모두의 얼굴은 굳어졌다.

"지금 당장 군사들을 맥스웰 성으로 보낼 수 있는가?"

율리안의 물음에 그의 곁에 서 있던 회색 물고기 문양의 갑옷을 걸친 데일 가몬트 남작은 회의적인 표정으로 고개를 내저었다.

"그건 힘듭니다. 우선은 병사들이 급하게 달려온 데다가 전투까지 치렀기에 많이 지쳐 있습니다. 게다가 아시스 성을 공격했던 1만에 달하는 닐센의 병사들이 별다른 손실 없이 퇴각했기에 함부로 병사들을 맥스웰 성으로 보내는 건 위험할 수도 있습니다."

데일의 말에 모두의 표정이 굳어졌다. 하지만 그의 말은 아직 끝난 것이 아니었다. 데일은 회심의 미소를 지으며 말했다.

"이런, 제가 그곳 출신이란 것을 잊으신 겁니까?"

그의 말에 율리안은 의아한 표정으로 물었다.

"무슨 소린가, 그게?"

"닐센 쪽에서 맥스웰 성으로 가려면 맥스웰 산맥을 넘어야 합니다. 그곳은 길이 좁고 경사가 급한 지형이기 때문에 닐센군이 미리 준비했다고 해도 조심해서 진군하느라 시간이 좀 걸릴 겁니다. 또한 이맘때쯤에는 산사태가 빈번하게 일어납니다. 토박이들도 지나길 꺼려하는 때지요. 게다가 맥스웰 성주인 하우스 자작은 북쪽 출신답게 영리합니다. 좁은 길을 이용해 최대한 그들의 진군을 막을 겁니다."

그의 말에 율리안의 얼굴이 밝아지더니 거침없이 말을 쏟아내기 시작했다.

"가몬트 남작, 당장 필요한 병력의 수는 얼마 정도인가?"

"흠, 7천 정도를 보낸다면 적당하겠군요."

더 이상 생각할 것도 없었다.

"당장 7천의 병사를 모아 맥스웰 성으로 보내도록 하게!"

반나절도 채 휴식을 취하지 못한 채, 7천의 병사들은 공작의 명에 따라 맥스웰 성으로 향했다.

　그중에는 키히런과 아일론의 300여 병사들도 포함되어 있었다.

『아일론의 영주』 2권에 계속.

BLUE BOOK
BLUE STYLE! EXCITING BLUE!

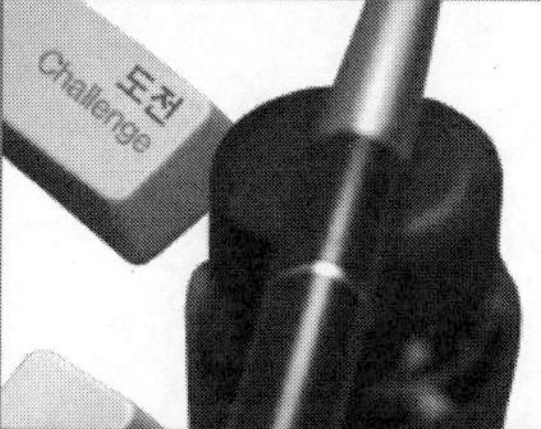
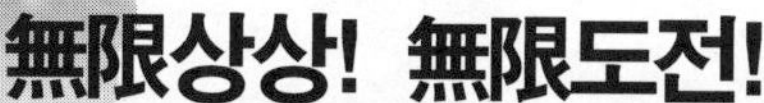

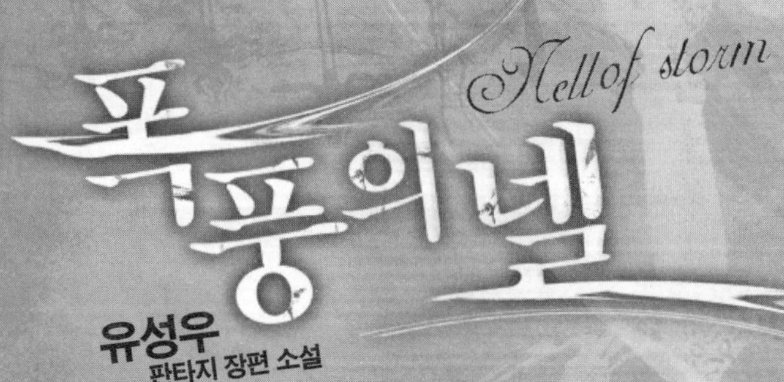

Hell of storm
폭풍의 넬
유성우
판타지 장편 소설